Gina Jung

Und wenn es so wäre?

Gina Jung studierte nach einer Ausbildung zur Arzthelferin Philosophie, Neugermanistik und Kunstgeschichte an der Ruhr-Universität Bochum. Als Seiteneinsteigerin holte sie anschließend das Referendariat nach und wurde Lehrerin für Philosophie und Deutsch. Sie lebt in Dortmund, ist verheiratet und hat zwei erwachsene Kinder.

Gina Jung

Und wenn es so wäre?

ROMAN

Bibliografische Information der
Deutschen Nationalbibliothek:
Die Deutsche Nationalbibliothek verzeichnet diese
Publikation in der Deutschen Nationalbibliografie;
detaillierte bibliografische Daten sind im Internet
über http://dnb.dnb.de abrufbar.

Verlag:
BoD · Books on Demand GmbH, Überseering 33,
22297 Hamburg, bod@bod.de
Druck:
Libri Plureos GmbH, Friedensallee 273,
22763 Hamburg
ISBN: **978-3-8192-7669-9**

Für meine Familie

Nimm eine Farbe aus dem Regenbogen,
Und alles, was dir bleibt, ist nichts.

Friedrich Schiller

1.

David schaute sich um. Er saß in einem Sessel mit Armlehnen und wippte mit dem rechten Bein. Ihm gegenüber saß eine Frau, zwischen vierzig und fünfzig Jahre alt, schwer zu sagen. Sie trug eine Brille mit schwarzem Rand. Zwischen ihnen stand ein kleiner runder Tisch mit einem bunten Blumenstrauß, einem Notizblock, einem Stift und einer Pappschachtel mit Papiertüchern. Die Stehlampe daneben strahlte in einem Sonnengelb. Die Wände waren in hellem Orange gestrichen.

»Was kann ich für Sie tun?«, fragte die Frau in dem Clubsessel gegenüber und lehnte sich zurück.

»Mir geht es nicht gut«, sagte David.

»Hm, können Sie das genauer beschreiben?« Die Frau lächelte ihm entgegen.

»Ich glaube, ich stecke in einer Identitätskrise.« Er lächelte zurück.

»Was genau meinen Sie damit?«

»Letztes Jahr ist mein Vater gestorben. Das heißt, ich weiß nicht, ob er wirklich mein Vater war.«

Die Frau beugte sich vor. »Stört es Sie, wenn ich mir Notizen mache?«

David schüttelte den Kopf. »Alle um mich herum, meine Mutter, mein Vater, mein Onkel, alle haben

7

sich bemüht, dass ich in dem sicheren Glauben auf-
wachse, dass Patrik, der Ehemann meiner Mutter,
mein Vater ist.«

Die Frau nahm den Notizblock vom Tisch, schlug
die Beine übereinander und legte den Block auf ihr
Knie. Sie schrieb etwas auf das erste Blatt. Sie
schrieb sehr schnell und klitzeklein. Einen Einzeiler.
Höchstens fünf Wörter. David kniff die Augen zusammen, konnte aber nichts davon entziffern. Zu weit
weg.

»Und wann begannen die Zweifel?« Die Therapeutin schaute hoch.

»Richtig los ging es, als ich so vierzehn, fünfzehn
war.« Davids Blick klebte noch an dem Vers auf dem
Notizblock. »Ich bin irre schnell gewachsen und irgendwann war ich einen ganzen Kopf größer als mein
Vater. Mein Körper war völlig anders als seiner. Meine Haare auch. Ich habe richtig dicke und schwarze
Haare. Hier, sehen Sie.« Er hatte seine langen Haare
zu einem Zopf zusammengebunden und hielt ihr die
Spitze entgegen. »Mein Vater hatte so fusselige, blon-
de Haare und am Ende blieb nur ein kleiner Kranz
am Hinterkopf übrig.«

»Ah, ich verstehe. Haben Sie mit Ihren Eltern über
Ihre Zweifel gesprochen?«

»Ja, das habe ich. An meinem 15. Geburtstag habe
ich im Scherz gesagt, ihr habt mich adoptiert, oder?
Könnt ihr mir ruhig sagen, ich bin ja alt genug. Meine Eltern haben sich angeschaut, gelacht, mich in
den Arm genommen und gesagt, was für ein Unsinn,
wie kommst du denn darauf? Ich habe auf meinen

Vater gezeigt, seine dünnen, blonden Haare und dann in meine Haare gefasst und gesagt, zum Beispiel das hier? Meine Mutter sagte, ach, das meinst du, nein, nein, du kennst die Familie meines Großvaters nicht, die hatten alle so schwarze Haare wie du und waren auch extrem groß. Aber gut, dass du gefragt hast, ich wusste ja nicht, dass du über so etwas nachdenkst. Und dann kamen die Beteuerungen, wie lieb sie mich haben, und wie stolz sie auf mich sind. Was man halt so sagt in so einer Situation.«

Die Frau notierte eine zweite Zeile auf ihrem Block. »Wie haben Sie sich danach gefühlt?«, fragte sie.

»Na ja, überzeugt war ich nicht. Ich habe meine Zweifel, meine Enttäuschung, meine Wut einfach runtergeschluckt. War nicht ganz leicht. Ich musste mehrfach nachspülen. Das war die Zeit, als ich mit meinen Freunden ziemlich viel gesoffen habe. Ich bin häufig abends oder nachts betrunken nach Hause gekommen, aber meine Eltern meinten, das sei bei jungen Leuten in dem Alter so. Sie haben mir keine Vorwürfe gemacht. Im Gegenteil. Sie haben mich in Watte gepackt, mir den Kopf gehalten, wenn ich gekotzt habe und am nächsten Morgen für die Schule eine Entschuldigung geschrieben.«

»Haben Sie Ihre Frage später noch einmal gestellt?« Die Frau balancierte den Notizblock auf ihrem Knie. Eine dritte Zeile entstand. Wieder blitzschnell. Wieder nur wenige Worte.

David atmete tief ein und wieder aus. »Was meinen Sie?«

»Haben Sie Ihre Eltern später noch einmal gefragt, ob Ihr rechtlicher Vater auch Ihr biologischer Vater ist?«

»Aha! Das also ist die korrekte Sprache dafür? Und welcher davon ist der richtige? Der rechtliche oder der biologische?«

Die Frau legte den Notizblock mit der Schrift nach unten auf den Tisch und schaute David an. Dabei kniff sie die Augen etwas zusammen, als säße er im Gegenlicht. »Was bedeutet für Sie denn richtig oder falsch in diesem Zusammenhang?«, fragte sie.

»Wie meinen Sie das?« David lehnte sich so weit nach hinten wie möglich, als könne er auf diese Weise ihrem konzentrierten Blick ausweichen.

»Worin besteht für Sie der Unterschied? Was ist ein richtiger Vater im Gegensatz zu einem falschen?«

»Der richtige Vater ist der, der loslässt.«

»Ah, das ist interessant. Sie denken an die Geschichte vom kaukasischen Kreidekreis. Haben Sie dabei ein konkretes Bild vor Augen?«

David nickte.

»Können Sie es mir beschreiben?«

»Ich versuche es mal.« Er schloss die Augen. »Da hat jemand mit Kreide einen Kreis auf den Boden gemalt und in der Mitte steht ein Junge. Das bin ich, glaube ich.«

»Wie sind Sie dorthin gekommen?«

»Ich habe mich selbst hineingestellt.«

»Wer ist noch im Raum?«

»Auf der linken Seite stehen meine Eltern und auf der anderen Seite ein Mann.«

»Wie alt sind Sie da?«

»Vielleicht so fünfzehn Jahre alt.«

»Was tun Ihre Eltern? Und was machen Sie?«

»Ich strecke beide Arme aus und meine Eltern greifen meine Hände und ziehen mich zu sich, aus dem Kreis heraus.«

»Sie haben gesagt, da ist noch ein Mann im Raum. Was tut er?«

David öffnete die Augen. Er war überrascht. »Er steht mit dem Rücken zum Kreis. Er kann mich gar nicht sehen. Und ich sehe ihn auch nicht.«

»Hm.« Die Frau hielt den Stift, mit dem sie sich Notizen gemacht hatte, an ihre Lippen. »Es gibt also gar keine zwei Väter, die an Ihnen zerren? So wie in der Parabel die beiden Mütter an ihrem Kind?«

»Nein. Kein Gezerre. Meine Eltern waren schneller als mein Misstrauen. Ich hatte gar keine Zeit meinen anderen Vater, meinen Erzeuger, zu entdecken. Und er auch nicht. Vielleicht hat er bis heute keine Ahnung, dass ich existiere. Ich habe überhaupt keinen richtigen Vater – nur zwei falsche.«

David legte seine Arme auf die Sessellehnen und hielt sich mit beiden Händen daran fest, als befände er sich weit über dem Boden in einem schaukelnden Sessellift.

Die Frau nahm den Stift vom Mund und tippte damit auf den Block. »Aha. Zwei falsche Väter also ...«, wiederholte sie.

»Darf ich Sie etwas fragen?« David neigte den Kopf zur Seite und lächelte.

»Nur zu, fragen Sie.«

»Was glauben Sie, welche Rolle spielen die Gene für die Persönlichkeit?«

Die Frau blickte auf die Uhr: »Oh, das ist ein weites Feld. Ich schätze, für eine befriedigende Antwort reicht unsere heutige Sitzung nicht aus.« Sie lachte.

»Ein Tipp würde mir schon reichen. Ich denke, so fifty-fifty«, sagte David, »und sollte ich recht haben, fehlt mir die Hälfte an Informationen, um mich vollständig zu fühlen.«

»Gibt es denn etwas – ganz unabhängig von Ihrem Äußeren – ich meine, etwas in Ihrem Wesen, das Sie irritiert?«

David rutschte in seinem Sessel nach vorne und legte seine Hände auf seine Knie. »Die Unruhe«, sagte er, »ich komme einfach nicht zur Ruhe. Da ist eine Sehnsucht in mir ...«

»Können Sie diese Sehnsucht genauer beschreiben?« Die Therapeutin nahm den Block von dem Tisch und legte ihn wieder in ihren Schoß. Den Stift hielt sie in der Hand.

»Ich sehne mich nach der Wahrheit. Meine Eltern haben alles für mich getan, aber was ist, wenn sie mich mein ganzes Leben lang belogen haben?«

»Ich verstehe, was Sie meinen. Was glauben Sie, warum sie das getan haben? Aus Rücksicht? Oder aus Fürsorge? Oder vielleicht aus Angst?«

»Oder aus Feigheit?«

»Auch das wäre möglich.« Die Frau schrieb etwas auf den Block. Ein Wort nur. Oder waren es zwei? Aus Davids Perspektive ähnelte die Mitschrift einem Gedicht.

»Können Sie sich vorstellen, Ihre Mutter noch einmal zu fragen? Sie sind jetzt ein erwachsener Mann und kein Kind mehr.« Die Therapeutin schaute hoch.

»Wenn das so einfach wäre! Es gibt Fragen, die sind einfach zu schwer und man braucht viel Kraft, um sie anzuheben, verstehen Sie? Damals war ich danach jahrelang aus der Puste. Aber ich bin sie nie losgeworden, die Zweifel. Es war wie bei Neo. Ich hatte einen Splitter im Kopf.« David tippte an seine Schläfe und lächelte. »Kennen Sie den Film Matrix?«

Die Therapeutin zog die Augenbrauen hoch. »Was für eine Frage. Natürlich kenne ich ihn. Dieser Film gehört quasi zur Ausbildung.« Sie lachte. »Na ja, gehört er nicht, aber sollte er eigentlich. Wir haben es doch dauernd mit der Frage zu tun: ‚Wollen Sie die rote oder die blaue Pille?'«

»Diejenigen, die hier sitzen, also hier in diesem Sessel, die haben sich doch für die rote Pille entschieden, oder nicht?«

»Das wäre schön. Aber manche sitzen hier, weil sie geschickt wurden von irgendwem und möchten nichts mehr, als in der Matrix bleiben zu dürfen.«

»Ich nehme die rote Pille«, sagte David.

»Das habe ich schon verstanden.« Die Therapeutin sah wieder auf die Uhr. »Ich mache Ihnen einen Vorschlag, Herr Liebenau. Vielleicht stellen Sie sich noch einmal in den Kreidekreis und schreiben auf, was sich vor Ihrem inneren Auge abspielt. Und dann treffen wir uns in einer Woche wieder und besprechen Ihre Eindrücke.« Sie reichten sich zum Abschied die

Hände. Beide standen auf und sie begleitete ihn zur Tür.

»Ich habe Angst«, sagte David.

»Ich weiß, aber Sie sind auch mutig. Sonst wären Sie nicht hier«, sagte die Frau und lächelte.

2.

Seit über einem Jahr drückte Mia sich davor, ihr Versprechen einzulösen. Zuerst war es die Trauer um Patriks Tod, dann war sie mit ihrem Umzug beschäftigt, dann war David ständig unterwegs und es ergab sich keine Gelegenheit für ein Gespräch und zuletzt redete sie sich ein, dass es einen besonderen Moment für eine solche Eröffnung geben müsse. Die Entscheidung dazu müsse von tief innen kommen, wie eine Art Erleuchtung, vielleicht begleitet von diesem ganz besonderen Licht aus hellrot und blasslila, so wie man es manchmal frühmorgens oder kurz vor Sonnenuntergang sehen konnte, wenn Tag und Nacht ineinanderwabern wie gut gemischte Aquarellfarben.

Wenn es nicht gerade in Strömen regnete oder stürmte, machte sie regelmäßig am späten Nachmittag einen Spaziergang, raus aus der Stadt, hinein in die Vororte, durch den Park und wieder zurück nach Hause und hoffte dabei auf dieses Licht, auf die Magie der blauen Stunde.

Auch an diesem Tag nahm Mia den Schlüssel von der Kommode, lief die Treppen aus dem vierten Stock hinunter und trat auf die Straße. Hinter ihr fiel die Haustür ins Schloss und sie zog den Reißverschluss ihres Regenmantels hoch bis unters Kinn. Sie war allein. Rechts und links von ihr parkten Autos vor Einfamilienhäusern. Sie schob ihre rechte Hand mitsamt Handy in die Manteltasche und ging langsam die Häuserzeile entlang. Um diese Zeit waren die Menschen zu Hause in ihren Wohnzimmern oder Esszimmern. Manche hatten vorsichtshalber in der sich andeuteten Dämmerung das Licht eingeschaltet und Mia konnte in den erleuchteten Fensterscheiben abendliche Szenen beobachten. Da stand ein Mann in gebeugter Haltung am Fenster. Vielleicht schnitt er gerade das Gemüse zurecht oder spülte Geschirr. Im Hintergrund lief eine dunkle Gestalt hin und her. Im nächsten Haus hopsten hinter einer Terrassentür Kinder auf riesigen Gummibällen und in dem Vorgarten des angrenzenden Hauses stand eine junge Frau und rauchte. Sie grüßte freundlich, als Mia vorbeiging. In manchen Häusern versperrten Rollos wie geschlossene Augenlider die Sicht hinein in die Räume.

Als der Himmel sich verfärbte, erschrak Mia, obwohl sie so lange auf diesen Moment gewartet hatte. Sie umklammerte ihr Handy noch fester, als befürchte sie, es könne ihr im letzten Moment aus der Hand springen. Sie zog es aus der Manteltasche, suchte in ihren Kontakten nach seiner Nummer und tippte auf den blauen Hörer. Es tutete einmal, zweimal, dann hörte sie seine Stimme. »Ja? Hallo?« Er klang überrascht.

»Johannes?« Mia holte tief Luft. »Nicht erschrecken. Ich bin's. Mia. Also die Mia von damals. Wir haben lange nichts voneinander gehört. Wahrscheinlich erinnerst du dich gar nicht mehr an mich.«

Es entstand eine kleine Pause.

»Mia?«

»Ja.«

»Mein Gott! Mia ... wie lange ist das her?«

»Dreißig Jahre? Also mindestens ... ich kann verstehen, wenn du ...« Sie schaute sich um. Dort war niemand. Sie war ganz allein auf der Straße. Ihre Beine zitterten wie damals, als sie im Florenzer Dom die vielen Stufen des Glockenturms hinaufgestiegen war. Sie hatte nicht damit gerechnet, dass seine Stimme immer noch diese Wirkung besaß.

»Tut mir leid, Johannes, dass ich nach so vielen Jahren deine Ruhe störe«, sagte sie, »aber es geht nicht anders. Ich habe es versprochen.«

Wieder Pause am anderen Ende. »Moment. Nicht so schnell. Ich verstehe kein Wort. Wem hast du was versprochen?«

»Darum rufe ich ja an. Um dir genau das zu sagen. Wenn ich ehrlich bin, so schiebe ich diesen Anruf seit einem Jahr vor mir her. Ich habe nur auf dieses Licht gewartet. Und jetzt ist es endlich da.«

»Was redest du da? Geht es dir gut? Du klingst, als ob ... «

»Ich rede von der Magie der 'blauen Stunde'. Du weißt schon.«

»Hör zu, Mia, du rufst mich nach einer halben Ewigkeit an und redest wirres Zeug. Ich weiß wirklich nicht, was ich dazu sagen soll. Und woher hast du überhaupt meine Nummer? Auch Magie?«

»Das ist ein lange Geschichte«, sagte Mia, »erzähle ich dir bei Gelegenheit.«

»Habe ich also doch Spuren hinterlassen.«

Mia ging nicht weiter darauf ein. »Johannes, wir müssen uns treffen.«

Es blieb still am anderen Ende. Mia wartete einige Sekunden, dann sagte sie: »Bei der Gelegenheit könnte ich dir auch deine Frage beantworten. Ich bin damals leider nicht mehr dazu gekommen.«

Sie hörte, wie er atmete.

»Johannes? Bist du noch da?«

»Ja.«

Mia überlegte, ob sie das Gespräch abbrechen sollte. Wenn sie ihm jetzt gegenüberstehen würde, wäre es etwas anderes. Aber sie konnte sich die Person am anderen Ende der Leitung nicht vorstellen. Wenn sie es versuchte, sah sie nur den Johannes von damals. Groß, sehr groß sogar, lange schwarze Haare und dunkle Augen, also nicht nur farblich, sondern stimmungsmäßig dunkel. Damals konnte sie ihm zusehen beim Schweigen, ohne jemals die Geduld zu verlieren, aber jetzt, mit diesem gewaltigen Abstand? Mia wurde unruhig.

»Johannes, hör mal, wenn es dir gerade nicht passt, dann sag es einfach. Ich kann ja verstehen, dass du überrascht bist und ein bisschen Zeit brauchst«, sagte sie.

»Überrascht? Soll das ein Witz sein?« Sie hörte ein Rascheln, als habe er seine Hand auf den Lautsprecher gelegt. Dann sagte er: »Warte kurz«, und es klang, als sei gerade jemand neben ihn getreten und habe stumm mit gerunzelter Stirn auf das Telefon gezeigt. »Kannst du vielleicht in fünf Minuten noch einmal anrufen?«

Das Gespräch war beendet.

Lautlos. Ein verschwindendes Symbol und das war's. Sie schaute auf das Display ihres Handys, als könnte sie dort den Grund für den plötzlichen Abbruch des Telefonats erfahren, aber da waren nur die üblichen bunten Symbole. Vom lautlosen Verschwinden verstand Johannes etwas. Das musste man ihm lassen.

»Und wenn es so wäre?«, hatte er ihr damals ins Ohr geflüstert. Diese Frage war das Letzte, was sie von ihm gehört hatte. Sie hatte ihm nicht geantwortet, sondern um etwas Zeit gebeten. Dabei hatte sie nicht an dreißig Jahre, sondern nur an einige Stunden gedacht.

Auf der gegenüberliegenden Straßenseite hüpfte ein kleiner Vogel aufgeregt hin und her. Er versuchte einen fetten, rotblau schillernden Wurm zwischen den Steinen hervorzuziehen. Kaum hatte er ihn im Schnabel, flog er stolz mit ihm davon. Der Wurm baumelte hin und her.

Mia fragte sich, wie der große Wurm in den kleinen Magen des Vogels passen sollte, aber wahrscheinlich würde er ihn in kleine Happen zerteilen, portionsweise verspeisen, verdauen und dann an seinen Nachwuchs verfüttern. So könnte man ja auch mit unangenehmen Wahrheiten umgehen, dachte

Mia, vorverdauen und dann in kleinen Portionen verfüttern.

Vor einem der Häuser war eine kniehohe Bruchsteinmauer, aus deren Ritzen sich die unterschiedlichsten Kräuter hervorschlängelten. Mia setzte sich. Sie schob das Telefon in ihre Jackentasche und rieb die feuchte Handfläche an ihrem Hosenbein trocken.

Bei ihrem Spaziergang kam sie regelmäßig an dem Haus vorbei, in dem sie mit Patrik und ihrem Sohn David gelebt hatte. Nach Patriks Tod musste sie das Haus verkaufen. Mia verband mit dem Haus immer noch ein Heimatgefühl.

Obwohl Patrik zwanzig Jahre älter war als sie, hatte sie nie daran gezweifelt, dass er sie überleben würde. Darum hatte sie sich auch nie mit dem Gedanken beschäftigt, wie es ohne ihn sein könnte. Doch dann kam die Diagnose, Blasenkrebs, und sie mussten sich mit dem Verabschieden beeilen. Einige Monate konnte er noch zu Hause sein, dann musste er ins Krankenhaus. Die letzten Wochen verbrachte er auf einer Palliativstation. Er schlief viel und die Schmerzen konnte man ihm nehmen, aber nicht die Unruhe. Sie saß an seinem Bett, bewachte seinen Schlaf, füllte das Glas wieder mit Wasser auf, und wenn er die Augen öffnete, war sie da. Oder David war da – je nachdem. Sie wechselten sich ab oder saßen beide an seinem Bett. Als Patrik ihr das Versprechen abnahm, war sie mit ihm allein.

Er nahm Mias Hand und sagte: »Versprich mir, dass du mit David redest. Über alles.«

Sie sagte: »Ich verspreche es. Aber nicht sofort, okay?«

Er nickte. »Warte nicht zu lange. Wir haben schon viel zu lange damit gewartet.«

Normalerweise war Mia schnell. Ihre Sorge, sie könnte sich verspäten, begleitete sie seit ihrer Kindheit. In einem ihrer letzten Träume saß sie in einem Zugabteil und musste eilig alle Gepäckteile zusammensuchen, weil der Zug schon in den Bahnhof einfuhr. Sie schaffte es nicht rechtzeitig, sprang aus dem Zug auf den Bahnsteig und ihre wichtigsten persönlichen Dinge blieben im Zug zurück. Ihre Identität sozusagen. Sie hasste es, Dinge aufzuschieben. Aber mit dem Versprechen war das anders. Seit Patriks Tod hing es an ihr wie ein quengelndes Kind. Es fühlte sich so an, als bekäme mit dem Einlösen dieses Versprechens ihre gesamte bisherige Geschichte ein anderes Vorzeichen und alle darin enthaltenen Ereignisse ebenfalls. Das Verschwinden von Johannes war so etwas wie 'Klammer-auf'. Sie hatte danach weitergelebt, geheiratet, David geboren und alles schien gut. Aber jetzt hatte sie Patrik versprochen die Klammer hinter ihm zu schließen und das entsprechende Vorzeichen davorzusetzen. Und das machte ihr Angst.

Patriks Urne wurde neben einer riesigen Eiche vergraben. Jetzt hing dort ein Schild mit seinem Namen am Baum. Aber wirklich nah fühlte Mia sich Patrik nicht in der Nähe dieses alten Baumes, sondern in der Nähe ihres alten Hauses. Dort saß sie dann auf der Mauer und hörte seine Stimme, sah ihn mit aufgekrempelten Ärmeln auf Knien im Blumenbeet graben oder in der Küche vor dem Herd in einer Pfanne rühren.

Hinter ihr riss jemand eine Tür auf. »Hey, Sie da! Was machen Sie hier? Verschwinden Sie!«

Sie drehte sich herum. Im Hauseingang stand ein Mann mit hochrotem Kopf. »Sonst rufe ich die Polizei!«, rief er und drohte mit erhobenem Arm und geballter Faust.

Mia stand auf und hob die Hände in die Höhe. »Nicht nötig«, sagte sie, »ich bin schon weg. Ich habe hier sowieso nichts mehr zu suchen.«

Der Mann schaute sie verständnislos an. Er drehte sich herum, verschwand im Haus und die Tür fiel mit einem lauten Knall ins Schloss.

Mia sah kurz darauf einen Kopf hinter der Scheibe. Sie hob die Hand, winkte ihm zu und ging dann die Straße hinunter. In ihrer Jackentasche machte es 'Ping'. Sie zog das Telefon hervor und las auf dem Sperrbildschirm: »Ruf mich nicht mehr an. Bitte!«

Was hatte sie erwartet? Dass Johannes sofort auf ihren Anruf eingehen würde, als hätte er all die Jahre nur darauf gewartet?

3.

Als sie sich kennenlernten, war Mia knapp über zwanzig und Johannes einige Jahre älter und beide studierten im selben Semester Kunstgeschichte. Während einer Vorlesung saßen sie nebeneinander. Es war dunkel im Hörsaal. Der Professor stand in der Mitte auf einem Podest neben seinem Projektor und erzählte etwas über die Malerei der Renaissance. Bei einem seiner Witze schauten sie sich an und lachten. Das war der magische Moment. Ihr Herz wuchs augenblicklich und rasend schnell, bis es den kompletten Brustbereich ausfüllte. Sie konnte nicht aufhören, ihn anzusehen und ihm schien es genauso zu gehen. Wenn sie Zeit gehabt hätte darüber nachzudenken, was mit ihrem Herzen geschah, hätte sie vielleicht befürchtet, dass es Schaden nehmen könnte, aber sie dachte nicht darüber nach.

»Der ist wirklich witzig, oder?« Johannes meinte den Professor.

»Finde ich auch. Und einer der wenigen, die einem keine Steine in den Weg legen.«

»Ja, habe ich auch gehört. Alle wollen bei ihm ihre Arbeiten schreiben.«

»Kein Wunder.«

»Hast du nachher noch Zeit?«

»Unbedingt.«

Sie richteten ihre Blicke wieder nach vorne und sahen auf der Wand die Projektion der *Geburt der Venus* von Botticelli.

Der Professor streckte den Arm aus und zeigte auf das Bild. Es sah aus, als spreche er mit der Venus und nicht mit den Studierenden. »Sollten Sie jemals in Florenz vor diesem Gemälde stehen, dann nehmen Sie sich in Acht. Es sind schon Menschen davor kollabiert. Es ist nicht nur riesig, 1,73 x 2,80 Meter, sondern auch atemberaubend. Passen Sie auf, dass Sie nicht umgeweht werden von der starken Brise des Windgottes Zephir und der Göttin Aura. Nicht nur die Bewegung im Bild ist neu, sondern auch die Darstellung einer nackten Frau, die ausnahmsweise mal nicht die Eva aus dem Paradies ist, sondern eine Göttin der griechischen Mythologie – die Aphrodite oder römische Venus. Und dann trägt sie auch noch die Gesichtszüge einer sehr irdischen Frau, Simonetta Vespucci, die nicht nur Botticelli bewundert hat, sondern mit ihm viele seiner Zeitgenossen. Eine Provokation. Das, was Sie hier sehen, ist der Urknall der Renaissance.«

Der Professor schaute in die Runde und suchte die Blicke seiner Studierenden.

»Sie kennen die grausige Geschichte, die dahintersteckt? Die Renaissance öffnete die Geschichten der griechischen Mythologie wieder für ein breites Publikum und erzählte sie neu, vielleicht vergleichbar mit dem Öffnen der Muschel, aus der die Venus steigt. Ohne ihren Bruder, Kronos, gäbe es sie gar nicht. Er ist der Sohn von Himmel und Erde, von Uranos und Gaia, und der Herr über die Zeit. Weil sein Vater gewalttätig ist, stiftet seine Mutter ihn an, diesen zu entmannen – im wahrsten Sinne des Wortes. Kronos trennt das Geschlechtsteil seines Vaters ab und wirft es ins Meer. Es schäumt und brodelt und aus diesem Gebräu entsteht die Venus. Botticelli malt den Moment, in dem sie in einer Muschel an Land gespült wird. Ein Akt der Emanzipation? Eine Frau triumphiert über die Verherrlichung des Phallus.«

Er machte eine Pause.

Niemand rührte sich.

»Beim nächsten Mal werden wir das Gemälde analysieren und ich verspreche Ihnen – es wird nichts von seiner Faszination einbüßen. Außerdem lernen Sie noch ein weiteres Gemälde von Botticelli kennen: *Venus und Mars* – der Sieg der Liebe über den Krieg. Auch eine Emanzipationsgeschichte? Wir werden sehen. Vielen Dank für heute und bleiben Sie heiter.«

Alle klopften anerkennend mit der Faust auf ihre Klapptische und der Professor deutete eine Verbeugung an. Dieser Professor war Patrik.

Mia und Johannes waren fasziniert von Venus und Mars und voneinander. Es verging ein Winter, in dem sie sich aneinander wärmten, Mia den Wollpullover von Johannes trug und er ihren Schal um seinen Hals wickelte. Es verging ein Frühling, in dem sie ihre nackten Beine in eiskalte glucksende Bäche hielten, im Park auf der Wiese lagen und Gemälde der Moderne analysierten und abends im Biergarten über Politik diskutierten. Und nachts liebten sie sich in Mias Bett, auf ihrem Teppich oder bei Johannes auf der Couch. An einem Sommertag, an dem es draußen so heiß war, dass selbst die Vögel stumm auf den Zweigen saßen, begegneten sie sich zum letzten Mal.

Mia hatte mit Johannes einen Spaziergang durch den Park gemacht und er fragte: »Eis?«

Sie nickte und sie schlugen den Weg zur nahe gelegenen Eisdiele ein. Vor der Tür hatte sich eine Menschenschlange gebildet und es dauerte, bis sie endlich an der Reihe waren. Drinnen war es angenehm kühl und der Raum war durchflutet von einem bläulichen Licht. Ein Ventilator in der Ecke blies den Menschen in der Warteschlange kalte Luft um die Beine. Bei dem Andrang bedienten vier Eisverkäuferinnen gleichzeitig. Mia bestellte so viele Eiskugeln, wie das Hörnchen gerade noch fassen konnte. Es sah aus wie ein kleiner Trompetenbaum. Irgendwie instabil. Sie setzten sich mit ihren Eishörnchen auf die Bank vor dem Eiscafé.

Dort war es schattig und alles leuchtete in der Farbe der Markise, knallig orange, sogar ihre Gesichter.

Sie lehnten sich mit dem Rücken an die Hausmauer und Mia blickte auf die Eistischchen, die vor ihnen auf dem Platz verstreut aufgestellt waren und wacklig auf drei Beinen standen. Von den runden, silbrigen Tischplatten konnte man nicht viel erkennen. Sie waren vollgestellt mit Eisbechern, Gläsern und Kaffeetassen. Ein ungeschickter Tritt vor eines der Tischbeine und die bunte Pracht wäre auf dem Asphalt gelandet. Die Servierkraft schlängelte sich geschickt durch die Menge und wirkte trotz des Trubels entspannt. Mia beobachtete sie mit großem Respekt. Ob dieses tänzerische Gehen durch Hindernisse zur Ausbildung gehörte? Dann würde sie das auch gerne lernen. Nicht um Eis zu verkaufen, sondern um möglichst unbeschadet durchs Leben zu kommen.

Nur wenige Meter entfernt sah Mia ein kleines Kind, das eine riesige Eiswaffel in der Faust hielt. Es saß in einem Kinderwagen, der seitlich neben dem Tischchen geparkt worden war. Die Leute an dem Tisch schienen sich für das Kind nicht weiter zu interessieren. Sie schauten nicht einmal hin.

»Ist mit dir alles okay?«, fragte Mia und schaute Johannes von der Seite an.

»Wieso fragst du?«

»Na ja, du bist nicht sehr gesprächig in der letzten Zeit«, sagte sie, »genauer gesagt, seit vorgestern.«

Das Gesicht des Kindes in dem Kinderwagen verschwand fast hinter der Eiskugel und das Eis rann an den Seiten der Hand entlang und über die Finger. Nach einer Weile rutschte die Eiskugel im Zeitlupentempo an der Waffel herunter und Mia schaute zu, wie die kleinen Finger des Kindes das Schokoladeneis zuerst im Gesicht, dann an den Beinen und schließlich den Rändern des Kinderwagens verteilte. Zuletzt flog die leere Waffel aus dem Wagen. Das war der

Moment, in dem die Erwachsenen aufmerksam wurden. »Oh, mein Gott! Was für eine Sauerei!«, schrie eine der Frauen und hob das Kind aus dem Wagen.

Was dann folgte, wollte Mia sich nicht anschauen, denn die Frau kramte ein Taschentuch hervor und spuckte mehrfach darauf.

»Darf die das?«, flüsterte sie Johannes zu, der mittlerweile auch darauf aufmerksam geworden war, und rückte etwas näher an ihn heran.

»Meinst du rein rechtlich oder moralisch?«, fragte er.

»Grundsätzlich, meine ich. Es gibt allgemeine Regeln, die immer und überall gelten.«

»Du glaubst gar nicht, was Menschen so alles tun, ohne jemals dafür belangt zu werden. Das da ist doch noch harmlos.«

»Findest du? Das ist eklig.« Mia rümpfte die Nase.

»Soll sie das Kind etwa vorher um Erlaubnis bitten?«

»Ja, ich denke schon.«

»Es ist doch noch viel zu klein. Und was, bitte, ist an der Spucke der eigenen Mutter so eklig?«

»Es ist Spucke, mein Gott!« Mia schaute ihn entgeistert an.

»Körperflüssigkeit eben.« Johannes zuckte mit den Schultern. »Und wenn Menschen sich lieben, dann … Müssen wir nicht weiter vertiefen, oder?«

»Oha!« Mia dachte nach und konzentrierte sich dabei auf die letzten Reste Eis in ihrem Hörnchen. »Du meinst also, dass Menschen, die sich lieben, nicht mehr um Erlaubnis fragen müssen, bevor es intim wird?«

»Habe ich dich etwa jedes Mal gefragt, bevor wir uns geküsst haben? Wir haben einander vertraut. Und dieses Kind vertraut seiner Mutter. Und außerdem ist es noch viel zu klein, um selbst zu entscheiden.«

»Wo würdest du denn die Grenze ziehen? Also altersmäßig. Wann ist ein Kind alt genug, um gefragt zu werden – bei so was?« Mia wurde unbehaglich zumute.

»Sobald es selbst auf ein Taschentuch spucken kann. Aber mal im Ernst ...« Johannes rutschte auf der Bank nach hinten und richtete seinen Oberkörper auf. »Schwieriges Thema. So etwas gibt es doch auch bei jungen Erwachsenen oder nicht? Ich meine, dass sie sich missverstehen – in diesen Dingen.«

»Moment mal.« Mia kniff die Augen zusammen und sah ihn an. »Reden wir eigentlich noch über das Kind da drüben?«

»Irgendwie hat diese Situation da ...« Er deutete mit seiner Eiswaffel in die Richtung der Frau, die gerade damit beschäftigt war das Gesicht des Kindes mit ihrem bespuckten Taschentuch von Schokoladeneis zu befreien. »Ja, Mia, du hast recht, da gibt es etwas, das ich dir schon längst sagen wollte.«

Johannes biss ein großes Stück aus seiner Waffel und Mia konnte hören, wie das Gebäck in seinem Mund zerbröselte. »Ich habe niemanden angespuckt oder so, es ist sehr viel schlimmer, glaube ich.«

»Huch«, sagte Mia und fühlte sie sich jetzt erst recht unwohl.

Die Frau hatte das Kind wieder im Kinderwagen verstaut und schob den Wagen nun so dicht an ihnen vorbei, dass sie die Beine anziehen mussten, damit sie ihnen nicht über die Füße rollte.

»Entschuldigung«, sagte die Frau, »aber Sie sitzen im Weg.«

Sie hielt den Kopf hoch und ging mit energischen Schritten an ihnen vorbei. Dann war sie verschwunden und man hörte in der Ferne nur noch leise das Kind schreien.

»Lass uns gehen, okay?« Mia stand auf und zog Johannes von der Bank hoch. Sie gingen zurück in den Park und Mia steuerte eine der riesigen Eichen an.

Dort setzten sie sich ins Gras und lehnten sich mit dem Rücken an den Stamm. Sie schwiegen und Johannes rupfte einen Grashalm nach dem anderen aus.

»Du hättest längst mit mir reden sollen«, sagte Mia nach einer Weile.

»Ich weiß.« Er sagte das sehr leise und mehr zu dem kleinen Büschel Gras als zu ihr.

»Willst du jetzt darüber reden?«

»Zuerst muss ich dich etwas fragen.«

»Frag einfach.«

»Kennst du die Ballade von Schiller? Die mit dem verschleierten Bild?« Johannes ließ das Gras fallen und schaute sie an.

»Ja, ich erinnere mich dunkel. Da will jemand unbedingt die Wahrheit wissen und ist nachher tot.«

»So ungefähr, aber der Junge ist nicht tot, sondern *besinnungslos und bleich*, wie es heißt.«

»Ich habe mir nur den Schluss behalten«, sagte Mia, »der Rest ist weg. Ich weiß nur noch, dass er einer Statue – ich glaube, es war eine Göttin – den Schleier wegreißt.«

»Er reißt ihn nicht weg, sondern hebt ihn nur etwas an. Ein Priester hatte behauptet, dass darunter die Wahrheit verborgen sei. Aber es gäbe ein Gesetz, dass niemand unter diesen Schleier schauen dürfe, es sei denn, die Göttin würde es ausdrücklich erlauben. Der Junge hat den Schleier trotz des Verbots in der Nacht angehoben und daruntergeschaut. Am nächsten Morgen lag er ohnmächtig vor den Füßen der Göttin. Es heißt, er habe niemandem gesagt, was er gesehen hat und sei nie mehr froh geworden.«

»Aha«, sagte Mia, »und warum erzählst du mir das? Hast du Sorge, dass es mir ergehen könnte wie diesem Jungen? Dass ich nach deinem Geständnis *besinnungslos und bleich* hier vor dir ins Gras sinken könnte?« Mia versuchte in seinem Gesicht zu lesen, aber er schaute durch sie hindurch. Die Blätter der Baumkrone warfen tanzende Schatten auf sein Gesicht.

»Nein, nein, das ist es nicht. Ich weiß einfach nicht, ob heute der richtige Zeitpunkt zum Reden ist. Oder ob ich lieber weiter darüber schweigen sollte. Was glaubst du, warum Menschen über so viele Dinge in ihrem Leben einen Schleier breiten? Doch nicht, weil es so hübsch aussieht, sondern weil darunter so viel Hässliches, ja, Verstörendes verborgen liegt. Und woher weiß ich, wann es Zeit wird, den Schleier zu heben? Vielleicht ist es sogar fahrlässig dir gegenüber.«

»Mach dir um mich mal keine Sorgen. Was ist es? Was hast du getan, Johannes?« Mia griff nach seinem Arm, als wäre er auf der Flucht und sie müsse ihn festhalten.

»Ich verspreche dir, dass ich dir eines Tages alles erzählen werde.« Johannes legte seine Hände an Mias Wangen und schaute ihr in die Augen. »Bitte.« Sie sah, wie er schluckte. »Jetzt schaffe ich es noch nicht.«

»Moment mal!« Mia löste sich von Johannes und hockte sich direkt vor ihn ins Gras. Sie ergriff seine Hände und zog ihn näher zu sich heran. »Ich gehe hier nicht weg, bis du mir alles gesagt hast.«

Johannes schwieg, aber sie spürte, wie er seine Hände in ihren anspannte.

»Ich verstehe alles. Egal, was es ist«, sagte sie und wusste, dass es gelogen war. Es gab Dinge, die würde sie nie verstehen. Natürlich wusste er das auch.

»Ach, Mia, hör auf«, sagte er, »wenn ich jemanden ermordet hätte, würdest du das sicher nicht verstehen. Auch keine Vergewaltigung oder wenn ich heimlich Kinderpornos schauen würde. Es sieht nicht gut aus für mich, fürchte ich. Ich bin zwar kein Mörder und ich schaue auch keine Kinderpornos, aber ...« Hier brach er ab und eine Weile sagte niemand etwas.

Mia dachte fieberhaft nach. »Willst du damit sagen, dass du ...« Weiter kam sie nicht. Er flüsterte nah an ihrem Ohr: »Und wenn es so wäre?«

Sie erstarrte. Es war, als habe eine Faust nach ihrem Herzen gegriffen und kurz den Blutkreislauf gestoppt. Da war keine Wärme mehr in ihr. Johannes umarmte sie und sie ließ es geschehen. Sie fühlte sich wie ein Puppe in seinen Armen. Von Weitem sahen sie jetzt bestimmt aus wie eine der Skulpturen, die verstreut in dem Park standen. Mia hatte bei ihren Spaziergängen oft davorgestanden mit einer Mischung aus Bewunderung und Schauder, als wäre ein Glühen in den steinigen Gesichtern, das sie zwar wärmen, aber ebenso gut verbrennen könnte, wenn sie zu lange hinschauen würde.

Endlich spürte sie, wie das Blut wieder in ihren Adern zirkulierte und löste Johannes' Arme von ihrem Körper. Das ging erstaunlich leicht, als gehörten sie gar nicht zu ihm. Sie gab sie ihm zurück und eine Weile hingen sie an seinem Oberkörper wie leere Wasserschläuche. Dann zog er die Beine an seinen Körper und umschloss sie mit seinen Armen. Als sie aufstand und sich vor ihn stellte, schaute sie auf ihn herab wie auf einen Fremden.

»Lass uns heute Abend darüber sprechen, okay?« Sie drehte ihm den Rücken zu und setzte vorsichtig einen Fuß vor den anderen, als müsse sie das Laufen neu lernen.

Johannes kam an diesem Abend nicht nach Hause und auch am nächsten nicht. Er war wie vom Erdbo-

den verschluckt. Sie blieb allein zurück in der Altbauwohnung, die sie gerade erst gemeinsam gemietet
hatten. Über seine Vergangenheit hatte er nie gern
gesprochen. Wenn sie ihn danach gefragt hatte, hatte
er so etwas gesagt wie: »Erzähle ich dir später« oder
»Frag besser nicht, würde dir nicht gefallen.« Sie
kannte seine Eltern nicht, wusste nicht, wo er geboren war, ob es Freundinnen oder Freunde aus seiner
Jugend gab, wo er vor dem Studium gewesen war.
Und jetzt war er einfach verschwunden und sie wusste nicht, wo sie ihn suchen sollte.

Das alles lag nun dreißig Jahre zurück. Nach
Patriks Tod vor einem Jahr war sie in die Stadt gezogen und hatte dort wieder eine Altbauwohnung gemietet, ähnlich wie in ihrer Studentenzeit, mit hohen
Decken und großen Fenstern. Diese Entscheidung
hatte sie sehr schnell getroffen. Sie verkaufte das
Haus und David war einverstanden, aber auch ein
bisschen wehmütig.
    »Ist doch mein Elternhaus«, sagte er, und: »Es gibt
Leute in meinem Alter, die bauen das Haus ihrer
Eltern um und ziehen dort ein«, aber ernsthaft vorge-
habt habe er so etwas nie. Dieser Vorort sei ihm zu
miefig. Ob er wirklich das Wort 'miefig' benutzt hatte,
wusste Mia nicht mehr, aber es ging in diese Richtung.
    Die Wohnung befand sich im obersten Stock auf
Höhe der Baumkronen und im ersten Frühling in der
neuen Wohnung hatte sie zugeschaut, wie täglich
mehr grüne Spitzen aus den kahlen Zweigen hervor-

brachen. Im Sommer färbten die Blätter das Licht im Wohnzimmer grünlich und im Herbst konnte sie zusehen, wie das trockene Laub am Fenster vorbei auf die Straße rieselte. Sie wohnte nun schon über ein Jahr hier. Der zweite Frühling und Sommer waren vorüber und der Herbst brach herein. Es war September und die Tage wurden kürzer und insgesamt trüber. Wenn nicht jetzt, wann dann?, hatte sie sich gedacht. Noch länger konnte sie nicht warten und darum hatte sie auf besondere Lichtverhältnisse gehofft. Auf einen Tag, der schon morgens das Versprechen einer blauen Stunde am Abend in sich trug. Darum heute der Anruf bei Johannes. Nur war das Telefongespräch mit ihm anders verlaufen, als sie gehofft hatte. Jemand war ihm in den Weg getreten und hatte ihn am Telefonieren gehindert. Er hatte nicht von sich aus das Gespräch abgebrochen. Trotzdem schien es endgültig und Mia wurde das Gefühl nicht los, dass die blaue Stunde dauerte und dauerte. Sie befand sich in dem diffusen Bereich zwischen 'Klammer auf' und 'Klammer zu'. Noch weigerte sie sich, die Klammer zu schließen.

Mittlerweile war sie zu Hause angekommen und hatte das Handy auf den Tisch gelegt. Sie stellte sich ans Fenster und schaute hinaus in die Dunkelheit. Im Schein der Straßenlaterne fielen einige Blätter schwankend abwärts, bis sie geräuschlos auf dem Boden landeten.

Sie rechnete nicht damit, dass Johannes sich noch einmal bei ihr melden würde. Aber genau das tat er. Es dauerte eine Stunde, da erhielt sie folgende Nach-

richt: »Kannst du morgen gegen 15:00 Uhr zur Eisdiele kommen?«

Sie tippte: »Ich werde da sein«, und legte das Handy so vorsichtig auf die Tischplatte, als befürchte sie,
dass es in tausend Teile zersplittern könnte.

4.

Am nächsten Tag sah der Himmel bleich aus und es war kühl. Als sie von Weitem die Eisdiele erblickte, sah sie davor nur ihn. Sie erkannte ihn sofort. Er saß auf der Bank, trug einen schwarzen Filzhut und einen langen Mantel – ebenfalls schwarz. Er sah nicht aus, als ob er auf jemanden warten würde. Dafür saß er viel zu gelassen dort auf der Bank, die Beine übereinandergeschlagen und den Oberkörper nach hinten gelehnt. Die Hände steckten in den Manteltaschen. Mia blieb stehen und atmete dieses Bild ein. Sie hatte sich immer wieder vorgestellt, wie es sein würde, ihm eines Tages wieder gegenüberzustehen. So hatte sie sich das nicht vorgestellt.

Im Gegenteil. Ihr Wiedersehen verlief dabei jedes Mal spektakulär. Es wurde laut, leidenschaftlich, stürmisch. Aber das hier war anders. Um sie herum war alles ruhig, als hätte jemand auf Pause gedrückt.

Sie setzte einen Fuß vor den anderen, ganz vorsichtig, wie damals im Park, und als sie vor ihm stand, hob er den Kopf, sah sie einige Sekunden schweigend an, lächelte dann und fragte: »Eis?«

Sie nickte und sie gingen in den Eissalon und bestellten alles genau wie damals. Es war niemand außer ihnen dort. Hinter der Theke stand eine Eisverkäuferin, die müde aussah, aber durchaus freundlich ein Hörnchen mit Eis so vollstopfte, dass Mia es kaum halten konnte, als sie es über die Theke reichte.

»Möchten Sie eine Serviette dazu? Und einen kleinen Löffel vielleicht?«

Mia nickte, nahm die Serviette und den Plastiklöffel entgegen und wartete, bis Johannes seine Eiswaffel entgegennehmen konnte. Sie setzten sich wieder draußen auf die Bank und schauten über die leeren Tische.

»Wir haben keine Eisdiele im Dorf«, sagte Johannes, »ich glaube, das ist mein erstes Eis in diesem Jahr.«

»Wie schade«, sagte Mia und das meinte sie ganz ernst, »was ist das für ein trauriges Dorf, in dem du wohnst?«

»Willst du wissen, wie viele Einwohner es hat?« Er schaute Mia zu, wie sie versuchte die Stabilität des Eiskugelbaumes trotz schwindender Eismenge zu halten. »Beim nächsten Mal nehme ich eine Kugel weniger«, sagte sie.

»Sicher?«

»Nein, nicht wirklich.« Mia lachte. »Mich interessiert einfach, wie und wo du lebst. Mehr nicht.«

»Das Dorf hat einen Supermarkt, eine Post, eine Apotheke, zwei Ärzte, eine Kirche und einen Friedhof. Direkt neben dem Friedhof wohnen wir. Unser Haus ist das letzte in der Straße und dahinter ist nur noch Wald und Feld. Ist es das, was zu wissen wolltest?«

»Wir?«, fragte Mia, und im selben Moment wusste sie, dass sie die Antwort gar nicht hören musste, weil sie sie bereits kannte.

»Ja, wir. Ich bin verheiratet. Wir haben uns lange nicht gesehen, Mia.« Sie wich seinem Blick aus und schaute stattdessen auf ihr Waffelhörnchen, als gäbe es dort einen Hinweis auf eine angemessene Reaktion.

»Das war nicht meine Entscheidung.« Mia war nicht sicher, ob das angemessen war, aber es war zutreffend. »Und was machst du so tagein tagaus?«, fragte sie.

»Ich behaue Grabsteine.«

»Oh. Du hast einen eigenen Betrieb?«

»Na ja, ich habe eine Werkstatt.«

»Und die Kunst? Hast du dir deinen Bildhauer-Traum erfüllt? «

»Ja und nein. Ab und zu mache ich eine Ausstellung mit kleineren Werken. Bisher nichts von Bedeutung. Manchmal kauft jemand was, aber ich bin nicht besonders bekannt, wenn du das meinst. Für mich zählt, dass ich bildhauern kann. Im Moment arbeite ich an einer größeren Figur, aber sie zeigt sich noch nicht, dabei sehe ich sie ganz deutlich vor mir. Hier drin ...« Er tippte sich an die Stirn. »Hier drin ist sie vollkommen fertig. Ich nenne sie ,Träumer', weil sie so ... wie soll ich sagen?, ... weil sie noch so dazwischen steht ... zwischen Tag und Nacht.«

Mia nickte. »Du meinst im Zwielicht? Vielleicht wartet dein Träumer mit dem Erwachen auf die blaue Stunde. Wie ich mit meinem Anruf bei dir.« Wieder lachte sie. Einige Minuten vergingen, in denen sie schwiegen, ihr Eis schleckten und die Hörnchen aufaßen. Am Ende blieb für Mia nur die Serviette und der Plastiklöffel. Sie schob beides in ihre Manteltasche. Als wäre das ein geheimes Zeichen, auf das er die ganze Zeit gewartet hatte, stand Johannes auf, griff nach ihrer Hand und zog sie von der Bank.

»Gehen wir ein Stück?«, fragte er.

Aber er ging nicht, sondern blieb dicht vor ihr stehen und sie sah die Falten um seine dunklen Augen und seinen Mund. Und dann sah sie das Leuchten in seinen Augen und sein Lächeln. Seine langen Haare waren längst nicht mehr so dicht und auch nicht mehr schwarz, sondern grau und er hatte sie zu einem Zopf gebunden. Den Hut hatte er bisher nicht abgenommen. Vielleicht gab es kahle Stellen auf seinem Kopf, die er verstecken wollte. Sie schaute ihn genauso prüfend an wie er sie. Es war, als würden sie versuchen in ihren Gesichtern anhand der Lebenslinien die dazugehörigen Geschichten aufzuspüren und zu durchwandern.

»Entschuldigung, aber Sie stehen im Weg.« Mia ging einen Schritt zur Seite. Johannes ebenfalls, nur in die andere Richtung. Ohne sie weiter zu beachten, ging eine Frau zwischen ihnen hindurch und steuerte mit energischen Schritten auf die Tür der Eisdiele zu. Den Kopf hielt sie so hoch, dass sie fast die kleine

Stufe am Eingang übersehen hätte. Als sie wieder herauskam, sagte sie: »Wieso müssen sie sich auch direkt vor der Tür in die Arme fallen?« In der Hand hielt sie zwei Eiswaffeln mit Schokoladeneis.

An der Straßenecke wartete ein junger Mann auf sie. Er hielt sich an einem Kinderwagen fest. Sie streckte ihm eine der Eistüten entgegen, hakte sich bei ihm ein und sie gingen die Straße hinunter.

»Ich glaube, ich habe gerade ein Déjà vu«, sagte Mia. Sie zeigte auf die beiden, die gerade hinter einer Häuserecke verschwanden.

»Denkst ernsthaft, dass das die Frau von damals ist? Und er das bekleckerte Kind?« Johannes lachte.

Er schaute kopfschüttelnd die Straße hinunter, obwohl niemand mehr zu sehen war. Dann zuckte er mit den Schultern. »Gehen wir?«, fragte er und Mia nickte.

Zum Park war es nicht weit. Der Kies knirschte unter ihren Füßen und Mia fror. Vielleicht lag es an dem Eis. Oder doch an dem Mann, der neben ihr ging? Es waren kaum Menschen unterwegs. Weit vor ihnen sah sie eine Frau mit einem Rollator, auf dem Klettergerüst spielten zwei Kinder und ein Mann saß davor auf einer Bank, rauchte und schaute ihnen zu. Unter den Bäumen lag das erste Laub – der letzte Sturm hatte es vermutlich heruntergeblasen. Als sie an dem Baum vorbeigingen, an dem sie damals gesessen hatten, schaute Mia ganz bewusst daran vorbei. Sie hatte das Gefühl, dass auch Johannes den Blick zur Seite vermied. Waren sie gerade dabei alle Details ihres letzten Treffens, von der Eisdiele bis zum

41

Park, noch einmal zu wiederholen? Und diesen Baum ließen sie links liegen? Sie hörte, wie Johannes sich räusperte.

»Was machen wir hier, Mia?«, fragte er, »warum hast du mich angerufen?«

Mia blieb stehen und schaute ihn an. »Das wird nicht ganz leicht … ist eine längere Geschichte. Wenn ich dich bitte, mir einfach zuzuhören, und mich nicht zu unterbrechen, kriegst du das hin?«

»Ich denke schon«, sagte er und lächelte.

»Lass uns einige Runden gehen und nicht stehen bleiben. Nirgends. Drei Runden oder so sollten reichen.«

Der Park war nicht besonders groß. Wenn man in der Mitte stand, konnte man zu allen Seiten hin die Außengrenzen sehen und erkennen, wo die Straßen verliefen, Autos parkten, Leute gingen und die Geschäfte waren.

»Ich höre«, sagte Johannes und dann schwieg er.

»Also gut.« Mia schob beide Hände in ihre Manteltaschen und während sie sprach, schaute sie sich nicht mehr nach Johannes um. Ihre Hände waren kalt und feucht, aber sie ging schnell und war ihrer Angst bei jedem Schritt ein kleines Stück voraus – wie die Schildkröte bei dem Wettlauf mit Achilles. Sie hatte einen winzigen Vorsprung, und wenn sie das jetzt durchzog, ohne anzuhalten, hatte sie gewonnen. Diesmal würde sie es schaffen.

»Als du damals abends nicht nach Hause gekommen bist und auch an den nächsten Tagen nicht, habe ich versucht, dich zu finden. Aber niemand wusste etwas. Nicht einmal ich, obwohl wir doch in einem Bett geschlafen und uns an demselben Waschbecken die Zähne geputzt haben. Wir haben ein Klo benutzt und eine Dusche und trotzdem wusste ich weder, woher du kommst noch etwas über dein Leben vor unserer gemeinsamen Zeit. Ich stand da mit deinen Klamotten, deiner Zahnbürste, deinem Rasierzeug und deinen Büchern. In dem Moment ist mir erst aufgefallen, wie unverbindlich du mit mir gelebt hast damals. Als hättest du alles von Wert an einem anderen Ort gelagert. Oder würdest es mit dir herumtragen und niemandem anvertrauen. Dein Kram passte in eine einzige Kiste. Ich habe sie für dich verwahrt und in ganz schlechten Zeiten habe ich sie geöffnet und gehofft, dass etwas von deinem Geist darin gefangen ist. Aber da war nichts. Nicht mal dein Geruch. Du hast alles mitgenommen. Das hat mich fertig gemacht.

Anscheinend hat man mir das auch angesehen. Eines Tages konnte ich nach einem Seminar bei unserem Kunstgeschichtsprofessor nicht mehr aufstehen. Ich saß auf diesem Klappstuhl irgendwo in der vierten oder fünften Reihe und meine Beine funktionierten nicht. Ich habe versucht mich zu beruhigen und dachte, das wird schon wieder, ich muss bestimmt nur was trinken oder so und habe aus dem Rucksack, der bei meinen Füßen stand, meine Wasserflasche hervorgekramt, und als ich wieder aus der Versenkung aufgetaucht bin, saß der Professor neben mir in der Reihe. Ein Klappstühlchen hatte er zwischen uns frei gelassen. Er hat mich gar nicht angeschaut, sondern nach vorne und gesagt: 'Ihnen geht es nicht gut, oder?' Ich weiß nicht mehr genau, was ich gesagt habe, aber damit fing alles an. Er hat ganz ruhig neben mir gesessen und gewartet, bis meine Beine wieder funktionierten. Zwischendurch sagte er mal: 'Keine Panik. Ich kenne das. Ist gleich vorbei.' Als ich wieder laufen konnte, hat Patrik mich mit in sein Büro genommen und mir von seiner letzten Reise nach Italien erzählt. Wir haben uns in einem italienischen Restaurant zum Essen verabredet, dessen Besitzer er sehr gut kannte. Es war ein wunderschöner Abend und ihm folgten weitere wunderschöne Abende und dann auch Tage. Nach ein paar Wochen hat er mich gefragt, ob ich ihn heiraten möchte und ich habe 'Ja' gesagt. Das war irgendwie ganz einfach. Überraschend einfach. Ich habe es nie bereut. Jeden Tag ist etwas mehr von seiner Liebe in mich hineingetröpfelt, bis ich ganz voll davon war. Und als dann David geboren wurde ...«

»Moment mal!« Johannes blieb so plötzlich stehen, als hätte man ihn vorübergehend vom Strom genommen. »Du hast ein Kind?«

Mia hörte ihren Puls in den Ohren rauschen. »Ach, habe ich dir das nicht gesagt?« Sie beeilte sich, ihre Runden durch den Park fortzusetzen. »Ja, mit David waren wir lange Zeit eine glückliche Familie mit allem, was dazugehört: das erste Brabbeln, vollgesabberte T-Shirts, klebrige Küsse und so. Es war einfach perfekt. Bis Patrik krank wurde. Voriges Jahr ist er an einem aggressiven Blasenkrebs gestorben. Ich würde diesen Krebs allerdings nicht aggressiv nennen, sondern regelrecht tobsüchtig. Irgendwo habe ich mal ein Bild gesehen von diesem biblischen Ungeheuer, dem Leviathan. So ähnlich habe ich mir dieses Monster vorgestellt, das da in Patrik gewütet hat. Das Verrückte ist, dass Gott selbst den Leviathan erschaffen hat und zwar zu seinem eigenen Zeitvertreib. In den Abendstunden, wenn er fertig ist mit seiner Arbeit, spielt er mit ihm, so wie wir Fernsehen gucken oder Bücher lesen. Es ging alles rasend schnell und uns blieb nicht viel Zeit für den Abschied. Ich musste Patrik etwas versprechen, bevor er starb, und ich kann dieses Versprechen nicht einlösen, ohne vorher mit dir gesprochen zu haben.«

Johannes hatte sie nicht mehr unterbrochen. Schweigend war er die letzten beiden Runden neben ihr hergegangen, ohne sie anzusehen, während sie sprach. Jetzt blieben beide stehen.

»Mia«, sagte er, »was für ein Versprechen ist das?«

»Wenn das so einfach wäre.« Mia schaute sich um, aber da war niemand. Da war nur Johannes neben ihr und neben Johannes stand ihre Angst und wedelte mit den Armen. Um die abzuhängen, hätte es noch einige Runden mehr gebraucht. Sie hatte sich grandios verschätzt. Wieder einmal. In der Theorie gewann sie den Wettlauf, aber wenn es drauf ankam, ließ sie sich überholen.

»Ich weiß nicht, was ich dir zumuten kann … und überhaupt … es war ein Fehler. Ich hätte Patrik dieses Versprechen niemals geben dürfen.« Sie stöhnte und schlug sich mit der Hand vor die Stirn.

»Du willst jetzt nicht kneifen, oder? Mia! Was ist es?« Johannes machte einen Schritt auf sie zu. Sie konnte seinen Atem in ihrem Gesicht spüren.

»Genau das ist mein Problem.« Mia ließ ihn stehen und schlug den Weg zu einem der Ausgänge ein. Johannes folgte ihr. »Wenn ich dir jetzt die Wahrheit sage, dann weiß ich nicht, was passiert. Es hängt so viel davon ab. Die Wahrheit muss man aushalten können. Nachher liegst du irgendwo bleich im Gras und sprichst jahrelang kein Wort mehr. Wie dieser Jüngling aus der Ballade von Schiller, der unbedingt die Wahrheit sehen will, tut mir leid, ich habe seinen Namen vergessen.«

»Er hat keinen Namen«, sagte er, »immer noch nicht. Ich erinnere mich sehr gut an unser Gespräch damals. Du etwa nicht?«

»Doch, natürlich. Nur, dass du damals derjenige warst, der nicht rausrücken wollte mit der Wahrheit und stattdessen ein blödes Ratespiel mit mir veranstaltet hat.«

»Und darum machst du heute das gleiche mit mir? Was soll das? Ist das ein verspäteter Racheakt?« Johannes blieb mitten auf dem Weg stehen, als wäre dort ein riesiges Stop-Schild. Er packte sie bei den Schultern und drehte sie zu sich herum. »Tut mir leid, Mia«, sagte er, »ich bin raus. Du hast *mich* angerufen. Nicht umgekehrt. Mir reicht's!«

Dann rannte er los und ließ sie einfach stehen. Er hatte sehr lange Beine und seine Schritte waren entsprechend groß.

»Warte doch!« Sie lief hinter ihm her und hielt ihn am Mantel fest. Er blieb stehen und drehte sich betont langsam zu ihr herum. Sie hatte vergessen, welche Kraft in seinen Augen lag und musste jeden Muskeln anspannen, damit sie seinem Blick standhalten konnte. Sofort begann sie zu zittern. Einfach überall. Man hörte es sogar in ihrer Stimme, als sie sagte: »Bitte geh jetzt nicht. Nicht noch einmal. Und vor allem nicht so.«

Einige Sekunden standen sie schweigend voreinander. Auf der Wiese pickten drei Krähen, machten krah, krah, und schwangen sich in die Luft. Mia schaute ihnen hinterher. Ihre tiefschwarzen Flügel hinterließen Muster auf dem Grau des Himmels.

»Hör zu, Mia«, sagte Johannes und legte seine schweren Hände auf ihre Schultern. »Ich glaube, heute wird das nichts mehr. Am besten wir trennen uns hier. Du gehst nach Hause und ich in die Pension am Bahnhof. Ich übernachte dort, weil ich morgen noch einen anderen Termin habe. Etwas Geschäftliches. Es geht um meine Statue, den Träumer. Vielleicht findet er eines Tages hier im Park seinen Platz. Wer weiß … « Er ließ sie los und sein ausgestreckter Arm glitt über die Silhouette des Parks. »Und morgen früh treffen wir uns bei dir und dann versuchen wir es noch einmal. Einverstanden?«

Mia nickte und fühlte sich, als hätte sie eine wichtige Prüfung vergeigt. Sie schluckte mehrfach, schickte ihm ihre Adresse auf sein Handy und sagte: »Morgen um 10:00 Uhr? Bringst du Brötchen mit? Kümmel mag ich nicht.«

»Ich weiß, Mia«, sagte Johannes, drehte ihr den Rücken zu und ging mit großen Schritten zum Ausgang des Parks. Mia wartete, bis sie ihn nicht mehr sehen konnte. Dann erst ging sie los. In die entgegengesetzte Richtung.

5.

Mias großer Bruder war der Held ihrer Kindheit. Jakob war vierzehn Jahre älter als sie und hatte ihr alles beigebracht, was man als Mensch auf diesem Planeten wissen muss: das Laufen, Fahrradfahren, Schlösser knacken, sich verstecken und draufhauen, wenn's nötig ist, Bilder malen, Geschichten erfinden und vor allem Musik machen. Das konnte man mit allen möglichen Geräten. Man konnte auf Töpfe schlagen oder auf einem Kamm blasen, man konnte aber auch ganz traditionell Gitarre spielen lernen. Mia entschied sich dafür ihm zuzuhören, denn Jakob konnte fast jedes Instrument spielen. Und er hatte ein Schlagzeug. Als sie alt genug war, nahm er sie mit zum Hafen in sein Studio. Obwohl – Studio war vielleicht nicht ganz der richtige Ausdruck. Es handelte sich um die untere Etage eines alten Hafengebäudes, das von unterschiedlichen Parteien bewohnt wurde. Jakob hatte die untere Etage gemietet und sie komplett entkernt und erneuert.

Jakob war Mias Stiefbruder, denn er hatte einen anderen Vater als sie. Viel gesprochen hat er nicht über ihn, aber Mia wusste, dass dieser Mann ihre Mutter und Jakob übel behandelt hat.

»Er war ein Säufer und Schläger und nur, weil er eines Tages zu besoffen war, um sich zu wehren, konnte ich ihm eins überbraten.« So hatte Jakob die Situation geschildert.

Bei ihrer Mutter klang das etwas anders. Mia konnte sich nicht mehr erinnern, wann sie ihr die Geschichte erzählt hatte, und sie hatte ihr ja auch nicht alles an einem Tag erzählt. In Mias Erinnerung war im Laufe der Zeit aber eine zusammenhängende Erzählung daraus geworden. Sie sah sich mit ihrer Mutter im Wohnzimmer auf der Couch sitzen. Die Mutter hatte einen Arm um sie gelegt und Mia hatte gefragt: »Wohin geht Jakob jeden Mittwoch? Als ich ihn gefragt habe, hat er nur gesagt, dass er zu dem Säufer geht und mir alles erzählen würde, wenn ich stark genug bin. Und dann hat er gegrinst und seine riesige Hand um meinen dünnen Oberarm gelegt und gesagt, dass wir morgen wieder trainieren und ist gegangen.«

Die Mutter zog sie zu sich heran und sagte: »Ach, Mialein, keine schöne Geschichte. Jakobs Vater war nicht immer so. Als er seinen Job verloren hat, hat er mit dem Trinken angefangen und regelmäßig mit uns gestritten. Wir konnten ihm nichts recht machen, und wenn es besonders schlimm kam, hat er mich geschlagen. Als ich eines Tages heulend in einer Ecke im Flur saß, hat Jakob sich zu mir gesetzt und gesagt: ‚Jetzt ist Schluss damit!' Er ist ins Wohnzimmer gegangen und ich konnte gar nicht so schnell hinterher, da hatte er seinem Vater eine der Bierflaschen auf dem Kopf zertrümmert. Er war damals erst drei-

zehn Jahre alt. Sein Vater hat den Schlag zwar überlebt, aber seitdem bringt er kein Wort mehr heraus.
Niemand weiß so genau, ob er nicht kann oder nicht
will. Er lebt in einem Pflegeheim und Jakob besucht
ihn jeden Mittwoch. Aber sein Vater reagiert nicht
auf ihn. Er schaut immer geradeaus aus dem Fenster. Manchmal bewegt er die Lippen, aber es kommt
kein Ton heraus. Ich habe für Jakob und mich eine
andere Wohnung gesucht, denn in der alten Wohnung konnten wir nicht bleiben. Soviel hätte ich gar
nicht putzen können! Es hätte immer nach Bier gerochen. Für die Polizei war der Fall sofort klar. Jakob
wollte mich beschützen und hat die Nerven verloren.
Trotzdem mussten wir einige therapeutische Sitzun-
gen hinter uns bringen. Weißt du, Mia, es war nicht
leicht für uns, also für deinen Bruder und mich, aber
er war noch ein Kind und ich war jung genug, um
mich wieder an die Frau zu erinnern, die ich einmal
war. Dein Vater kam ganz überraschend in mein
Leben und ich muss dir nicht sagen, was für ein großartiger Mensch er ist. Du weißt es. Ehrlich gesagt,
haben wir mit dir gar nicht mehr gerechnet. Wir waren beide über vierzig. Ich habe den Arzt ausgelacht,
als er mir gesagt hat, ich sei schwanger. Aber dann
haben wir uns einfach nur noch gefreut.«

Mehr hatte Mia nie erfahren und mehr wollte sie
auch gar nicht wissen.

Sie fuhr nach ihrem Treffen mit Johannes nicht nach
Hause, sondern zum Hafen. Dieser Septembertag war
sowieso schon grau, aber über dem Hafen hing so

dichter Nebel, dass sie kaum erkennen konnte, wo das Wasser begann und der Asphalt aufhörte. Alles schien gleichermaßen bleiern. Hier und da lugten schwammig und feucht Häuser, Hallen und Kräne hervor. Zum Glück kannte sie sich seit ihren Kindertagen dort so gut aus, dass sie das alte Hafengebäude auch mit geschlossenen Augen gefunden hätte (na ja, zumindest bildete sie sich das ein).

Vor dem Haus stand eine Bank und wie immer lag Jakobs dicker Kater darauf und schlief. Mia ging zu ihm hin, kraulte ihn im Nacken und sagte: »Hey, du auch hier?« Der Kater hob kurz den Kopf und sagte: »Mau.« Dann rollte er sich wieder zusammen. Das reichte offenbar an Kommunikation für diesen Tag.

Die Bank war feucht vom Nebel und Mia hatte keine Lust sich neben den Kater zu setzen. Außerdem wollte sie zu Jakob, und wenn er nicht hier draußen saß, rauchte und aufs Wasser schaute, war er unten in seinem Studio und machte Musik oder schraubte etwas zusammen. Damit verdiente er seit Jahren sein Geld. An den Wänden aufgereiht standen Kühlschränke, Waschmaschinen, Wäschetrockner und Elektroherde, aber auch Staubsauger und Rasenmäher. Es gab auch jede Menge kleinerer Geräte bis hin zu klitzekleinen Apparaten, die Mia nicht einordnen konnte. Vielleicht waren es Hörgeräte. Jakobs ganzer Stolz war ein riesiger Werkzeugschrank, in dem alle Werkzeuge waren, die er brauchte. Und das waren nicht wenige. Die Menschen brachten ihm seit Jahren ihre kaputten Geräte, die sie ins Herz geschlossen hatten und wussten, dass er sie heilen konnte. Meistens jedenfalls.

Mia betrat das Gebäude und ging die Treppen hinunter ins Untergeschoss. Von draußen drang nur noch dumpf das Quietschen der sich drehenden Lastenkräne und von fern das Rumpeln der Straßenbahn herein. Hier drinnen roch es nach feuchtem Putz, Staub und rostigem Stahl und Mia fühlte sich sofort besser. Sie erblickte Jakob in einer der Ecken, die ein Fenster nach draußen hatten.

Die Mauern des Gebäudes waren so dick, dass sie alle Außengeräusche dämpften. Auch das Licht war gedämpft, denn es gab keine üblichen Fenster, sondern Maueröffnungen in Form eines Rundbogens, in die man Glasbausteine gesetzt hatte. Vor einem dieser Fenster stand ein riesiger Holztisch und auf diesem Tisch stand ein Gerät, das aussah wie ein altes Radio. Anscheinend hatte er ihre Schritte gehört, denn er drehte sich zu ihr herum, ließ das Werkzeug fallen und schlenderte auf sie zu. Jakob war mehr als einen Kopf größer als sie, er war sehr breit und trug jedes Mal, wenn sie ihn in der Halle traf eine blaue Latzhose und darunter ein kariertes Hemd. Um seine Haare hatte er ein rotes Tuch gebunden. Seine Augen strahlten. »Mia«, sagte er, »du bringst die Sonne mit.«

»Welche Sonne?«, fragte Mia, »draußen ist es ekelhaft nass.«

Jakob umarmte sie so kräftig, dass sie für einen Moment keine Luft bekam und sagte: »Du bist mein Sonnenschein, Schwesterherz. Was führt dich hierher in diese dunkle Höhle?«

»Ich brauche dich. Ich weiß nicht mehr weiter.«

»So schlimm? Warte. Wir gehen raus und rauchen. Willst du auch eine?«

Mia schüttelte den Kopf und sagte dann: »Oder doch?«

»Ja«, sagte Jakob, »natürlich willst du eine.«

Er griff die Zigarettenschachtel, die auf dem Tisch neben dem Radio lag, und schlenderte hinaus. Das war seine Art zu gehen. Jakob schlenderte durchs Leben, und das sah man ihm an.

Draußen tippte er dem Kater auf den Rücken und sagte: »Rutsch mal, Dicker«, aber der Kater reagierte nicht. Außerdem war noch genug Platz für beide neben dem dicken Kater.

Er wischte die Bank mit dem Ärmel seines Hemdes trocken und machte eine einladende Geste. Es regnete nicht, aber die Regenrinne tropfte trotzdem von der Feuchtigkeit ringsherum, der Asphalt glänzte. »Setz dich!«, sagte er zu Mia und streckte ihr eine Zigarette entgegen, nahm selbst eine, gab ihr Feuer und zündete seine Zigarette an. Das alles geschah mit einer Langsamkeit, die es nur hier und mit ihm gab. So schlendrig wie sein Gang war, so waren auch seine Bewegungen.

»Was ist los?«, fragte er und zog einmal tief an seiner Zigarette.

»Ich habe eben Johannes getroffen.«

»Uih, Respekt!« Jakob zog die Augenbrauen hoch und klopfte ihr anerkennend auf die Schulter.

»Wir haben Eis gegessen und sind drei Runden durch den Park gegangen. Und wir haben geredet, obwohl, eigentlich habe nur ich geredet.«

»Na, endlich«, sagte er und legte seinen Arm um sie.

»Immerhin habe ich *angedeutet*, dass es da etwas gibt, was ich ihm sagen muss.«

Jakob nickte mehrmals hintereinander. Ein bisschen wie ein alter Mann, der über sein Leben nachdenkt und damit ganz zufrieden ist. »Verstehe«, sagte er, »das wurde aber auch Zeit, meinst du nicht? Wie lange ist Patrik jetzt tot? Ein Jahr, oder? Und du hast es ihm versprochen, verdammt noch mal.«

»Ich weiß.« Mia drückte ihre Zigarette unter der Bank aus.

»Und? Wie hat er reagiert?«

»Was meinst du?« Mia verschluckte sich am Rauch und musste husten.

»Wie hat er darauf reagiert?«, wiederholte Jakob seine Frage, »du hast es ihm doch gesagt, oder?«

»Nein.« Sie legte eine Hand auf ihre Stirn. »Wie gesagt: ich habe es *angedeutet*.«

Jakob beugte seinen Kopf nach hinten und schaute in den Himmel. Mittlerweile war es dunkel. »Echt jetzt? Du triffst dich mit ihm nach all den Jahren und lässt ihn einfach so wieder fahren?«

»Er fährt nicht, sondern übernachtet irgendwo am Bahnhof. Er hat noch einen Termin, sagt er, und morgen treffen wir uns noch einmal. Dann bekomme ich das hin. Ganz sicher.«

Es wurde still. Beide schwiegen. Dann sagte Jakob: »Gestern war David bei mir.« Er beugte sich etwas vor, um Mia ins Gesicht schauen zu können.

»Was? Wieso sagst du mir das nicht?«

»Soviel ich weiß, ist dein Sohn alt genug, um selbst zu entscheiden, wo und mit wem er seine Zeit verbringt.« Jakob grinste.

»Was wollte David bei dir?«, fragte Mia.

»Seinen alten Onkel besuchen? Reicht das nicht? Er kam gerade vom Friedhof. Er besucht Patrik regelmäßig und er erzählte mir, dass er dort an seinem Grab steht und sich erinnert. Und dann spüre er jedes Mal – trotz aller Dankbarkeit – so etwas wie einen Riss in einer kostbaren Porzellanvase. Das waren seine Worte. Als sei eure Familie eine Porzellanvase. Er spürt diesen Riss, Mia, und er befürchtet, dass eure Beziehung daran zerbrechen könnte. David weiß sehr genau, dass ihr ihm etwas verheimlicht habt. Rede mit ihm. Sonst tu ich es.« Er hob seine großen Hände von seinen Knien und hielt sie mit den Handflächen nach oben in die Luft. Er sah mit einem Mal ganz wehrlos aus.

»Nein, nein, bloß nicht. Ich mach's ja, oh mein Gott, mir wird schlecht.« Mia lehnte sich nach hinten an den Rücken der Bank und schloss die Augen.

»Was soll denn schon passieren?« Jakob legte seinen Arm um ihre Schultern.

Sie hielt die Augen immer noch geschlossen. »Weißt du, als Johannes damals nicht wiederkam und ich nach einer Woche feststellte, dass ich schwanger bin, war ich so verzweifelt, dass ich kurz darüber nachgedacht habe ... ohne dich hätte ich das nicht durchgestanden«, flüsterte sie ihm ins Ohr.

»Ich weiß«, sagte Jakob.

»Und Patrik hat es von Anfang an gewusst. Ich habe ihn ja nicht gedrängt oder so. Er wollte das Kind unbedingt. Es war plötzlich alles so klar. Als hätte er nur darauf gewartet, dass ich in sein Büro spaziert komme und sage, hey, du, ich bin schwanger, wollen wir das Kind gemeinsam großziehen?«

»Ja und? Würde zu Patrik passen.« Für Jakob schien das ganz normal.

Mia öffnete die Augen, richtete sich auf und stützte sich mit beiden Händen auf der Bank ab. »Wir haben einfach den richtigen Zeitpunkt verpasst, es David zu sagen. Weil es uns auch nicht wichtig erschien. Die meiste Zeit habe ich es sowieso vergessen. Komplett. Und Patrik ist und bleibt Davids Vater. Rein rechtlich ist er es sowieso. Aber als er dann krank wurde ... Ist das immer so, dass Menschen ihr Leben in Ordnung bringen wollen, bevor sie sterben?« Mia schaute Jakob an.

»Na ja, wenn du für längere Zeit das Haus verlässt, räumst du ja auch auf, oder nicht?«

»Ja, weil ich wiederkomme. Aber Patrik kommt nicht zurück.«

»Man weiß nie, ob man zurückkehrt. Niemand von uns weiß das. Da ist es schon besser vorzusorgen. Sonst findest du nichts mehr wieder.«

»Das musst du gerade sagen.«

»Hier ist alles super aufgeräumt«, sagte Jakob und zeigte nach hinten. Er kramte die Zigarettenschachtel hervor, nahm eine heraus und zündete sie an. »Ach, Mia«, sagte er und blies den Rauch in den Himmel.

Mia sah dem Rauch hinterher. Wie waren Menschen eigentlich auf die Idee gekommen dort oben in der Dunkelheit des Himmels Verstorbene zu vermuten? Als ob Patrik jetzt da oben wäre und auf sie herunterschauen würde. Was für eine absurde Vorstellung.

»Mir ist kalt«, sagte sie nach einer Weile, »gehen wir rein? Außerdem ist es dunkel.«

Jakob rauchte seine Zigarette zu Ende, streichelte den Kater, stand auf und reichte Mia die Hand. Er zog sie von der Bank hoch und hielt sie einen Moment an den Schultern fest.

»Du kriegst das hin morgen«, sagte er, »es wird Zeit, dass ihr euch endlich die Wahrheit sagt. Schön ist das nicht, ich weiß, aber tu es David zuliebe. Du bist es ihm schuldig. Und du bist stark genug dafür, glaub mir.«

Er schob Mia an den Schultern in Richtung Hauseingang. Drinnen war es schummrig, nur in der Ecke auf dem Tisch brannte eine Lampe, eine von denen, die den Hals nach unten beugen wie ein Schwan, der über das Wasser gleitet.

»Setz dich«, sagte er und schob Mia einen Sessel vor die Füße.

Es war ein kleiner Clubsessel mit staksigen Holzbeinen. Irgendwann war dieser Sessel vielleicht einmal gelb gewesen, jetzt lag das Gelb unter einem silbrigen, metallfarbenen Schleier. Mia klopfte auf das Sitzpolster. Das hätte sie besser nicht getan, denn offenbar hatte seit Jahren niemand mehr in dem Sessel Platz genommen. Sie hustete in die Staubwolke und sah Jakob an. »Willst du mich vergiften?«

Er drückte sie sanft in den Sessel und setzte sich ihr gegenüber auf den Tisch. Er war so breit, dass er das Fenster in seinem Rücken komplett verdeckte. Aber draußen war es sowieso dunkel. Der einzige Lichtschein kam von der Lampe, die neben Jakob brannte.

»Du weißt, dass Johannes und ich damals gut befreundet waren«, sagte er und machte dann eine Pause.

Mia sagte nichts, sondern strich beinahe ehrfürchtig über die Lehnen des Sessels. Schade, dass sie den oder diejenige nie kennenlernen würde, die sich vor langer Zeit für einen quietschgelben Sessel entschieden hatte.

Jakob lehnte sich etwas vor und schaute Mia an.

»Johannes und ich sind ab und zu in die Kneipe hier im Hafenviertel gegangen, wenn du zu Hause gelernt hast und er dich nicht stören wollte. Die Kneipe, Grotte heißt sie, gibt es heute immer noch. Kurz bevor er auf Nimmerwiedersehen verschwunden ist, waren wir auch dort. Er schien mit seinen Gedanken ganz woanders zu sein und ich habe ihn gefragt, ob er reden will. Es dauerte einige Schnäpse, bis er mir erzählt hat, dass er mit zwanzig oder so großen Mist gebaut hätte und ihn die Sache heute einholen würde. Als ich nachfragte, schüttelte er nur mit dem Kopf. Er meinte, dass ich dir dann nicht mehr unbefangen gegenübertreten könnte. Ich habe ihm gesagt, dass ich mich mit Mist bauen auskennen würde und habe ihm die Sache mit meinem Säufer-Vater erzählt und so, aber das hat ihn offenbar nicht genug beeindruckt, um mir sein Geheimnis zu verraten.«

»Ich habe gespürt, dass mit ihm etwas nicht stimmte«, sagte Mia, »aber er hat nur Andeutungen gemacht. Und dann diese blöde Frage am Schluss: Und wenn es so wäre?« Sie verstellte ihre Stimme, als sie die Frage wiederholte. »Mein Gott, dann wäre es eben so. Wenn er es wenigstens ausgesprochen hätte!« Sie klopfte mit beiden Händen auf die Sessellehnen. »Unglaublich, wie viel Staub darin ist!«

Jakob rutschte vom Tisch. »Soll ich Pizza bestellen? Hast du Hunger?«

»Wie verrückt! Aber du musst mich nachher nach Hause bringen, versprochen?«

»Fest versprochen.«

Jakob suchte sein Handy (er suchte immer sein Handy), fand es in einer der Hosentaschen, die so tief waren, dass sie bis zum Knie reichten, und wählte die Nummer des Pizza-Service.

Dann verschwand er im hinteren Teil der Halle, in dem es so dunkel war, dass Mia ihn nicht mehr sehen konnte, und kam mit zwei Bierflaschen zurück.

Er öffnete sie mit seinem Feuerzeug und hielt Mia eine der Flaschen hin. Sie griff danach, trank aber nicht, sondern hielt sie am ausgestreckten Arm und dachte nach.

»Was glaubst du, Jakob, was hat Johannes getan?«, fragte sie. Ihr Arm sank wie in Zeitlupe auf ihr Knie und sie stellte die Flasche dort ab.

»Willst du das wirklich wissen?« Er hielt ihr seine Bierflasche entgegen und sie prosteten sich zu. Mia nickte.

»Ich glaube, dass es etwas mit einer Frau zu tun hat. Einer sehr jungen Frau. Vielleicht hat er ihr 'Nein!' ignoriert?« Jakob ließ Mia nicht aus den Augen.

»Ihr 'Nein!' ignoriert? Ist das eine Art Euphemismus für 'Er hat sie vergewaltigt'?« Mia fühlte sich merkwürdig leer. »Ich habe mir so etwas gedacht. Damals im Park. Er hat es angedeutet – sozusagen per Ausschlussverfahren. Ich war völlig überfordert. Was sollte ich auch sagen? Nicht so schlimm? Wird schon wieder?« Mia starrte ihre Bierflasche an. »Es gab keine Aussprache, keine Geschichte dazu, keine Bilder in meinem Kopf – es gab nur Zeit. Unfassbar viel Zeit, die vergangen ist, über dreißig Jahre, und jede Stunde, jedes Jahr legte sich wie Watte über diesen Verdacht. Jetzt spüre ich da drin wenig an Wut oder Schmerz.« Mia sah sich ratlos in der Halle um und legte die Hand auf ihr Herz. »Ich verstehe das nicht. Hast du hier Drogen verteilt? Ist in dem Sesselstaub irgendwas drin? Ich fühle mich so lahm und benebelt.«

Hinten im Flur tauchte eine Gestalt auf und trug zwei Pappkartons vor sich her. Jakob nahm die Pizza entgegen, klopfte dem Boten auf die Schulter und bezahlte. »Danke. Du rettest gerade Menschenleben«, sagte er und strahlte ihn an. Der Pizzabote bedankte sich freundlich und verschwand wieder in der Dunkelheit.

»Hier«, sagte Jakob, »du musst was essen.« Er gab Mia einen der Kartons, sagte, die Pizza sei wirklich gut, setzte sich wieder auf den Tisch, legte seinen Karton auf den Schoß, nahm ein Stück Pizza heraus und begann zu essen.

Mia aß sehr langsam, als handle es sich dabei um eine Art Konzentrationsübung. Sie schaute sich um, sah hoch zur Decke und ließ ihren Blick an den dicken Wänden entlangwandern, die die Hafengeräusche verschluckten. Nicht nur das Essen tat gut, sondern auch die Stille.

»Weißt du was?«, sagte sie nach einer Weile und griff zu ihrem letzten Stück Pizza, »meinetwegen kann das alles noch ein bisschen dauern. Das Essen hier und das Schweigen mit dir. Ich bin gar nicht scharf darauf von Johannes zu erfahren, was er getan hat. Nicht im Geringsten. Soll er doch seine Beichte woanders ablegen.«

»Aber ihr seid morgen verabredet. Und soviel ich weiß, nicht, um ihm die Beichte abzunehmen, sondern weil du dein Versprechen einlösen willst.« Jakob schob die letzten Krümel in seinem Pizzakarton zusammen und steckte sie sich in den Mund.

»Gut, dass du es sagst. Das hätte ich sonst glatt vergessen, haha.« Mia stand auf und hielt Jakob ihren Pizzakarton entgegen. Er stellte seinen Karton oben drauf.

»Gehen wir?«, fragte er und Mia nickte.

Er schob sie vor sich her durch den dunklen Flur zum Ausgang. Draußen war es noch ungemütlicher als erwartet und Mia drängte sich so dicht an ihren Bruder wie möglich. Er legte seinen Arm um sie und eine ganze Zeit sagte niemand etwas. Sie lauschten auf die Geräusche, die in der Dunkelheit anders klingen als am Tag.

Irgendwo bellte ein Hund, eine Katze huschte vorbei und miaute, eine leere Blechdose kullerte über den Asphalt und schepperte und es zischte, wenn Autoreifen das Wasser aus den Pfützen spritzen. Mia und Jakob gingen an einer Gruppe von Leuten vorbei, die vor einem bunt erleuchteten Kiosk standen, redeten, lachten, Bier tranken und rauchten. Die Lichter der Reklameschilder spiegelten sich im nassen Asphalt.

Sie durchquerten den Park. In der Zwischenzeit musste es geregnet haben, denn es tropfte von den Bäumen, man hörte leise den Wind rauschen und Blätter über den Weg flattern wie kleine Vögel. Eine Frau ging an ihnen vorbei. Sie benutzte ihren Regenschirm wie einen Stock und bei jedem Schritt stieß sie die Spitze auf den Boden und es machte 'Klack'.

»Weißt du, wie Menschen, die zufällig keine Männer sind, sich bei Dunkelheit im Park fühlen?«, fragte Mia und Jakob sagte: »Nein, aber ich denke, es fühlt sich nicht gut an.«

»Wärst du nicht neben mir, hätte ich sicher auch einen Regenschirm in der Hand. Mit einer sehr spitzen Spitze.« Sie drückte Jakobs Arm. »Seit Patrik nicht mehr da ist, habe ich manchmal das Gefühl, dass meine zwei Beine nicht reichen für einen sicheren Stand. Wenn es ungemütlich wurde, dann haben wir uns beieinander eingehakt. Er hat mir mal den griechischen Mythos von den Kugelmenschen erzählt und meinte, dass damit alles angefangen hat. Also die Angst und Sehnsucht und all' das. Ursprünglich waren die Menschen Kugeln mit zwei Gesichtern, vier Armen und vier Beinen und sie konnten nicht nur aufrecht gehen, sondern auch rollen. Diese Menschen hatten drei Geschlechter. Die einen Kugeln waren männlich, andere weiblich und wieder andere hatten beide Geschlechter zugleich. Sie waren einfach vollkommen und so klug und mächtig, dass sie die Götter herausforderten. Das ging allerdings gründlich schief.«

Mia blieb stehen und schaute Jakob an. »Interessiert dich das überhaupt?«, fragte sie.

»Außerordentlich«, sagte Jakob, »ich liebe Geschichten über Götter und Kugelmenschen.«

»Da bin ich aber froh«, sagte Mia, »also, wie gesagt, die Menschen wurden zu einem Problem. Die Götter fürchteten um ihre Macht und so hat Zeus die Menschen kurzerhand in der Mitte durchgeteilt. Zack!« Mia fuhr mit ihrer Handkante durch die Luft. »Du kannst dir vorstellen, was das mit ihnen gemacht hat. Sie taumelten umher, suchten ihre andere Hälfte und umarmten sich, in der Hoffnung wieder zusammenzuwachsen. Der Gott Eros unterstützte die Menschen bei der Suche nach der verlorenen Hälfte. Je nachdem, was für ein Kugelmensch man ursprünglich war, suchte man nach einem gleichgeschlechtlichen Partner oder eben nach einem anderen Geschlecht.« Mia trat mit der Fußspitze vor einen Stein, der vor ihr auf dem Weg lag, und kickte ihn vor sich her. Jakob grätschte dazwischen und nahm ihr den Stein ab. »Muss man studiert haben, um solche Geschichten zu kennen?«

»Nein«, sagte Mia, »es reicht, wenn du einen Professor oder eine Professorin heiratest.«

»Ist gerade keine in Sicht.« Jakob blieb mitten auf dem Weg stehen. Der Stein lag vor seinen Füßen und er kickte ihn ins Gebüsch. »Nein, Mia, es geht nicht darum einen anderen Menschen zu finden, um vollständig zu sein, sondern seine eigene andere Hälfte. Glaub mir, mir fehlt nichts. Ich bin allein und trotzdem rund und vollkommen glücklich.«

Mia stellte sich dicht neben Jakob und flüsterte ihm ins Ohr: »Ja, weil du etwas Besonderes bist.«

Sie hatten den Ausgang des Parks erreicht und sahen durch die Äste der Bäume die erleuchteten Fenster der angrenzenden Häuser flimmern und das Leuchten der Straßenlaternen. Sie gingen schweigend durch einen der Vororte und erst, als sie in die Straße einbogen, in der Mia wohnte, sagte sie: »Weißt du, Jakob, manchmal bin ich wirklich neidisch auf dich. Ich wünsche mir für mein Treffen mit Johannes morgen nichts mehr als ein kleines bisschen von deiner Ruhe.«

»Hier«, sagte Jakob und legte seine Hand auf ihren Kopf, als wolle er sie segnen.

Sie waren vor der Haustür angelangt. »Danke fürs Bringen«, sagte Mia, kramte ihren Schlüssel hervor

und umarmte Jakob zum Abschied. »Fühlt sich kuge-
lig an«, sagte sie an seinem Hals. Dann schloss sie die
Tür auf und verschwand im Haus.

6.

In der Nacht schlief Mia schlecht und träumte wirres Zeug. David war ein kleines Kind und bemalte mit Schokoladeneis die Wohnzimmerwand. Währenddessen durchwühlte Johannes ihren Schlafzimmerschrank und suchte nach alten Fotos. Als er sie gefunden hatte, zerriss er sie und verstreute die Fetzen auf ihrem Bett. Sie schaute sich das Chaos an, verließ das Haus und stieg in einen Zug, der in einen Tunnel fuhr und immer mehr an Fahrt gewann. Die Passagiere griffen nach den Notbremsen, aber der Zug hielt nicht an. Kein Wunder, dass sie am nächsten Morgen viel zu früh und mit Kopfschmerzen aufwachte. Das Blut in ihren Ohren brauste. Sie setzte sich im Schlafanzug mit einem Glas Wasser, einer Kopfschmerztablette und einem Becher Kaffee an ihren Küchentisch.

Das Gespräch mit Johannes vom Vortag kam ihr jetzt völlig absurd vor. Die ganze Situation war so unwirklich. Was für eine bescheuerte Idee, ihm jetzt – nach einer halben Ewigkeit – ein solches Geständnis zu machen. Für wen sollte das gut sein? Was hatte Patrik veranlasst, ihr dieses Versprechen abzunehmen? Wollte er sein Gewissen erleichtern? So kurz vor dem Tod? Sie riskierte damit, dass David ihr diese Feigheit nicht verzeihen würde. Nicht David wäre mit der Wahrheit überfordert gewesen, sondern sie und Patrik.

Sie hatten sich nicht einmal schlecht gefühlt dabei. Im Gegenteil: es fühlte sich völlig normal und richtig an. Sie hatten für David unsichtbare Fäden gesponnen und zu einer verlogenen Familiengeschichte verwebt.

Damals hielten sie und Patrik es für eine kluge Idee, David in dem Glauben aufwachsen zu lassen, dass sie eine ganz normale Familie wären. Sie bestärkten sich regelmäßig darin, weil sie es für unverantwortlich hielten, ihren Sohn zu verunsichern und sein Vertrauen zu erschüttern. Sie strickten fleißig an ihrer eigenen Heile-Welt-Erzählung und sie mussten ja nicht einmal etwas dazu erfinden, sondern lediglich etwas verschweigen – nämlich den Anfang. Vielleicht hatte Patrik einfach einen hellen Moment, als er sich mit dem Tod konfrontiert sah.

Doch die Wahrheit war ihnen auf Schritt und Tritt gefolgt und jetzt hatte sie sie eingeholt. In dem Moment, als Patrik ihr das Versprechen abgenommen hatte, war sie in den Zug gestiegen, der jetzt durch den Tunnel fuhr und an Fahrt gewann. Die Notbremse zu ziehen, ergab keinen Sinn mehr. Sie hoffte, dass der Zug am Ende des Tunnels nicht vor eine Wand donnerte und zerschellte.

Zwei Stunden später war der Frühstückstisch gedeckt, eine Kerze brannte, Mia war geduscht und angezogen. Geärgert hatte sie sich darüber, dass sie so lange dafür gebraucht hatte. Sie hatte sich mehrfach umgezogen und vor dem Spiegel hin- und hergedreht und immer sah sie die Mia von damals und verglich sie mit der heute Fünfzigjährigen. Weder sie noch Johannes hatten gestern auch nur ein Wort über das Alter verloren. Sie hatten so getan, als wäre die Zeit stehengeblieben und sie könnten einfach dort weitermachen, wo sie aufgehört hatten. Dabei stand eine ganze Generation zwischen ihnen. Oder ein Drittel Leben – wenn es schlecht lief auch nur die Hälfte des Lebens. Von dem Johannes, dem sie gleich begegnen würde, wusste sie nur, dass er verheiratet war und in einem Dorf ohne Eisdiele lebte. Das war's aber auch schon.

An Mias Spiegel im Badezimmer klebte oben rechts in der Ecke Voltaires kluger Spruch: »Alles, was du sagst, sollte wahr sein. Aber nicht alles, was wahr ist, solltest du auch sagen.«

Die Wahrheit war so einfach wie unbarmherzig: das Alter fraß Haare, Kollagen und Elastin. Wie war sie nur auf die bescheuerte Idee gekommen, diesen Spruch an ihren Spiegel zu kleben?

In der linken Ecke des Spiegels klebte ein Zettel mit dem Satz: »Hauptsache die Haare liegen.« Immerhin, ein Versuch war es wert. Also probierte sie einiges aus: mit und ohne Zopf, Zopf weit oben auf dem Kopf, locker im Nacken, schließlich legte sie das Haargummi beiseite und ließ die Haare so, wie sie waren, nur ganz leicht grau, ansonsten dunkel und lockig, die Haare waren okay, immer noch dicht genug für eine Frisur, aber ihr Mund gefiel ihr nicht, ihre Lippen waren dünner geworden, sie hatte kleine Falten auf der Oberlippe, nicht nur dort, sondern auch zwischen den Augenbrauen. Wieso konnten Menschen nicht einfach in aller Ruhe runzelig werden wie ein Apfel?

Mia lief zum Fenster und schaute hinaus. Samstags herrschte auf der Straße um diese Zeit reger Verkehr. Sie konnte die Autos sehen, die von Ampel zu Ampel schlichen, aber auch die Menschen auf dem Bürgersteig, die sich begegneten, ohne sich zu sehen. Geräusche drangen nur wenige nach oben. Vereinzelt ein Hupen, Kindergeschrei und immer wieder bellende Hunde. Sie sah Johannes, als er bei der Ampel die Straße überquerte. Er hielt eine weiße Brötchentüte in der einen Hand, die andere Hand steckte in der Manteltasche. Er kannte den Weg, das sah man deutlich, so zielsicher steuerte er auf das Haus zu. Nach oben schaute er nicht. Sie sah ihn noch unter der Regenrinne verschwinden, dann klingelte es.

Es dauerte, bis er im 4. Stock ankam. Immer zwei Stufen auf einmal nehmend und etwas außer Atem bog er um die letzte Kurve im Treppenhaus und streckte ihr schon von Weitem die Brötchentüte entgegen.

»Hallo, Mia«, sagte er, »hier! Sie sind noch warm.«

Sie nahm die Tüte und blieb im Türrahmen stehen. Sie schaute ihn einfach nur an. So lange, bis er unsicher fragte: »Darf ich reinkommen?«

»Ach so, ja, natürlich.« Mia ging einen Schritt zur Seite. Als sie die Tür hinter ihm schloss, sagte sie:

»Ich schäme mich, Johannes. Nicht vor dir, sondern vor der verlorenen Zeit. Ich habe viel zu lange gezögert.«

»Sollen wir nicht erst einmal frühstücken?«

»Meinetwegen. Aber du verlässt diese Wohnung nicht, ohne dass ich mein Versprechen eingelöst habe. Es fehlte wirklich nicht viel, da hätte ich gestern schon ... aber ich war nicht schnell genug. Meine Angst hat mich einfach überholt.«

»Das klingt ein bisschen verworren, Mia. Hast du schlecht geschlafen?«

»Ja, habe ich, aber das ist es nicht. Lass uns keine Zeit mehr vertrödeln, okay?«

»Darum bin ich hier«, sagte Johannes und sah sich im Zimmer um. »Aber vielleicht sollte ich erst einmal sagen, wie schön du es hier hast.«

Mia legte eine Hand in seinen Rücken und schob ihn zum Fenster. »Perfekte Lage«, sagte sie.

»In der Tat«, sagte Johannes und drehte sich zu Mia herum. »So grün und gar nicht laut.«

Sie standen voreinander und Mia musste den Kopf etwas nach hinten neigen, um ihm in die Augen schauen zu können.

»Du bist immer noch unverschämt schön«, sagte Johannes

»Warum, zum Teufel, sagst du so etwas?«

»Weil es stimmt. Wir wollten uns doch heute die Wahrheit sagen, oder nicht?« Er drehte sich um und ging zum Frühstückstisch. »Ist es egal, wo ich mich hinsetze?«

Mia zeigte auf einen der Stühle, der gegenüber der Fensterreihe stand. »Nimm den, dann kannst du in die Baumkrone schauen.«

Er setzte sich und schaute hinaus. »Du meinst, wir haben uns nicht getroffen, um uns gegenseitig Komplimente zu machen?«, fragte er.

»Nein, haben wir nicht. Und ich schwöre, dass du nach unserem Duell um die Wahrheit auch keine Lust mehr auf Komplimente haben wirst. Falls du es überhaupt überlebst.« Jetzt bemühte Mia sich um ein Lächeln.

»So schlimm?«

»Ja, schlimm genug.« Mia griff zu der Marmelade und strich sie auf eine Brötchenhälfte. »Wie war deine Nacht im Hotel?«, fragte sie.

»Laut. Bahnhofsviertel eben.« Johannes zuckte mit den Schultern. »Und du? Wie war deine Nacht?«

»Ich habe schlecht geschlafen, richtig übel geträumt, hatte Kopfschmerzen und habe versucht mich auf ein Treffen vorzubereiten, das mir seit einem Jahr quer im Magen liegt.«

Er ließ das Brötchen auf seinen Teller sinken. »Ich wäre dankbar, wenn ich noch einen Kaffee bekommen könnte. Oder vielleicht sofort einen Schnaps?«

»Alkohol um halb elf? Ist das dein Ernst?«

»Kommt darauf an.«

Mia lachte. »Vielleicht gar keine schlechte Idee, aber erst nach dem Frühstück.«

Sie fanden noch einige unverfängliche Gesprächsthemen während des Essens. Johannes fragte nach der Wohnung, wie groß sie sei und wie teuer, und ob es schwer gewesen sei eine Wohnung in der Stadt zu finden. Nach David fragte er nicht.

Sie fragte ihn nach dem Leben im Dorf, ob es langweilig dort sei, was er besonders liebe. Die Ehefrau ließ sie beiseite.

Johannes half ihr den Tisch abzuräumen. Sie trugen alles in die Küche und kamen sich im Türrahmen einige Male sehr nah. Vielleicht etwas zu nah. Sie mussten sich mit dem Rücken an den Türpfosten pressen, damit sie einander nicht berührten.

Johannes ging die wenigen Schritte ins Wohnzimmer, schaute auch dort aus dem Fenster, mit verschränkten Armen im Rücken. Er stand kerzengerade und ruhig wie eine Statue. Mia trat neben ihn, tippte ihn an und er wandte sich ihr zu.

»Wir wissen nichts voneinander«, sagte er, »und doch viel zu viel, um gefahrlos einige Stunden miteinander zu verbringen.«

»Was genau ist gefährlich, Johannes, was?«

»Das weißt du sehr gut.«

Mia kreuzte ebenfalls ihre Arme auf dem Rücken. So standen sie voreinander. Wie zwei reglose Statuen aus Stein gehauen, dachte Mia. Johannes bewegte sich zuerst. Er richtete den Kopf zur Decke und schloss die Augen.

»Mia, würdest du jetzt bitte loslassen?«, sagte er.

»Du zuerst.«

Er drehte sich herum und ging die wenigen Schritte zu dem grünen Sofa in der Mitte des Zimmers.

»Wieso steht das Sofa in der Mitte und nicht an der Wand?«, fragte er.

»Weil ich es manchmal umkreise, bevor ich mich setze. Und außerdem mag ich es, wenn um mich herum viel Raum ist.«

»Aha.« Johannes setzte sich und lehnte sich an. »Gemütlich«, sagte er.

»Das will ich hoffen«, sagte Mia, »es war schließlich teuer genug.«

Sie schob den Sessel näher an das Sofa heran. »Wer fängt an?«, fragte sie, als sei es ein Spiel.

»Lass mich anfangen«, bat Johannes, »ich weiß ja nicht einmal, ob ich nach deiner Beichte noch lebe.«

»Wir nehmen also einander die Beichte ab? Spannender Gedanke.« Mia stand auf und kam mit einer Flasche Whiskey zurück. »Ich weiß, dass jeder Priester unter seinem Klappstühlchen Alkohol stehen hat. Wie soll er diesen Seelenmüll sonst ertragen, den er dort serviert bekommt.«

»Oh, das wusste ich nicht. Erklärt aber so manches.«

Mia stellte den Whiskey auf den Tisch und zwei Gläser.

»Also, fang an, ich bin bereit«, sagte sie.

Johannes nahm einen Schluck von dem Whiskey und räusperte sich.

»Ich war zwanzig und sie war fünfzehn. Sie heißt Silvia«, begann er, »wenn ich dir jetzt erzähle, was ich getan habe, dann soll das keine nachträgliche Entschuldigung oder Rechtfertigung werden. Es gibt nichts zu rechtfertigen oder zu entschuldigen. Es ist unentschuldbar. Aber vielleicht kann ich es erklären. Wir waren damals schon ein Jahr befreundet. Wir gingen miteinander, wie man das nannte. Wir waren sehr verliebt und es gab auch Zärtlichkeiten, also nur sehr vorsichtig und auch immer heimlich, weil wir noch so jung waren. Ach so, ja, nicht dass du dich wunderst, wir gehörten beide so einer frommen Versammlung an. Darum war es ja besonders kompliziert. Junge Leute durften vor der Ehe sowieso keinen Sex haben. Wir durften uns küssen und auch berühren, aber nicht ausziehen. Wenn man es doch tat, also ausziehen und ein bisschen fummeln, denn mehr hätten wir sowieso nicht gewagt, so musste man nachher Reue zeigen. Das geschah dann vor einem der Ältesten der Gemeinde. Das waren alles Männer, klar, Frauen hatten nicht viel zu melden dort. Vielleicht fragst du dich, warum man es überhaupt gebeichtet hat, wenn doch niemand dabei war. Aber so einfach ist das nicht, denn einer war immer dabei. Nämlich der Heiland oder Jesus oder wie auch immer du den Sohn Gottes nennen willst. Warum er überhaupt ein Interesse daran hatte, junge Leute beim Sex zu beobachten, weiß ich nicht. Das habe ich mich damals nie gefragt. Und auch nicht, ob er uns überhaupt verpfiffen hätte. Aber wir wussten, dass er das nicht gerne sah und weil wir ihn nicht enttäuschen wollten, und weil wir ihn als besten Freund nicht verlieren wollten, haben wir es eben regelmäßig bei einem dieser alten Männer gebeichtet. Unabhängig voneinander. Sie allein und ich allein. Und nachher haben wir uns fest versprochen, dass es das letzte Mal war und wir jetzt aber wirklich warten, bis wir verheiratet sind.

Aber dann waren wir eines Tages überraschend allein über mehrere Stunden. Sie sagte, nein, ich möchte nicht und ich flüsterte ihr ins Ohr, aber jetzt ist die Gelegenheit, es wenigstens einmal zu versuchen. Ein Geschenk. Und dann sind wir einander fest versprochen. Vor Gott verheiratet sozusagen, aber sie sagte noch einmal, lass mich, Johannes, ich kann nicht. Ich habe sie trotzdem ganz langsam ausgezogen und wir haben beide gezittert vor Aufregung. Es lief Kuschelrock-Musik. Sie hatte die CD zuvor eingelegt, ohne zu wissen, was geschehen würde. Ich habe sie auf ihr Bett gelegt, gestreichelt, geküsst und bin dann einfach so in sie eingedrungen. Sie nahm ihre Arme und versuchte mich von sich zu drücken, aber ich lag so schwer auf ihr, dass es ihr nicht gelang. Als ich fertig war, habe ich mich von ihr heruntergerollt und sie ganz fest in den Arm genommen. Sie hat geweint und kein Wort gesprochen. Dann machte sie sich los und lief ins Bad. Als sie wiederkam, hat sie mich gebeten zu gehen.

Von da an ging sie mir aus dem Weg. Wenn ich angerufen habe, hat sie sich verleugnen lassen, und als ich sie zufällig im Dorf getroffen habe, streckte sie beide Arme von sich, hob die Hände, als sei ich der Teufel persönlich, und sagte nur, geh einfach. Dann war sie verschwunden. Ich habe sie nicht mehr wiedergesehen. Keiner wusste, wo sie war, oder sagte es mir nicht. Ich fühlte mich hundeelend. Natürlich bereute ich mittlerweile zutiefst, was ich getan hatte. Weil im Dorf viel geredet wurde, entschied meine Mutter eines Tages, dass wir auch weggehen. Es ist

Zeit, sagte sie, hier hast du keine Zukunft mehr. Ich suchte eine Lehrstelle in der nahe gelegenen Stadt und bekam eine bei einem Steinmetz. Wir fanden eine Wohnung in der Nähe und ich machte die Ausbildung. Und später war ich ein Jahr in Italien und habe mich danach für das Studium entschieden, aber das weißt du ja alles. Als wir uns kennengelernt haben, Mia, war ich bereits auf dem Sprung. Aber du hast meine Pläne durchkreuzt. Ich wollte nur noch bei dir sein. Nirgendwo sonst. Bis ich eines Tages einen Anruf von meiner Mutter bekam. Sie erzählte mir, dass Silvia versucht habe, sich Gewalt anzutun. Im Ernst. Das waren ihre Worte: sich Gewalt anzutun. Dabei hatte ich ihr Gewalt angetan. Später erfuhr ich, dass sie nach meiner Tat schwanger geworden war und ihre Mutter mit ihr zu deren Schwester geflohen war. Ja, regelrecht geflohen aus diesem Nest, in dem einen Augen durchbohren und töten können. Silvia hatte dort einen Jungen zur Welt gebracht. Mit sechzehn. Man hatte sie gezwungen das Kind zur Adoption freizugeben, was sie getan hat, und woran sie schließlich zerbrochen ist. Damals im Park wollte ich dir von Silvia erzählen und ich lebte in dem Wahn, wir könnten gemeinsam entscheiden, was zu tun sei. Aber allein deine Reaktion auf meine Andeutung, *Und wenn es so wäre?*, hat gereicht, um zu verstehen, dass nur ich allein entscheiden konnte, was zu tun war. Und für mich war die Sache mit dem Anruf meiner Mutter bereits entschieden. Dein Gesichtsausdruck damals, deine Fassungslosigkeit, hat mir gezeigt, dass es unverantwortlich und egoistisch wäre zu bleiben. Aber ich konnte nicht mit dir darüber reden. Es ging einfach nicht. Was hätte ich denn sagen sollen? Ich habe ein junges Mädchen vergewaltigt und sie dann allein gelassen, aber jetzt hat sie versucht sich das Leben zu nehmen, also verlasse ich dich, Mia, war schön mit dir. Danke für alles. Das hätte ich niemals über die Lippen gebracht. Also habe meinen ganzen Kram bei dir zurückgelassen und bin nur mit dem, was ich bei mir trug, zu meiner Mutter gefahren. Von dort aus habe ich Silvia im Krankenhaus besucht. Sie hatte Tabletten genommen und man hat sie früh genug gefunden und ihr den Magen ausgepumpt. Aber ihr ganzes Elend konnten sie nicht aus ihr herauspumpen. Sie lag so bleich in diesem Krankenhausbett. Ich bin zu ihr hingeschlichen. Sie schlief. Ich habe mir einen Stuhl an das Bett geschoben. Sie zu berühren, habe ich nicht gewagt. Als sie die Augen öffnete und mich erkannte, flüsterte sie: Was willst du hier? Verschwinde. Ich bin aufgestanden und einige Schritte zurückgewichen. Aus der Entfernung habe ich gesagt: Ich mache alles, was du sagst. Ich verschwinde auch, wenn du willst, aber bitte hör mir kurz zu. Sie drehte mir den Rücken zu und ich verließ das Zimmer. Aber am nächsten Tag war ich wieder da und auch am übernächsten. Sie ignorierte mich, aber immerhin schickte sie mich nicht fort. Nach einer Woche war das Zimmer leer. Sie war entlassen worden und ich hatte nichts davon mitbekommen. Ich habe mir eine Wohnung im Dorf genommen und eine Arbeit gesucht. Der Steinmetzbetrieb am Friedhof konnte mich gebrauchen. Außerdem war dort die Kirche und Silvias Elternhaus, in dem ihr Vater, der Dorfpfarrer, lebte. Silvia war und blieb verschwunden. Ihren Vater zu fragen, habe ich mich nicht getraut. Aber eines Tages – ungefähr ein Jahr später – stand eine völlig veränderte junge Frau vor mir. Wenn du willst, können wir jetzt reden, sagte sie und lachte. Im Ernst. Sie hat gelacht. Silvia war früher ein schüchternes Mädchen. Sie war immer unauffällig und brav gekleidet. Zugeknöpft könnte man sagen. Die Frau, die jetzt vor mir stand, trug ihr rotes Haar sehr kurz, ein schwarzes Top, enge Jeans und Flip-Flops. Es war heiß an diesem Tag. Sie war geschminkt, sehr dezent, aber ihre grünen Augen hatte sie mit einem Unterstrich betont. Noch vor Jahren wäre das ein Skandal gewesen. Was ist passiert?, habe ich sie gefragt. Eine dümmere Frage hätte ich kaum stellen können. Nichts weiter, sagte sie, ich bin nur aus meiner Schale gekrochen. Wir haben uns zum Abendessen verabredet und geredet. In den folgenden Monaten haben wir uns zweimal in der Woche getroffen – immer mittwochs und samstags. Entweder sind wir zusammen rausgefahren zum See oder haben einen Spaziergang gemacht oder sind in ein Museum gefahren und haben uns Kunst angeschaut. Ich habe sie nicht ein einziges Mal berührt. Also nicht *so* berührt, wenn du verstehst, was ich meine. Wir haben uns zur Begrüßung und zum Abschied kurz umarmt, ab und zu ein Küsschen auf die Wange, aber mehr auch nicht. Wer weiß, wie lange das noch so weitergegangen wäre. Nach einem Jahr oder so habe ich sie gefragt, ob sie mich heiraten will.

Sie hat sie sich Bedenkzeit erbeten. Am darauffolgenden Abend haben wir zum ersten Mal offen über alles gesprochen. Ich habe ihr gesagt, wie unendlich leid es mir tut, und dass es nichts zu entschuldigen gebe, meine Schuld könne sie mir nicht nehmen. Aber vielleicht könne sie mir eines Tages verzeihen. Silvia hat erzählt, dass sie im vergangen Jahr eine Therapie gemacht habe und ihr sei eines klar geworden: was geschehen sei, könne man nicht ungeschehen machen, die Zeit laufe nun mal vorwärts und nicht rückwärts, weglaufen sei keine Lösung, der Schmerz sitze sowieso in einem drin und laufe mit, aber sie wolle sich diesem Schmerz stellen und da ich der Verursacher sei, wolle sie sich mir stellen. Wir haben geheiratet und leben jetzt in ihrem Elternhaus direkt gegenüber von dem Friedhof.«

Nach einer gefühlten Ewigkeit schaute Johannes zum ersten Mal wieder auf. Diesen ausführlichen Bericht hatte er mehr oder weniger in Richtung des Whiskyglases gesprochen, das er die gesamte Zeit über nicht losgelassen hat. Mia saß ihm gegenüber, die Hände hinter dem Nacken verschränkt und starrte an die Decke.

»Mia, lebst du noch?«

Sie blickte ihn an und murmelte etwas von: »Interessant, dass du nachfragst. Ich bin mir gerade nicht so sicher.«

Johannes griff zu der Whiskyflasche, fragte, darf ich?, und kippte Mias Glas voll, ohne eine Antwort abzuwarten.

»Hier, trink das!« Mia nahm das Glas, trank es fast bis zur Hälfte leer und seufzte. »Ach, Johannes, was soll ich sagen? Du bist ein Arsch, ein Vergewaltiger und du weißt es. Und Silvia hat dir eine zweite Chance gegeben. Das ist mehr, als dir diese Tat einfach zu vergeben. Was für eine Frau. Ich weiß, ehrlich gesagt, nicht, wie ich das finden soll.«

»Ich war gerade mal zwanzig, Mia.«

»Oh Gott, ja, ich weiß, kaum zurechnungsfähig. Fast noch ein Kind. Willst du mich verarschen?« Mias Stimme klang schrill. »Erspar' mir das, Johannes, bitte jetzt nicht das Opfer sein, okay? Ich werde dich nicht bemitleiden.«

»Du wolltest die Wahrheit. Jetzt kennst du sie. Ich bitte dich um nichts. Nicht um dein Mitleid und schon gar nicht um Verständnis. Wir wollten heute lediglich einander zuhören, richtig? Und jetzt bist du dran! Oder möchtest du eine Pause?«

Mia stand auf, reckte sich und schüttelte dann den Kopf. Sie ging zum Fenster, öffnete es weit und schaute hinaus. Unter ihr brauste der Verkehr. Es war fast Mittag, die Septembersonne stand schräg am Himmel. Trotzdem war es diesig. Sie spürte, wie Johannes hinter sie trat. Sie spürte die Wärme seines Körpers und seinen Atem.

»Es dauert nicht mehr lange, dann sind die Bäume kahl«, sagte er.

»Was du nicht sagst!« Mia drehte sich zu ihm herum und wieder erstarrten beide für Sekunden. Sie waren sozusagen schweigend ineinander vertieft und lange kann kein Mensch das aushalten – dieses Auge-in-Auge-Sein.

Mia bewegte sich zuerst, neigte den Kopf etwas zur Seite und blinzelte. »Das Duell ist noch nicht beendet, Johannes«, sagte sie, »vielleicht ist es besser, wenn du dich wieder hinsetzt.«

Er zog die Augenbrauen hoch. »Denk dran. Ich habe keine kugelsichere Weste an.«

»Gut so«, sagte Mia und setzte sich in den Sessel. »Du hast deinen Treffer versenkt. Jetzt bin ich dran.« Sie hatte feuchte Hände und ihr Herz hämmerte von innen gegen ihre Rippen.

Johannes saß ihr wieder gegenüber. »Moment, Mia, bevor du anfängst. Wir haben uns nicht getroffen, um einander tödlich zu verletzen, oder? Es ging uns um die Wahrheit.«

»Ja, aber wir wissen beide, dass die Wahrheit tödlich verletzen kann. Und wir haben uns gestern versprochen, dass wir uns nicht verschonen wollen. Beziehungsweise du hast es dir sogar gewünscht.«

»Ich weiß, ich weiß.« Er stand auf, ging zum Fenster und schloss es. »Was habe ich mir nur dabei gedacht?«, flüsterte er.

Kaum, dass er wieder saß, sagte Mia: »Du hast damals, als du gegangen bist, nicht nur deine Klamotten bei mir zurückgelassen, sondern sehr viel mehr. Ein Kind. David. Unser Kind.«

Es war, als wäre sie minutenlang unter Wasser gewesen, so sehr schnappte sie jetzt nach Luft. Johannes starrte sie an, ohne sie zu sehen. Jetzt war Mia diejenige, die fragte: »Lebst du noch, Johannes?«

Er öffnete den Mund und schloss ihn wieder. Es kam kein Wort heraus. Mia wartete ab. Dann senkte er den Kopf, sodass sie ihm nicht in das Gesicht schauen konnte. Irgendwann hörte sie ein leises Schluchzen. Sein Oberkörper zitterte. Er stützte sich mit beiden Händen auf den Oberschenkeln ab.

»Weinst du?«, fragte Mia, und dann wartete sie wieder.

Es dauerte einige Minuten, bis das Schluchzen nachließ und Johannes sich aufrichtete. Er wischte sich über die Augen und holte tief Luft.

Es war still im Wohnzimmer. Man hörte nur das Ticken der Wanduhr, das Rascheln der Füße auf dem Boden und Atemgeräusche.

»Weiß David davon?«, fragte Johannes in die Stille hinein und Mia erschrak.

»Nein«, sagte sie, »nein, er weiß es nicht. Darum habe ich dich angerufen. Ich musste Patrik versprechen, dass ich es ihm sage, aber vorher wollte ich mit dir sprechen.«

»Nach dreißig Jahren! Ich fasse es nicht.« Johannes legte die flache Hand auf seine Stirn.

»Immerhin«, sagte Mia.

Johannes lachte höhnisch. Die Temperatur um ihn herum sank spürbar. »Immerhin?«, wiederholte er, »ist das dein Ernst?«

Mia sprang auf. »Was bildest du dir ein? Glaubst du, wir hätten es uns leicht gemacht?« Ihre Stimme zitterte.

Johannes schaute zu Mia empor. Ihre Arme hatte sie vor der Brust verschränkt. Kein Durchkommen. Alles dicht.

»Es ist Unrecht«, sagte Johannes leise.

»Du wirfst mir Unrecht vor? Du hast keine Ahnung, was recht und unrecht ist. Du nicht.«

»Ich weiß. Trotzdem. Du hättest es mir und David nicht verschweigen dürfen. Du hast uns dreißig gemeinsame Jahre gestohlen.«

»Nein, mein Lieber, du hast sie dir selbst gestohlen. Schon vergessen? Du hast mich verlassen und nicht umgekehrt.«

»Ich habe dir eben ausführlich erklärt, warum ...«

»Bitte!« Mia fiel ihm ins Wort. »Bitte nicht noch einmal von vorn.« Sie setzte sich wieder in den Sessel, zog die Beine an und stellte die Füße auf die Sesselkante. Sie schloss ihre Augen, legte die Arme auf die Sessellehne und versuchte ruhig und gleichmäßig zu atmen. Es gelang ihr nicht. Johannes sagte nichts.

Er zuckte zusammen, als sie mit einem Ruck die Füße wieder auf den Boden stellte. »Was geschieht hier gerade? Ist das alles ein schlechter Traum?«

»Nein, Mia, du träumst nicht. Leider. Wir haben hier gerade so einiges kurz und klein geschlagen und vielleicht können wir noch gemeinsam aufräumen. Wenigstens ein bisschen.«

Johannes stand auf, nahm die Whiskyflasche und die zwei Gläser und trug sie in die Küche. Er kam mit der Kanne Kaffee und zwei Bechern zurück. Der Kaffee dampfte noch, als er ihn in die Becher füllte.

»Vielleicht hilft das ein bisschen«, sagte er und setzte sich wieder auf das Sofa.

»Hier oben dreht sich alles.« Mia tippte sich an die Stirn.

»Das ist der Whisky. Mach dir keine Sorgen. Das geht vorbei.«

»Und mir ist ein bisschen schlecht.«

»Auch das geht vorbei.«

»Ich habe keine Ahnung, wie ich David das beibringen soll. Absolut nicht. Kannst du nicht ...?« Sie fuhr sich durch die Haare. »Wie sehe ich aus?«, fragte sie.

»Immer noch sehr schön.« Johannes lächelte. Sein Blick war nicht mehr ganz so eisig. Ungefähr zehn Grad wärmer als noch vor wenigen Minuten.

»Nein, das meine ich nicht«, sagte Mia, »ich meine, sieht man mir an, dass ich mit dieser Lüge meinen Panzer hergebe? Wie eine Raupe? Ich habe mich eingesponnen. Überall hängen klebrige Fäden.« Sie schüttelte sich.

»Du bist nicht schutzlos, Mia.« Johannes griff nach einer grünen Decke, die über der Sofalehne hing. »Aber, wenn du dich damit besser fühlst, hier.« Er reichte ihr die Decke und Mia hüllte sich darin ein. Nur noch ihr Kopf schaute heraus und die Fußspitzen.

»Aber mir ist kalt. Unsere heile Welt war eine Lüge«, flüsterte sie. »Was bleibt denn jetzt noch? Zuerst war David da und dann kam später Patrik dazu. Und nicht umgekehrt. Aber noch vor David warst du da, Johannes. Ohne dich, gäbe es ihn gar nicht.«

»Wann willst du es ihm sagen?«

»Von wollen kann gar keine Rede sein. Ich muss, und ich hasse mich dafür, dass ich es nicht längst getan habe. Es wäre so einfach gewesen, oder nicht? Wir hätten es ihm mit der Muttermilch einträufeln können. Hallo, mein Kleiner, da gibt es übrigens noch jemand, deinen Erzeuger sozusagen, aber das ist ohne Bedeutung, weil du ja einen Papi hast. Sieh mal, hier ist er. Und dann hätte ich dieses kleine Bündel Mensch von der Brust genommen und Patrik gereicht und er hätte ihn sanft in seinen Armen gewiegt. Das hat er übrigens sowieso getan. David ist am besten bei Patrik eingeschlafen. Ich war viel zu nervös.«

Mia stand auf und ging im Zimmer auf und ab, eingehüllt in die grüne Sofadecke. Ein echter Königinnenmantel, dachte sie.

»Patrik hat mich durch die Schwangerschaft begleitet, er war bei der Geburt dabei, er hat David herumgetragen und beruhigt, er hat ihn gewickelt und seine ersten Schritte bejubelt. Er hat ihm das Fahrradfahren beigebracht und seine Schultüte gefüllt.« Mia stand jetzt vor dem Fenster und lehnte sich an die Fensterbank. »Warum erzähle ich dir das eigentlich? Du weißt ebenso gut wie ich, dass Patrik Davids Vater ist und nicht du. Du bist ... Du bist nur ... Ja, was bist du?« Solange sie im Licht stand, konnte er ihr Gesicht nicht erkennen. Das gab ihr Sicherheit.

»Der Erzeuger.« Johannes schaute zum Fenster, wo sie stand. Seine Stimme hatte keinen Klang. »Deine Worte. Ich wiederhole nur, was du gesagt hast.«

»Und das hätten wir ihm sagen sollen? Zwischen Bobby-Car und Brio-Bahn?« Mia, die Schattenfrau vor dem Fenster mit dem Königinnenmantel, bewegte sich immer noch nicht. Aber dann sank sie ganz langsam in die Knie, als würde jemand von oben auf ihre Schultern drücken. Vor der Heizung blieb sie zusammengekauert sitzen.

Johannes stand auf, ging zu ihr und hockte sich neben sie. »Aber mir hättest du es sagen müssen.«

»Ich habe dich überall gesucht und nirgends gefunden.«

»Jetzt hast du mich ja auch gefunden.« Er räusperte sich. »Übrigens: wie? Wie hast du mich gefunden?«

Mia schaute ihn an, als wäre sie überrascht, ihn hier neben sich auf dem Boden zu sehen.

»Da war jemand auf Patriks Beerdigung. Ein ehemaliger Student. Ich habe seinen Namen vergessen, tut mir leid. Er hat mich angesprochen und wir haben ein bisschen geredet. Über alte Zeiten und so. Er hat mit uns studiert und ich konnte mich beim besten Willen nicht mehr an ihn erinnern. Dann erzählte er, dass er dich getroffen habe, und ob ich noch Kontakt zu dir hätte. Er war auf einer Ausstellung irgendwo in der Nähe eures Dorfes und dort habt ihr Telefonnummern getauscht. Er hat mir deine Nummer gegeben. Einfach so. Ich habe ihn nicht einmal darum gebeten. Hier, hat er gesagt, kann ja sein, dass du dich mal bei ihm melden möchtest. Das war schon etwas rätselhaft – nach all der Zeit.«

»Gunnar.«

»Was?«

»Der ehemalige Student und heutige Kunsthändler heißt Gunnar.«

»Stimmt. Jetzt erinnere ich mich.«

»Er hat eine Skulptur von mir gekauft. Und auch den Kontakt zum städtischen Kulturbüro hergestellt. Habe ich dir gestern erzählt. Erinnerst du dich? Der Termin heute Nachmittag? Wegen des Träumers. Vielleicht wird er Teil des Projekts *Kunst im öffentlichen Raum*.«

»Herzlichen Glückwunsch. Das ist ja toll!«

»Ja, finde ich auch.« Sie hörte ein Räuspern und dann: »Mia, ich werde jetzt gehen.« Johannes stand auf und blickte auf sie herunter. »Kommst du klar?«

Mia schaute zu ihm hoch und zog den Königinnenmantel fester um ihre Schultern. »Du findest alleine raus?«

Johannes nickte. »Ruf an, wenn was ist, ja? Meine Nummer hast du ja jetzt.«

Er ging zur Wohnzimmertür und drehte sich noch einmal zu Mia um. »Wie sieht er aus? David, meine ich. Sieht er mir ähnlich?«

Mia gab keine Antwort. Wenige Augenblicke später hörte sie, wie die Eingangstür zugezogen wurde.

Noch am selben Abend rief sie bei David an und verabredete sich mit ihm. Sie bat ihn zu kommen, es sei dringend, sie müsse mit ihm reden. »Ich wäre sowieso gekommen«, sagte David, »ich muss auch mit dir reden«, und legte auf.

7.

Mia spürte im Gesicht noch die kühle Luft von draußen. Sie stellte die Einkaufstaschen auf die Anrichte
in der Küche und packte das Gemüse fürs Abendessen aus. Da hörte sie den Schlüssel im Schloss der
Eingangstür und kurz darauf Davids Stimme: »Wo
steckst du?«

»In der Küche«, rief Mia und ihr Herz klopfte, als
wäre sie die vielen Stufen in den 4. Stock geklettert
und nicht David. Es raschelte im Flur (wahrscheinlich hängte er gerade seine Jacke auf) und kurze Zeit
später stand er im Rahmen der Küchentür. Es war
nicht viel Platz zwischen seinem Kopf und der oberen
Leiste des Rahmens. Er lächelte.

»Soll ich helfen?«, fragte er.

Mia hielt ihm eine Porreestange entgegen. »Wenn
du die klein schneiden würdest?«

David ging auf Mia zu und umarmte sie. Für einen
Augenblick war es still in der Küche. Man hörte nur
den Wasserhahn tropfen. Mia hatte sich kurz zuvor
dort die Hände gewaschen und ihn offenbar nicht fest
genug zugedreht.

»Gib her!«, sagte David, als er sie wieder losließ,
nahm die Porreestange entgegen, drehte sich um und

suchte in der Schublade nach einem passenden Messer.

Mia richtete ihren Blick auf seinen Rücken. »Hattest du eine gute Woche?«, fragte sie.

Seit Patriks Tod kam David regelmäßig bei ihr vorbei oder – wenn das nicht möglich war – telefonierten sie miteinander. Als Patrik noch lebte, schaute David zwar auch immer mal wieder bei seinen Eltern vorbei, aber seit er mit 23 Jahren ausgezogen war, lebte er sein Leben und sie bekamen längst nicht mehr alles mit.

Nach dem Abitur hatte er ein Semester Elektrotechnik studiert. Vielleicht weil er so häufig zugesehen hatte, wie Jakob Geräte auseinander- und wieder zusammenschraubte, die vorher nicht funktionierten und nachher wieder gebrauchstüchtig waren. Diese winzigen Teile, die ineinandergriffen, klickerten und ratterten, summten oder gar kein Geräusch machen, brachten Größeres in Bewegung. Und wenn nur ein Teilchen ausgefallen war, stand alles still. Jakob konnte dieses Teilchen finden. Er war ein Genie – zumindest sah es für David lange Zeit danach aus. Irgendwann begriff er, dass diese Schrauberei kein Hexenwerk war und man lernen konnte, wie Maschinen funktionieren. Schon während des ersten Semesters stellte er fest, dass die Begeisterung für Mathematik und Physik nicht ausreichte, um durchzuhalten. Davids Energie richtete sich mehr auf das Körperliche, Praktische als auf das Geistige, Theoretische. Überhaupt verließ ihn so nach und nach das

Interesse an der Technik. Er konnte beinahe hinter-
hersehen, wie es sich in Rauch auflöste. Er brach das
Studium ab. Patrik versuchte zwar ihn umzustim-
men, aber David war sich sicher: er wollte nicht mit
Geräten arbeiten, sondern mit Menschen. Und er
wollte auch nicht das Innenleben dieser Geräte studieren, sondern Menschen studieren. Mia und Patrik
empfahlen ihm damals ein Studium der Psychologie
oder vielleicht der Pädagogik.

»Vielleicht könntest du ja Lehramt studieren, David, ein so sicherer Beruf, weißt du, nichts ist so sicher wie eine Verbeamtung. Du musst dir nie mehr
Gedanken um deine Einkünfte machen und bist unabhängig und kannst die Dinge tun, die dir Spaß
machen und in der Welt herumreisen«, sagte Patrik
damals und David hatte gelacht und ihm entgegenge-
halten, er könne auch so in der Welt herumreisen
und Spaß haben und dabei frei sein und kein Knecht
des Staates. Da hatte er etwas gesagt! Das konnte
Patrik nicht so stehen lassen, denn in einer Demo-
kratie war nichts Verwerfliches daran, wenn man
Dienstleister des Staates war, fand Patrik zumindest.
David sah das anders und Mia hielt sich daraus. Es
kam selten genug vor, dass Vater und Sohn in eine
offene Auseinandersetzung gerieten. Als es um die
berufliche Karriere und damit um Davids Zukunft
ging, war Patrik allerdings alarmiert. Und kompro-
misslos. David begann ein Studium der Psychologie,
schmiss nach einem Semester hin und wollte Schau-
spiel zu studieren. Nicht nur einmal versuchte Patrik
ihm das auszureden. Keine Sicherheit, ständige Geld-

nöte, Herumreisen in der Welt, keine Möglichkeit eine Familie zu planen oder abzusichern und – was noch erschwerend hinzukam – eine wachsende Distanz zu seinen Eltern. Seit Jahren wohnten sie nicht mehr unter einem Dach, aber immerhin noch in demselben Ort.

»Hast du dir das wirklich gut überlegt?« Diese Frage wiederholte Patrik mantraartig, solange, bis David eines Tages sagte, dass es wohl besser sei, wenn er sie in Zukunft nicht mehr so häufig besuchen würde, damit er, sein Vater, zur Ruhe kommen könne. Mia war alarmiert. Sie wurde schon einmal verlassen. Da gab es jemanden in ihrem Leben, der einfach verschwunden und nicht wiedergekommen war. Was wäre, wenn David auch einfach aus ihrem Leben verschwinden würde? Häufiger als sonst suchte sie das Gespräch mit ihm, begleitete ihn ins Kino und ins Theater und die Umarmungen beim Abschied wurden länger und herzlicher. Eines Tages erklärte David, er habe einen Studienplatz an der Schauspielschule in Berlin und bereits ein bezahlbares Zimmer in einer WG gefunden. Ein großes Glück, denn Wohnungen in Berlin zu finden, sei gar nicht so einfach. Einige Male begleiteten sie und Patrik ihn nach Berlin. Sie schleppten mit ihm Umzugskisten und halfen ihm bei der Renovierung und Einrichtung des Zimmers. Abends saßen sie alle, David, Mia, Patrik und die beiden Mitbewohnerinnen an dem großen Tisch in der Küche und lernten viel über Berlin. Aber auch, wie es sich anfühlt, nicht mehr dazuzugehören, zu denen, die gerade aufbrechen.

Sie sicherten David beim Abschied die nötige finanzielle Unterstützung zu, umarmten sich wieder lang und herzlich und versprachen einander anzurufen, Nachrichten zu schicken und so oft wie möglich einander zu besuchen.

Mia hatte auf der Rückfahrt im Auto geweint und Patrik geschwiegen. Erst abends im Bett hatte er in die Dunkelheit hinein gesagt: »Ich hätte nie gedacht, dass David einmal nicht mehr mit uns sein Leben teilt. Du etwa?«

Mia hatte sich ganz nah an Patrik herangeschoben und gesagt: »Der traut sich was! Du hast ihm doch gerade erst das Fahrradfahren beigebracht.«

Aber es war nicht nur die Trennung von David, die sie beunruhigt hatte, sondern seine Entwicklung insgesamt. Und das schon seit Jahren. Immer deutlicher unterschied er sich von seinem Vater. Der ehemalige Professor, jetzt im Ruhestand war in seinem Wesen zurückhaltend, sanftmütig, rational und David, jetzt auf dem Sprung ins Leben, eher leidenschaftlich, stürmisch, emotional. Nicht nur die äußerliche Gegensätzlichkeit von Patrik und David verstörte Mia, sondern zunehmend auch die innere. Es war geradezu gespenstisch, denn je mehr sie versucht hatte, Johannes aus ihrem Leben und ihren Gedanken auszusperren, umso mehr fühlte sie sich provoziert durch Davids Ähnlichkeit mit ihm. Und niemand trug weniger Schuld daran als David.

In der Küche tropfte immer noch der Wasserhahn und Mia starrte auf Davids Rücken. Er konnte nicht sehen, dass sie sich nervös auf die Unterlippe biss. Gut so. Er war viel zu sehr mit dem Schneiden seiner Porreestange beschäftigt.

»Ich war gestern bei meiner Therapeutin«, sagte David. Er drehte sich herum.

»Oha«, sagte sie, »du hast eine Therapeutin? Seit wann?«

»Seit Papas Tod.« Mittlerweile lag die Porreestange fein säuberlich in kleine Stückchen zerteilt vor ihm. »Wohin damit?«, fragte er und streckte ihr das Brettchen entgegen.

Mia zeigte auf die Pfanne. David ging zum Herd und ließ die Porreescheiben hineinrieseln. »Gibt es noch etwas, was ich tun kann?«, fragte er.

»Du könntest mir verraten, warum du eine Therapie machst.« Mia bemühte sich um ein unverfängliches Lächeln. Das war mühsam, denn sie musste lange danach suchen.

»Es geht um mich«, sagte er.

»Das dachte ich mir. Aber was genau bedeutet das?«

David rührte in dem Gemüse. Es zischte und blubberte. »Sollen wir uns das schwer Verdauliche nicht lieber für später verwahren?«, fragte er und trat einen Schritt zurück. Um ihn herum dampfte es.

Mia zeigte auf die Paprika. »Meinetwegen«, sagte sie, »die da müsste auch noch klein geschnibbelt werden.«

Sie suchte in den Schubladen nach Nudeln und einem passenden Topf und setzte das Wasser auf.

Während des anschließenden Essens plauderten sie über ihren Alltag. David erzählte von einer Rolle, die man ihm angeboten hatte, und die ihn für einige Zeit finanzieren würde. Es war wohl nichts Anspruchsvolles, aber in dem Metier dürfe man nicht wählerisch sein, wenn man überleben wolle, und jede Rolle sei eben auch eine Übung für weitere. Wenn er sie nur gut genug spielen würde, so kämen weitere Angebote. Und irgendwann wäre dann auch sicher eine Rolle dabei, die ihm auf den Leib geschneidert sei.

»Sagt man doch so, oder?« David piekte mit seiner Gabel ein Porreescheibchen von seinem Teller und schaute es an. »Dazu müsste ich jetzt nur noch wissen, wie ich geschneidert bin.« Er grinste und schob sich das Scheibchen in den Mund.

»Meinst du nicht, dass das Leben dazu da ist, um das herauszufinden?« Mia fühlte sich, als schrabbte sie mit ihrem Auto in hohem Tempo an einer Mauer entlang.

»Aha«, sagte David, »und was ist, wenn ich nicht bis zu meinem Lebensende auf diese Erkenntnis warten möchte?«

Mia spürte, dass er sie anschaute, hatte aber nicht den Mut, auf seinen Blick einzugehen. Stattdessen blickte sie auf ihren Teller. »Du sagst doch selbst, dass du mit jeder Rolle dieser einen, ganz besonderen, ein bisschen näher kommst. Was ist das denn für ein Stück, für das du probst? Und welche Rolle wirst du darin übernehmen?« Sie wickelte Spaghetti um ihre Gabel. Als ihr das gelungen war, versuchte sie ihr Gesicht von jeglichem Ausdruck zu entleeren (was ihr – im Gegensatz zu dem Drehen der Spaghetti am Tellerrand – nur mäßig gelang) und schaute David an.

David holte sehr weit aus und schilderte den gesamten Hintergrund zu der Figur, die er spielen sollte. Es gehe um einen jungen Mann aus schwierigen Verhältnissen, der es satt hätte für alle der Depp zu sein, seinen Job hinschmeiße, einen Oberhalunken kennenlerne, klauen würde und Drogen nehmen. Am Ende würde er die große Liebe seines Lebens finden, einen anderen Mann. Es würde viel geredet, viel analysiert, viel geheult, viel Gesellschaftskritik betrieben, allerdings nicht gerade auf höchstem Niveau, was sehr schade sei. Trotzdem, sagte David, die Rolle helfe ihm, sich auszuprobieren und bis an seine Grenzen zu gehen.

Mias Teller war längst leer, aber David hatte so viel geredet, dass er gar nicht zum Essen gekommen war.

»Jetzt ist alles kalt«, sagte sie und zeigte auf seinen Teller.

»Macht nichts.« David lächelte sie an, und während er aß, erzählte Mia von ihren neuen Projekten, von Bildern, die entstehen sollten, die anders seien als die bisherigen, mutiger, lebendiger, schwermütiger, mehr so wie die von Paula Modersohn-Becker. Überhaupt wolle sie mehr üben, indem sie versuche Bilder von Paula nachzumalen. Es sei ähnlich wie bei ihm: sie wolle sich auch ausprobieren und an ihre Grenzen gehen, und vielleicht finde sie dabei ihren Stil so wie er seine Rolle.

David hob mit vollem Mund einen Daumen in die Höhe und nickte anerkennend.

»Übrigens soll ich dich von Jakob grüßen«, sagte sie, »ich war gestern bei ihm.«

David schob seinen leeren Teller in die Mitte des Tisches und sagte, dass er auch vor einigen Tagen bei Jakob gewesen sei, zögerte dann, überlegte kurz und fügte hinzu: »Erzähle ich dir gleich.«

Er stand auf und wollte gerade das Geschirr in die Küche tragen, da legte Mia eine Hand auf seinen Arm und sagte: »Lass mal. Das mache ich später. Wir sollten jetzt reden.«

Sie gingen ins Wohnzimmer und Mia wunderte sich nicht, dass David auf dem grünen Sofa Platz nahm. Es war so selbstverständlich. Und zugleich unheimlich. Er saß ihr gegenüber in einer ähnlichen Haltung wie Johannes gestern, mit übereinandergeschlagenen Beinen, verschränkten Armen und diesem Lächeln. Mias Herz pochte so laut, dass sie befürchtete, David könne es hören. »Würdest du mir verraten, warum du eine Therapie machst?«

Er lehnte sich zurück. »Ja, obwohl es dich nichts angeht, Mia, aber gut. Ich mache diese Therapie, weil ich seit Jahren darüber nachdenke, ob Patrik, der ja zweifellos mein Vater ist, mich auch gezeugt hat.«

»Hat er nicht.« Mia erschrak. Ihre Stimme klang, als hätte sie die ganze Nacht durchgesoffen und gegrölt.

David schloss die Augen und ließ seinen Kopf nach hinten sinken. Mia sah sein Gesicht nicht mehr, nur noch sein Kinn von unten, und wie er schluckte.

Mehrfach hintereinander. Sie war überrascht. Diese drei Worte waren aus ihr herausgeschossen wie Kugeln aus einer ungesicherten Pistole. Soeben hatte sie ihr Versprechen Patrik gegenüber eingelöst. Das Versprechen, das sie seit einem Jahr mit sich herumschleppte. Mia zog die Schultern hoch, atmete tief ein und während sie langsam ausatmete, ließ sie ihre Schultern wieder sinken.

»Wenn ich gewusst hätte, wie leicht es ist …«

Ihr gegenüber auf dem Sofa kam David in Bewegung. Ganz allmählich löste er sich aus seiner Starre, hob den Kopf und sah Mia an. »Leicht? Weißt du eigentlich, was du getan hast, Mia?«

Mia überlegte. »Ich meine nicht leicht, so wie du es jetzt verstehst, ich meine leicht auszusprechen. Aber was ich getan habe, wiegt so schwer wie dreißig Jahre Leben. Dein Leben, David. Es gibt keine Entschuldigung. Aber vielleicht kann ich es dir erklären? Dieses Unausgesprochene ist mit jedem Tag schwerer geworden und irgendwann habe ich mir nicht mehr zugetraut, es anzuheben.«

»Oh, was für eine schöne Metapher. Wie lange hast du danach gesucht?«

»Gar nicht. Ich weiß einfach nicht, was ich sagen soll. Jedes weitere Wort scheint mir zu viel.«

»Dann sei einfach still und lass mich allein.« David lehnte sich wieder nach hinten. Mia stand auf und ging in die Küche, obwohl sie nicht wusste, was sie dort tun sollte. Sie stellte sich ans Fenster, schaute hinaus und zählte die Autos auf dem Parkstreifen vor dem Haus. Dann räumte sie den Tisch ab, stellte das

Geschirr in die Spüle und ließ Wasser darüber laufen. Zwischendurch warf sie einen Blick ins Wohnzimmer. David hatte sich immer noch nicht bewegt. Gestern waren ihr mehrere mögliche Szenarien durch den Kopf gegangen. Sie hielt alles für möglich. Vielleicht würde er wutentbrannt die Wohnung verlassen oder sie würden sich weinend in die Arme fallen. Mit einem sehr, sehr langen Schweigen hatte sie nicht gerechnet. Sie fühlte sich hilflos und hatte keine Idee, wie es jetzt weitergehen könnte. Sie dachte kurz darüber nach Jakob anzurufen und ihn zu bitten, herzukommen und David aus seiner Starre zu holen. Stattdessen entschied sie sich dafür zu spülen. Das tat sie sehr langsam, immer in der Hoffnung aus dem Wohnzimmer etwas zu hören. Davids Schritte oder das Rascheln seiner Kleidung auf dem Sofa. Irgendetwas, das ihr verraten könnte, dass er sich bewegt hatte. Aber es blieb alles still. Bis sie irgendwann hörte, wie die Eingangstür zugezogen wurde und mit einem Klicken ins Schloss fiel. Dieses Geräusch würde sie so schnell nicht vergessen. Sie warf einen Blick ins Wohnzimmer. Das Sofa war leer. David war gegangen – ohne ein weiteres Wort – ohne einen Abschied. Das hatte er noch nie getan. Mia setzte sich mit einem Teller in der Hand auf einen der Küchenstühle und starrte auf das Muster am Tellerrand. Blaue, fein gezeichnete, kreisrunde Mandalas, lauter Blumen des Lebens, wie man ihr versprochen hatte, ein blauer Ring um den weißen Tellergrund.

Schön, dachte Mia, so zart gezeichnet und so bedeutungsvoll. Dann ließ sie den Teller fallen. Er zersprang in kleine und sehr kleine Scherben.

8.

Das Fenster zur Straße war einen Spalt geöffnet und Mia wurde sehr früh wach durch das laute Klappern rollender Mülleimer auf dem Asphalt. Die Männer der Müllabfuhr (denn meistens waren es ja Männer) riefen sich über die Straße laut etwas zu. Dann hörte sie das rumpelnde Geräusch der sich drehenden Trommel und die Mülltonnen wurden wieder zurückgerollt. Jetzt waren sie leer und noch viel lauter. Sie kniff die Augen fest zusammen. In der Nacht hatte sie kaum geschlafen und Wachwerden fühlte sich gerade nicht gut an. Sofort waren die Bilder wieder da: David auf dem Sofa, ihre krächzende Stimme, sein Schweigen, das einschnappende Türschloss und der zerbrochene Teller.

Das Müllauto fuhr ab und Mia setzte sich im Bett auf und zog die Beine an, sodass ihr Kinn auf den Knien lag. Eine Weile saß sie reglos und starrte auf die gegenüberliegende Wand. In Träumen konnte man mal eben so Jahrzehnte rückwärts springen. Wie in einer Zeitmaschine, in die Zeit, als David noch ein kleines Kind war. Und wenn man dann morgens wach wurde, musste man sich erst einmal wieder mühsam in der Realität zurechtfinden. Sie, Mia, musste kein Kind mehr vor dem Sturz vom Klettergerüst bewahren oder vor dem Ertrinken retten. Sie musste ihn nicht bei der Hand fassen, wenn sie die Straße überqueren wollten. Diese Zeiten waren endgültig vorbei. Der David, der gestern die Tür ins Schloss gezogen hatte, war ihr längst entglitten. Sie hatte es nur nicht bemerkt oder einfach nicht wahrhaben wollen. Jedes Kind gleitet einer Mutter eines Tages aus den Händen. Wenn es gut läuft. Nämlich dann, wenn es alleine gehen kann und nicht mehr gehalten werden muss. Von dem Zeitpunkt an hatten Patrik und sie die Hände über David gehalten oder um ihn herum. Die ersten Schritte sind noch so taumelig, da muss man doch aufpassen, dass nichts passiert, aber spätestens als David in der Pubertät war, hätten sie sich von Zeit zu Zeit zurückziehen müssen, aus der Ferne winken und rufen, wir sind für dich da, wenn du uns brauchst. Das war ihnen nicht rechtzeitig gelungen, denn dann hätten sie ihr gegenseitiges Versprechen nicht gebrochen.

Mia warf mit einem Ruck die Bettdecke von sich und stand aus dem Bett auf. Es gab eine Eintragung dazu in ihrem Tagebuch, die sie unbedingt noch einmal lesen musste. Gestern hatte sie zwar die Idee dazu, aber der Abend endete mit einer Flasche Rotwein, die sie allein ausgetrunken hatte. Erst hatte sie überlegt mit dem Rotwein zu Jakob zu gehen und ihm alles zu erzählen, aber es war dunkel und kalt und sie fühlte sich elend. Am späten Abend fiel ihr das Tagebuch ein und das Gespräch mit Patrik und ihr gegenseitiges Versprechen, kurz nach Davids

Geburt, das sie dort festgehalten hatte. Sie hatte damals wie im Rausch alles niedergeschrieben, weil sie so aufgewühlt war und in der Nacht war ihr eingefallen, dass David sie Jahre später gefragt hatte nach seiner Herkunft. Zwar in einem sehr flapsigen Tonfall, ob er adoptiert sei oder so was, und bevor sie nachgedacht hatten und sich an ihr Versprechen erinnern konnten, hatten sie die Chance vertan. Eifrig versicherten sie ihm, dass er selbstverständlich ihr Kind sei und nicht adoptiert, was ja nicht gelogen war, aber Davids Frage trotzdem nicht wahrheitsgemäß beantwortete. Sie hatten die Wahrheit nicht verschwiegen, sondern verschleiert. Noch so ein verschleiertes Bild, dachte Mia, nur nicht so poetisch wie das in Schillers Ballade. Es standen mittlerweile viele dieser Bilder in ihrem Leben herum. Musste man erst die Diagnose Blasenkrebs erhalten, um diese Schleier endlich mal anzufassen und zu heben?

Sie bückte sich und öffnete die Klappe ihres Nachtschränkchens. Hinter einer Kiste mit Fotos und einem Stapel von Briefen fand sie das Tagebuch. Sie setzte sich auf die Bettkante und öffnete es. Unter dem entsprechenden Datum las sie folgenden Eintrag:

Freitagnacht: Patrik und David schlafen. Wieso kann er jetzt schlafen? Also, ich meine, Patrik, wieso kann er schlafen? Nach diesem Gespräch. Mir ist schlecht und ich zittere und heule, aber nein, er schläft. Also gut, was ist passiert? Wir haben eben noch einmal dieses Thema angeschnitten. Ich habe es angeschnitten, um genau zu sein. Mir lässt es einfach keine Ruhe. Als David endlich schlief, habe ich Patrik ein Glas Wein gebracht, mich neben ihn gesetzt und ihn gefragt, ob wir nicht doch vielleicht ... eines Tages ... also, wenn es sich irgendwie ergibt, also, ob wir dann nicht doch vielleicht David die Wahrheit sagen können, was seinen Vater betrifft. Oh, mein Gott, das hätte ich besser nicht getan. Patrik war außer sich. Er starrte mich an und ich befürchtete für einen Moment, dass er mir den Wein ins Gesicht schüttet. Nichts geschah. Er erstarrte einfach und sagte dann ganz ruhig: »Ich dachte, das hätten wir ein für allemal geklärt.« Wie ich das hasse, dieses *Ein-für-Allemal*. Wir sind doch noch nicht tot. Wir leben, und wenn man lebt, dann verändert sich alles in einem fort und nichts ist ein für allemal. Na ja, ich konnte mich natürlich sehr gut an unsere Vereinbarung erinnern, aber ich hatte kein gutes Gefühl dabei, und jedes Mal, wirklich, jedes Mal, wenn ich David in meinen Armen halte, denke ich daran und fühle mich schlecht. Es ist ein Fehler. Ja, ein grandioser Fehler, aber Patrik versteht es einfach nicht. Er hat Angst, dass David ihn weniger lieben könnte, wenn er wüsste, dass er ihn nicht gezeugt hat. Was für ein Schwachsinn. Als ob Spermien irgendeine Rolle dabei spielen. Ich meine, bei der Liebe eines Kindes zu seinen Eltern. Niemand würde ihm etwas wegnehmen. Im Gegenteil. Wir müssten nicht ständig befürchten, dass David eines Tages von selbst dahinterkommt und uns zu hassen beginnt. Ich könnte ihn sogar verstehen. Aber so einfach ist das eben nicht. Patrik hat mich gerettet, als es mir beschissen ging. Er hat mir Mut gemacht, mich getröstet und ohne ihn, gäbe es David vielleicht gar nicht. Das ist gar nicht mal so dahingeschrieben. Es stimmt. Ganz zu Anfang habe ich ernsthaft darüber nachgedacht, das Kind nicht zu bekommen. Ich schreibe ganz bewusst das Kind, weil ich es ja damals noch nicht kannte. Ich hätte mich gegen etwas völlig Unbekanntes entschieden. Aber Patrik hat es geschafft auf seine behutsame und sanfte Art mich zu halten und damit auch David zu halten. Seine Existenz war ja sehr bedroht. Um ein Haar hätte ich diesen winzigen Embryo aus mir entfernt (oh, mein Gott, das klingt fürchterlich!). Sein Leben hing sozusagen an einem seidenen Faden. Und Patrik hat Fäden gesponnen, noch und noch, bis sie so dick waren wie ein Seil oder ein Tau (keine Ahnung, was von beiden dicker ist, aber ich meine das dickere). Das sollten wir ihm sagen, wenn er Fragen stellen kann. Ja, und das ist genau das Problem. Wann wäre der richtige Zeitpunkt? Aber zurück zu unserem Gespräch. Das war ja längst nicht beendet. Patrik sagte dieses nervige *Ein-für-Allemal* und ich habe laut gestöhnt, das sagst du immer und es kotzt mich an, ehrlich, worauf er wütend wurde und das will bei ihm schon was heißen. Mia!, (das klang echt böse), Mia, sagte er, lass uns heute Abend eine Art Vertrag schließen, damit wir nicht jedes Mal wieder von vorne anfangen. Ich bin gerne bereit, dir entgegenzukommen. Vielleicht finden wir einen Kompromiss. Aber wir müssen uns endlich einigen und fest vereinbaren, wie wir mit der Sache umgehen. Sonst verunsichern wir David und das wollen wir doch beide nicht.

Ich war überrascht, weil ich mir nicht vorstellen konnte, was für ein Kompromiss das sein könnte. Wir sagen es ihm, wenn er achtzehn ist oder so ähnlich? Oder wir sagen es ihm, wenn er psychisch auffällig wird? Keine Ahnung, was das sein sollte, aber Patrik hatte eine Idee. Er sagt so etwas ja nicht einfach so dahin. Sein Vorschlag war, dass wir David die Wahrheit sagen, wenn er jemals fragen sollte, dass wir aber nichts tun, was diese Frage provoziert. Darüber musste ich erst einmal eine Weile nachdenken. Solange David nicht misstrauisch würde, gäbe es keinen Grund, ihn zu verunsichern und ich hatte an vielen Stellen gehört und gelesen, dass Kinder es verunsichert, wenn sie erfahren, dass ihr Vater nicht ihr richtiger Vater ist, wobei diese Formulierung Quatsch ist, denn was bedeutet in diesem Zusammenhang schon richtig oder falsch? Wenn also David aufwächst wie jedes andere Kind auch und ihm sich keine Fragen stellen, dann gäbe es auch keinen Grund ihm von Johannes zu erzählen. Johannes. Johannes. (Sorry, ich musste seinen Namen einfach mal schreiben: Johannes!). Nach einigen Gläsern Wein hatten wir Formulierungen bereit, wie wir einen solchen Vertrag aufsetzen würden, wenn wir es denn schriftlich täten, was wir natürlich niemals in echt gemacht haben. Aber wir haben es vorformuliert und es uns zugesprochen wie ein Eheversprechen vor dem Traualtar. Das klang ungefähr so:

David ist unser gemeinsames Kind – das Kind von Patrik und Mia – und wir lieben ihn bedingungslos und werden alles tun, damit er einen guten Start ins Leben hat. Wir werden ihn lieben und achten und für ihn da sein und sollte er jemals die Frage nach seinem Erzeuger (dieses Wort hat Patrik ins Spiel gebracht, nicht ich) fragen, so werden wir ihm die Wahrheit sagen, denn das hat etwas mit Respekt zu tun (den Schluss mit dem Respekt wollte ich unbedingt drin haben in unserem Versprechen).

Mia klappte an dieser Stelle das Tagebuch zu. Ein paar Minuten hielt sie es noch in der Hand und legte es dann zurück in das Nachtschränkchen und schloss die Klappe wieder. Sie hatten über Davids Frage damals einen Schleier gebreitet, aber losgeworden waren sie sie trotzdem nicht. Sie war mit ihnen wie unter einem Moskitonetz gefangen und schwebte zwischen ihnen. Es gibt diese Schwebfliegen im Sommer. Die bleiben einfach auf Augenhöhe in der Luft stehen, schlagen in einem irren Tempo mit den Flügeln, und schauen einen an. So schwebte die unausgesprochene Frage seit Jahren zwischen ihnen hin und her und blieb mal vor Mias Augen stehen und mal vor Patriks Augen.

Mia verbrachte den Tag am Schreibtisch, besser gesagt, vor dem Computer und versuchte den nächsten Kurs an der VHS inhaltlich vorzubereiten. Seit einigen Jahren gab sie dort Zeichen- und Malkurse oder bot in regelmäßigen Abständen, auch abends, Vorträge zu kunstgeschichtlichen Themen an. Es hatte sich so ergeben, wie man so schön sagt. Geplant war das nicht. Eigentlich wollte sie nach ihrem Studium an der Uni bleiben, aber als David geboren war, blieb sie erst einmal zu Hause. Aus dem geplanten einen Jahr wurden schließlich zwei und sie begann Patrik zu beneiden, dass er jeden Tag zur Uni fahren und dort Menschen treffen konnte, die sein Interesse für Kunst teilten. Zunächst ließ sie sich ihre Unzufriedenheit nicht anmerken. Schließlich hatte sie ihm viel zu verdanken.

Es war, als hätte er eine Tür aufgestoßen, seit er sie damals im Hörsaal angesprochen hatte. Von der Schwangerschaft war sie kalt erwischt worden. Johannes war nirgends zu finden und sie hatte keine, aber auch gar keine Idee, wie es nun weitergehen könnte. Jakob war damals ihr einziger Halt. Er hatte genügend Ideen für sie und das Kind. Aber erst mit Patrik gab es echte Möglichkeiten. Das Kind in ihrem Bauch hatte gerade mal die Größe einer Kiwi, als Patrik sie fragte, ob sie nicht besser heiraten sollten, dann wäre er auch rein rechtlich von Anfang an der Vater. So hatte er das natürlich nicht gesagt, zumindest nicht gleich.

Er hatte sich echt Mühe gegeben. Es war ein ganz besonderer Abend. Mit gutem Abendessen, Rotwein, Kerzenlicht und klassischer Musik. Zum Glück war er nicht vor ihr auf die Knie gefallen, aber sie hatte ihm angemerkt, dass er aus der Übung gekommen war. Der gewaltige Altersunterschied machte ihm Probleme und er sagte dann so etwas wie, entschuldige bitte, dass ich dich überhaupt frage, ich bin ein alter Mann und du startest gerade ins Leben, aber die Situation ist, wie sie ist, willst du mich heiraten?

Mia hatte mit so etwas gerechnet. Wenn sie ehrlich zu sich selbst war, hatte sie es mehr befürchtet als erhofft. Dass sie damals relativ schnell JA gesagt hat, hatte etwas mit der Kiwi in ihrem Bauch zu tun. Das war nicht ganz fair Patrik gegenüber, aber sie fühlte sich mit 21 Jahren nicht in der Lage das Kind allein durchzubringen. Jakob hatte ihr zwar angeboten, sie bei sich aufzunehmen, aber dort? Im Hafen? Zwischen Gefrierschränken, Elektroherden und Radios? Jakob hatte zu der Zeit zwar noch ein (einigermaßen) regelmäßiges Einkommen, aber das konnte sich bei ihm von einem Tag zum anderen ändern. Und wie und wann hätte sie Geld verdienen können? Wer hätte sich dann um das Kind gekümmert? Und Patrik hatte etwas in seinen Augen, das sie tröstete und ruhig werden ließ. Warum nicht, dachte sie, früher wurde sowieso meistens aus praktischen Erwägungen heraus geheiratet und das waren nicht einmal die schlechtesten Ehen. Außerdem fühlte es sich an, als ob mit der Kiwi auch die Liebe zu Patrik wachsen würde.

Also sagte sie JA und bereute es nie. Aber dass sie während der gesamten Ehezeit nicht mehr den Sprung ins Berufsleben geschafft hatte, das bereute sie schon. Sie konnte es sich zwar leisten Dinge auszuprobieren, selbst zu malen, Jobs anzunehmen oder auch Patrik in die Uni zu begleiten und dort zu unterstützen. Aber nichts davon hatte ihren Stempel, war unverkennbar Mia. Außer vielleicht die Bilder, die sie malte, aber die hingen im Haus und wurden von Besucherinnen und Besuchern bewundert (was blieb ihnen auch anderes übrig?), ohne dass sie jemals das Licht der Welt erblickt hätten.

Es gab eine Zeit, da überlegte sie ernsthaft sie auszustellen. Und sei es nur in einer Arztpraxis oder einem Restaurant, aber es kam nie dazu. Patrik sagte, das sei eine wunderschöne Idee und er würde sie gerne unterstützen, die Bilder hätten es verdient angeschaut zu werden und vielleicht würde sich ja eine Käuferin oder ein Käufer finden, dann hätten sie einen Preis und damit einen Wert – oder war es andersherum? – sie wusste es nicht mehr so genau, aber die Sache mit dem Wert ließ sie nicht mehr los. Und sie entschied sich letztlich dagegen. Sie traute ihren Bildern offenbar nicht zu, dass sie draußen in der Welt einen Wert besitzen könnten. Im Haus waren sie sicher und wertvoll, aber wenn sie da draußen nicht gesehen wurden, dann würden sie vielleicht ihren Wert auch hier im Haus verlieren. Wenn mal jemand, der sie besuchte, nach dem Preis fragte, dann sagte sie jedes Mal lächelnd, dass die Bilder keinen Preis hätten. Sie seien unbezahlbar. Wenn sie einen Preis hätten, würden sie vielleicht sogar an Wert verlieren. Das redete sie sich zumindest ein. Insgeheim wäre sie natürlich irre stolz gewesen, wenn ihr jemand einen hohen Preis angeboten hätte, aber so weit ließ sie es nie kommen. Unvorstellbar, wenn der- oder diejenige gesagt hätte, oh, für fünfzig Euro würde ich es mitnehmen und ins Schlafzimmer hängen, es passt so gut zu unserer Tapete.

Je älter sie wurde und je weniger David sie brauchte, umso mehr quälte sie der Gedanke, dass sie von Patrik finanziell abhängig war, darum hatte sie sich bei der hiesigen VHS beworben und eine Anstellung auf Honorarbasis bekommen. Jetzt hatte sie Kolleginnen und Kollegen, es gab einen Aufenthaltsraum, in dem man Kaffee kochen und trinken konnte, es gab Seminarteilnehmerinnen (meistens Frauen), die unter Anleitung malen oder zeichnen wollten und zu ihren Vorträgen über bedeutende Künstlerinnen und Künstler kamen auch einige Menschen – meistens ältere, ab sechzig aufwärts, aber insgesamt ein sehr angenehmes Publikum.

Dieser Job ließ sich sehr gut integrieren in ihr Leben und sie war jetzt geradezu dankbar, dass sie am Schreibtisch sitzen und über eine Vortragsreihe zu der Malerin Paula Modersohn-Becker nachdenken konnte, mit der sie sich auf besondere Weise verbunden fühlte. Vielleicht war auch ein bisschen Neid dabei, denn Paula hatte es geschafft – trotz der Widerstände, die eine Frau zu Beginn des 20. Jahrhunderts überwinden musste – dass heute niemand mehr an ihr vorbei kam. Sie hatte für ein freies und unabhängiges Leben als Malerin gekämpft und das, obwohl sie finanziell komplett abhängig war. Sie brauchte für alles die Zustimmung ihres Ehemannes Otto und musste sich von ihm aushalten lassen. Es gibt mehrere Briefe, in denen sie ihren Mann um Geld bitten musste. Das kleine Dorf Worpswede reichte ihr nicht, obwohl es ja ein besonderes Dorf war, eines, in dem sich Künstler und Künstlerinnen niedergelassen hatten, um in der Natur zu arbeiten, *den Duft des Moores malen*, wie sie es ausgedrückt hat. Aber Paula wollte nach Paris und dort studieren und malen. Nur konnte sie nichts davon selbst finanzieren. Sie war eine Ausnahmekünstlerin und eine der Ersten, die den Mut hatte, sich nackt zu malen – beinahe lebensgroß. Das war für viele ein Schock. Ihre männlichen Kollegen hatten dazu nicht den Mut. Sie verstanden sowieso nicht viel von ihren Bildern und schauten gar nicht genau hin. Vielleicht hatten sie Angst neben ihr und ihrer Kunst zu schrumpfen.

Gegen Mittag stand Mia von ihrem Schreibtischstuhl auf, reckte sich, schaute aus dem Fenster auf die Straße und ging in die Küche, um nach Essensresten im Kühlschrank zu schauen. Vom Abendessen mit David war noch so viel übrig, dass es reichte, um den Magen zu beruhigen. Dafür wuchs die Unruhe in anderen Teilen ihres Körpers. Mia legte ihren Zeigefinger zwischen die Augenbrauen, machte kreisende Bewegungen und wartete. Irgendwo hatte sie mal gelesen, dass dort die Seele sitzen sollte. Ruhiger wurde sie dadurch aber nicht. Wahrscheinlich machte sie irgendetwas falsch oder glaubte nicht fest genug daran.

Sie lief in der Wohnung auf und ab und ging dabei einige Male an ihrem Telefon vorbei. Es war und blieb stumm. Natürlich könnte sie auch bei David anrufen oder ihm eine Nachricht schicken, aber sie wollte ihn nicht bedrängen, nicht nach dieser Offenbarung gestern, sie wollte ihm Zeit geben, schließlich hatten sie sich auch sehr lange Zeit gelassen, dreißig Jahre, und das war echt lang.

Am späten Abend (sie saß auf dem Sofa und las ein Buch, das heißt, sie hielt es in den Händen und schaute sich die schwarzen Buchstaben auf dem weißen Papier an, ohne sich um den Sinn der Worte zu kümmern) erhielt sie eine Nachricht von David. »Hallo. Ich brauche Namen und Telefonnummer meines Erzeugers. Danke.«

Mia schluckte. Johannes, der Erzeuger.

»Hallo, David, sollen wir nicht erst noch mal miteinander reden?«, tippte sie in ihr Handy und drückte auf den grünen Pfeil.

»Nein. Ich will die Geschichte von ihm hören«, kam es Sekunden später zurück.

Mia legte das Handy vor sich auf den Tisch, zwischen den anderen Kram, der dort lag, und hoffte, dass jemand vorbeikommen und ihr diese Entscheidung abnehmen würde. Sie antwortete David erst nach einer Stunde, einer gefühlten Ewigkeit. Ohne einen weiteren Kommentar schickte sie ihm die Adresse von Johannes und seine Telefonnummer. Beides hatte sie nicht einmal von ihm persönlich erhalten, sondern über einen Dritten, Gunnar, diesen ehemaligen Studienkollegen, den sie auf dem Friedhof getroffen hatte. Für Mia war es ein Kraftakt, der Nachricht an David nichts hinzuzufügen. Kein weiteres Wort, keinen Gruß. Nichts. Es fühlte sich falsch an, aber David hatte deutlich zu verstehen gegeben, dass er nicht mit ihr sprechen wollte, sondern mit

Johannes. Bei dem Gedanken wurde ihr erst heiß und dann übel. Sollte sie Johannes auf Davids Anruf vorbereiten?

Mia schob ihr Handy in die Hosentasche, legte das Buch beiseite und stand auf. Wenn so Loslassen geht, dachte sie, dann ist das nichts für mich. Um jetzt noch zu Jakob zu gehen, war es zu spät, aber vielleicht konnte sie ihn kurz anrufen? Er wusste immer, was zu tun war, und vor allem hatte er keine Ahnung, was sich in der Zwischenzeit alles ereignet hatte. Der beste Ort zum Telefonieren erschien ihr der Tisch vor dem Fenster. Draußen war es zwar dunkel, aber sie konnte trotzdem schemenhaft die Baumkrone der riesigen Eiche erkennen. Es sah aus, als wiege sie ihr mächtiges Haupt hin und her und ihre Äste erschienen vor dem Nachthimmel wie struppige Haare. Von unten wurden die Geräusche der Straße emporgespült. Sie setzte sich auf den Stuhl, auf dem Johannes gesessen hatte und gestern Abend noch David. Der Stuhl mit dem Blick hinaus. Jetzt war es dunkel draußen und das Schwarz der Fensterscheibe ein Spiegel.

Jakob meldete sich so schnell, als habe er seit ihrem letzten Treffen nichts weiter getan als auf sein Handy zu starren.

»Na, endlich«, sagte er, »wie war's?«

»Du meinst mein Gespräch mit Johannes?«

»Ne, deinen Einkauf heute Morgen. So ein Quatsch!«

»Er weiß jetzt Bescheid. Ich habe es ihm gesagt.« Mia war im Nachhinein noch überrascht.

»Herzlichen Glückwunsch, tapfere, kleine Schwester. Und, wie hat er reagiert?«

»Ich weiß nicht recht.«

»Was weißt du nicht? Er muss doch irgendetwas gesagt haben.« Es tat so gut mit Jakob zu telefonieren. Ihre Stimme klang zittrig, als sie sagte: »Warte kurz. Ich glaube, ich muss erst mal heulen.« Das tat sie dann auch. Sie legte das Telefon aus der Hand, machte den Lautsprecher an und suchte nach einem Taschentuch. »Weißt du, Jakob«, sagte sie und putzte sich die Nase, »ich hätte dich längst anrufen sollen.«

»Warum hast du es nicht getan? Soll ich kommen? Mein Gott, du klingst schrecklich.«

»Nein, du musst nicht kommen. Es ist alles gut. Wirklich.« Mia nahm das Telefon wieder in die Hand und machte den Lautsprecher aus. Sie atmete durch den Mund. Ihre Nase war verstopft. »Also erfreut war er nicht gerade. Ich meine, Johannes, er war schockiert. Ja, ich glaube, es hat ihn fertig gemacht.«

»Wundert dich das?« Als Mia nicht sofort antwortete, sagte er: »Soll ich nicht doch lieber zu dir kommen?«

Mia schniefte. »Geht schon. Ist gleich vorbei. Noch was, Jakob, das ist noch nicht alles.«

»Ich kann es mir denken. David hast du es auch gesagt.«

»Woher weißt du das?« Mia kniff die Augen zusammen.

»Von ihm. Ich weiß es von David selbst.«

»Wie jetzt? Wann denn? Und wieso sagst du mir das nicht?« Mias Stimme kippte.

»Ich sag es dir ja gerade. Er war heute bei mir und auch nur ganz kurz. Reg dich nicht auf, Mia, er wollte nur mit jemandem sprechen. Und mit dir kann er im Moment nicht sprechen.«

Mia starrte auf die Tischplatte vor sich. Nichts! Auf der Tischplatte war nichts. Als wäre nie etwas gewesen. Kein Frühstück mit Johannes, kein gemeinsames Essen mit David, keine Krümel, keine Reste, keinerlei Spuren.

»Weißt du was, Jakob? Morgen komme ich vorbei und wir erzählen uns alles, ja? Ich weiß einfach nicht, wie es weitergehen soll. Vielleicht kannst du an ein paar Schräubchen drehen und ich funktioniere wieder?«

Jakob lachte. »Nichts leichter als das, meine Liebe. Bisher habe ich noch alles repariert, was kaputt war. Da bist du keine Ausnahme. Dich kriege ich auch wieder hin. Morgen Nachmittag? Und bring Kuchen oder Kekse mit. Ich freue mich.«

Mia beeilte sich mit dem Schlafengehen, denn sie wollte mit Jakobs Stimme im Ohr einschlafen. Früher, als sie klein war, hatte er ihr Einschlafgeschichten erzählt. Er hielt ihre Hand, schaute sich im Zimmer um und nahm einen Gegenstand, den er zum Leben erweckte. »Weißt du, als Lampen noch sprechen und sich bewegen konnten, da hat deine Nachttischlampe ein echtes Abenteuer erlebt.« So oder so ähnlich begannen die Geschichten und das Ende hatte sie meistens nicht mehr mitbekommen. Mia fiel beim Einschlafen Jakobs Lampe ein, die auf dem Tisch in seiner Werkstatt stand und wie ein Schwan aussah, der über das Wasser glitt und die Geschichte, die er ihr erzählt hatte, als sie ein kleines Kind war.

Sie hatte schlecht geschlafen und lief sie ins Zimmer nebenan. Er schlug die Bettdecke zur Seite, machte etwas Platz und Mia legte sich neben ihn. »Was ist los, meine Kleine? Schlecht geträumt?«, fragte er und strich ihr über den Kopf. Sie hatte wirklich schlecht geträumt und bevor die Angst in sie hineinkriechen konnte, stand sie auf, nahm ihr Kissen und ging zu Jakob. Ganz einfach. Es war die Zeit, als er noch zu Hause wohnte. Eine gute Zeit für Mia. Er war erwachsen, achtzehn oder neunzehn, und sie gerade mal fünf oder sechs Jahre alt. Wie immer fragte er, welche Geschichte sie hören wolle, und Mia zeigte auf seine Nachttischlampe: »Erzähl von ihr.« Dann schloss sie die Augen und lauschte seiner Stimme.

»Also gut, Mialein, meine Lampe hier ist nicht irgendeine Lampe. Sie ist ein verzauberter Schwan. Wenn es dunkel ist und ich fest schlafe, dann erwacht der Schwan zum Leben. Er reckt seinen langen Hals, bläht seinen Körper auf und watschelt etwas schwerfällig zum Fenster. Ich lehne es abends immer nur an, weil ich weiß, dass er nachts das Haus verlässt. Er stößt mit seinem Schnabel die Fensterflügel auf, breitet seine mächtigen Schwingen aus und fliegt in den Nachthimmel. Wir sprechen nie über seine nächtlichen Ausflüge und ich habe ihm nie zugeschaut dabei, aber ich weiß davon und er weiß, dass ich es weiß. Eines Abends raschelte etwas in der

Lampe und ich rieb mir die Augen. Ich lag im Bett und war ganz schläfrig. Meine Augenlider waren schon ganz schwer und ich konnte nur noch blinzeln, aber dann passierte etwas wirklich Verrücktes. Der Schein der Lampe verdunkelte sich, es knisterte und ich durfte zusehen, wie die Lampe sich in einen Schwan verwandelte. Ich hielt den Atem an. Ganz vorsichtig setzte ich mich im Bett auf und drückte mich mit dem Rücken an die Wand. Es dauerte ein bisschen, dann stand der Schwan fertig und majestätisch schön vor mir. Es verschlug mir die Sprache.

‚Guten Abend‘, sagte der Schwan. Seine Stimme klang dunkel und ausgesprochen höflich. Er neigte den Kopf etwas zur Seite und sah mich an. Seine Augenfarbe war eine Mischung aus Orange und Braun. Als ich mich etwas von dem Schreck erholt hatte, sagte ich ebenfalls ‚Guten Abend‘ und wartete einfach ab. Ich muss schon sagen, Mia, das Ganze war mir unheimlich. Der Schwan stieg von einem Fuß auf den anderen und sein mächtiger Körper schaukelte dabei hin und her, als hätte er Mühe ihn auf seinen dünnen Beinen zu balancieren. Ich blieb regungslos sitzen und wartete ab, was geschah.

Er sprang vom Nachtschränkchen auf mein Bett und stand sehr dicht vor mir. Dann reckte er seinen Hals vor und sein Kopf war ganz nah an meinem Ohr, als er mir zuflüsterte: ‚In der Dunkelheit fliege ich in den Nachthimmel und sehe Dinge, die ihr Menschen einander verschweigt. Vor allem sehe ich Tränen. Viele Tränen. Manchmal auch Wut und Enttäuschung. Wenn ihr schlafen geht und einander Gute

Nacht gesagt habt, dann seid ihr ganz für euch. Ihr geht allein in eure Träume und ich sehe euch dabei zu. Nur im Tod seid ihr noch einsamer.'

Da musste ich erst einmal schlucken, Mia, das kannst du dir wohl vorstellen. Ich konnte es kaum glauben: Da rieb ein Schwan seinen Kopf an meiner Wange und erzählte solche Dinge. ‚Warum sagst du mir das?', fragte ich ihn, aber er antwortete lange Zeit nicht, sondern stand nur vor mir mit gesenktem Kopf. Endlich hob er ihn, streckte seinen Hals und legte den Kopf weit nach hinten. Dann stimmte er einen Gesang an von so trauriger Schönheit, wie ich es noch nie gehört hatte. Ich musste bitterlich weinen und war trotzdem so glücklich wie schon ganz lange nicht mehr. Als er geendet hatte, beugte er sich zu mir herunter und sagte: ‚Wenn ich nachts über die Häuser fliege und sehe die Menschen in ihrer Angst und Trauer, dann singe ich für sie. Nicht alle können mich hören. Sie verbarrikadieren sich in ihren Zimmern und verkriechen sich unter ihrer Bettdecke. Sie hören nichts und sehen nichts, dabei könnte mein Gesang in ihre Herzen dringen und sie trösten.' Sein Kopf war jetzt direkt vor meinem Gesicht und wir sahen uns in die Augen: ‚Bitte sag deiner kleinen Schwester, dass sie nachts das Fenster einen Spalt breit öffnen soll.' Dann neigte er den Kopf wieder zur Seite, sprang auf das Nachtschränkchen und von dort auf die Fensterbank. Mit seinem Schnabel stieß er den Fensterflügel auf. Mittlerweile war es dunkel draußen und als er in den Nachthimmel stieg, sah es aus als strahle er von innen, so hell leuchtete er in der Dunkelheit. Also, liebe Mia, denk dran, immer schön das Fenster öffnen.«

Mia stand auf, ging zum Fenster, legte den Hebel zur Seite und zog den Fensterflügel zu sich heran. Der kühle Nachthimmel wehte um sie herum und ins Zimmer.

9.

»Rechts abbiegen.«

David schaute kurz hoch zum Straßenschild und folgte der Stimme im Handy. Auf der rechten Straßenseite reihten sich Einfamilienhäuser aneinander. Links war ein Feld und der angrenzende Friedhof. Gegenüber stand die Kirche. Weiter hinten konnte man die Ausläufer eines Waldstücks erkennen. Das Haus mit der Nummer 35 war das letzte in der Straße und vermutlich das Pfarrhaus.

»Das Ziel befindet sich auf der rechten Seite«, sagte die Frauenstimme. David fuhr im Schritttempo und nahm während der Fahrt das Handy aus der Schale. Er warf einen Blick auf das Display, überprüfte den Straßennamen und die Hausnummer und lenkte das Auto an den Straßenrand.

»Sie haben Ihr Ziel erreicht«, sagte die Stimme aus dem Handy.

»Du hast ja keine Ahnung«, sagte David, »ich kenne mein Ziel ja nicht einmal.« Er schaltete den Motor aus und lehnte sich im Autositz zurück. Er hatte gute zwei Stunden gebraucht. Zwei Stunden für knapp zweihundert Kilometer. Das war eine lächerliche Entfernung gerechnet auf dreißig Jahre Schweigen.

Die Last des Schweigens erschien ihm überdimensional groß. Wenn sein biologischer Vater irgendwo am anderen Ende der Welt leben würde, vielleicht in Neuseeland oder so, dann wäre das blöd, aber es wäre erträglich, wenn er von seiner Existenz bisher keine Ahnung gehabt hätte. Wenn er aber mit ihm in einem Mietshaus gewohnt hätte, vielleicht in der Wohnung unter ihm, und er nichts von ihm gewusst hätte, dann wäre das ungeheuerlich. David hatte seit zwölf Jahren einen Führerschein, seit zehn Jahren ein eigenes Auto, er hätte seinen ‚anderen Vater' regelmäßig besuchen können oder dieser ihn – je nachdem, ob man Interesse aneinander gehabt hätte. Dass das nicht der Fall sein könnte, schien David unvorstellbar. Er ging fest davon aus, dass Johannes, dessen Namen er erst noch in seinem persönlichen Notizbuch speichern musste, ebenfalls ein großes Interesse daran haben würde zu erfahren, wen er gezeugt hatte.

Es war später Samstagvormittag. Auf der Straße war nicht viel los. Ein Mann schob seinen Rollator vor sich her und wechselte unaufmerksam die Straßenseite, aber es war auch kaum Verkehr und hier durfte man ohnehin nur Schritt fahren. Vermutlich wegen der Kinder, die nirgendwo zu sehen waren. Eine getigerte Katze huschte von einer Straßenseite zur anderen, und auf der gegenüberliegenden Seite tauchte eine junge Frau mit einem Kinderwagen auf. Sie blieb stehen, um den alten Mann mit dem Gehwagen zu begrüßen. Er bückte sich und streichelte dem Kind im Kinderwagen über den Kopf. Das Kind reagierte nicht, aber die Frau lächelte und reichte dem Mann zum Abschied die Hand. David schaute der Frau hinterher und sah, wie sie hinter der Häuserecke verschwand. Als er sich wieder nach vorne herumdrehte, fehlte von dem alten Mann mit dem Gehwagen jede Spur. Er konnte nur auf dem Friedhof verschwunden sein oder in dem Haus, in dem er Johannes vermutete.

David wartete auf das Glockengeläut um zwölf Uhr. Warum genau, wusste er auch nicht, aber er brauchte ein äußeres Signal, um endlich das Auto zu verlassen. Das Dorf war klein. Es gab offenbar nur diese eine Kirche. Zum ersten Mal in seinem Leben maß er dem Glockengeläut eine Bedeutung bei.

Er öffnete die Fahrertür, stieg aus und warf einen Blick hinauf zum Kirchturm. Der Querbalken des Kreuzes auf der Spitze sah aus wie ein Pfeil, der in der Luft stehen geblieben war. Er konnte nicht fliegen, sondern nur im Wind die Richtung verändern. David verschloss die Autotür und ging auf das Haus am Ende der Straße zu. Der Vorgarten war eingezäunt und es gab ein weiß gestrichenes Gartentor, das er öffnen musste, um zu dem Eingangsbereich zu gelangen. Der Weg dorthin war gepflastert mit Kopfsteinpflaster und rechts und links lag ein gut gepflegter, kurz geschnittener Rasen. Neben der Eingangstür rankten Stockrosen empor. David musste einige Stufen emporsteigen und wunderte sich, wie der alte Mann mit dem Gehwagen wohl diese Stufen bewältigt hatte, falls er wirklich in diesem Haus verschwunden war.

Die Glocken waren verstummt und David klingelte. Es dauerte nur wenige Sekunden, da sah er hinter der Scheibe einen Schatten und kurz darauf wurde die Tür geöffnet. David stand einer Frau gegenüber, die einen schwarzen Hund am Halsband hielt, der ihr fast bis zur Hüfte reichte.

»Sitz!«, befahl sie in strengem Ton, und als der Hund sich gehorsam auf seine Hinterbeine setzte, schaute sie hoch. Was genau sich in ihrem Kopf abspielte, als sie David sah, konnte man an ihrem Gesicht nicht ablesen, aber ihre Stimme vibrierte, als sie nach einer Weile das Wort ergriff, weil David schwieg. »Was kann ich für Sie tun?«, fragte sie, als sei sie die behandelnde Ärztin. David räusperte sich. Auch seine Stimme klang heiser.

»Ich habe eine Autopanne«, sagte er und ließ dabei den Hund nicht aus den Augen. Selten war er so überrascht über seine eigenen Worte wie jetzt.

Die Frau ging einen Schritt auf ihn zu, eine Hand immer noch am Halsband des Hundes, und schaute die Straße hinunter. »Oh, wo stehen sie denn?«

David zeigte auf sein Auto. »Ich habe kein Kühlwasser mehr und der Motor kocht. Vielleicht können Sie mir etwas Wasser geben?«

»Ja, klar, kommen Sie doch rein.«

Sie machte einen Schritt zur Seite und David ging in den dunklen Flur. Die Frau folgte ihm, den Hund hielt sie am Halsband fest. Vielleicht war er Fremde nicht gewohnt. Im Haus roch es nach Suppe. Vermutlich roch es in allen angrenzenden Häusern um diese Zeit auch nach Suppe. Aus dem Wohnzimmer leuchtete der grüne Garten und die Helligkeit des Tages in den Flur hinein und er ging auf dieses Licht zu.

»Einen Moment«, hörte er die Stimme der Frau in seinem Rücken. »Ich bin gleich wieder da. Reicht ein Liter?«

David hatte keine Ahnung, was er mit dem Wasser machen sollte, aber er rief, »Ich denke schon«, und schaute sich in dem Wohnzimmer um, als sei es sein Zuhause und man habe ihn ausgesperrt, weggeben, nicht haben wollen, was auch immer. So verlassen hatte er sich selten gefühlt. Die Frau hatte den Hund losgelassen und er schnüffelte an seinen Beinen.

»Der ist harmlos«, hörte er die Frau aus der Küche rufen. Es lief ein Wasserhahn und kurz darauf stand sie mit einer Wasserflasche im Wohnzimmer.

Wieder sah sie ihn an, als wollte sie sagen: »Na endlich, wo hast du nur die ganze Zeit gesteckt?«, aber sie sagte nur: »Kennen wir uns vielleicht? Irgendwie ist mir, als seien wir uns schon mal begegnet.«

Sie stand jetzt dicht vor ihm und reichte ihm die Flasche. Ihre Augen waren von einem außergewöhnlichen Grün und sie musterte David ebenso gründlich wie er sie.

»Nein, wir sind uns bisher nicht begegnet«, sagte David, »zumindest nicht direkt.«

Sie nickte einige Male hintereinander, in einem Tempo, das ihn an seine Schulzeit erinnerte, wenn er nach langem Grübeln endlich die Zusammenhänge verstanden hatte, sei es nun in der Mathematik oder der Philosophie oder, oder, oder.

»Ich verstehe«, sagte sie.

David spürte ihren Blick irgendwo in der Magengegend und in der Kehle.

»Seltsam«, sagte sie, »ich hätte schwören können, dass ich Sie von irgendwoher kenne.«

Sie lächelte und David schloss für einen Moment die Augen. Er stellte die Flasche Wasser auf den Wohnzimmertisch. »Wenn ich ehrlich bin ... Also, ich hatte keine Autopanne. Ich bin hier, weil ... Hier wohnt doch Johannes Märtmann? Ich würde ihn gerne sprechen.«

»Das habe ich mir schon gedacht.« Sie zeigte auf das Sofa. »Wollen Sie sich vielleicht setzen? Johannes wird gleich hier sein.«

Er setzte sich auf das Sofa und sie ging um den Tisch herum und nahm in dem Sessel gegenüber Platz.

Eine Weile saßen sie sich schweigend gegenüber, bis David sich erhob, die Wasserflasche griff und sagte: »Es war eine Scheißidee hierherzukommen.«

Er drehte sich herum und ging in Richtung Flur, aber sie sprang auf und versperrte ihm den Weg. »Sie könnten mit uns zu Mittag essen«, sagte sie.

»Tut mir leid«, sagte er, »das ist wirklich nett von Ihnen, aber nein, ich möchte keine Suppe. Ich mache einen Spaziergang und komme später wieder.«

Die Frau zog die Schultern und Augenbrauen hoch. »Wie Sie wollen. Rechts vom Haus geht ein schmaler Feldweg in den Wald. Können Sie gar nicht verfehlen. Der führt Sie auf einen der vielen Wanderwege.«

Sie brachte ihn zur Tür und bei jedem Schritt sah es aus, als wolle sie stehenbleiben, sich herumdrehen und ihn mit Gewalt zurück ins Wohnzimmer schieben. Aber sie tat es nicht, sondern setzte vorsichtig einen Fuß vor den anderen – wie Kranke es tun, nachdem sie lange gelegen haben und zum ersten Mal wieder aufstehen.

Sie öffnete ihm die Tür und er ging an ihr vorbei, die Stufen hinunter.

»Bis später«, rief er und hob die Hand. Sie stand regungslos im Türrahmen. Neben ihr tauchte der schwarze Hund auf und sie legte behutsam ihre rechte Hand auf seinen mächtigen Körper. Es sah aus, als könnte sie mit einer kleinen Geste Ungeheuer zähmen. Soviel Kraft lag in dieser Bewegung.

David beeilte sich damit in den nahe gelegenen Wald zu kommen, auch weil er plötzlich Angst hatte, dass Johannes auftauchen könnte. Seit Mia ihm die Wahrheit gesagt hatte, gab es für ihn keinen Zweifel mehr daran, dass er Johannes kennenlernen musste. Er hatte sich immer wieder vorgestellt, wie dieses erste Zusammentreffen aussehen könnte. Dabei spielte er mehrere Möglichkeiten durch – von einer schroffen Zurückweisung bis zu einer kitschigen, alles heilenden Umarmung. Aber dass ihm eine Frau, vermutlich seine Frau, die Tür öffnen würde, auf diese Idee war er nicht gekommen. Dabei war es so naheliegend.

David ging schnell. Der Weg machte eine Biegung nach links und stieg dahinter steil an. Die Blätter an den Bäumen verfärbten sich bereits. Man sah ihnen den einbrechenden Herbst schon an. Unter seinen Schuhen hörte er das Rascheln der kleinen Kieselsteine auf dem Weg und über seinem Kopf rauschte der Wind in den Baumkronen. Neben ihm gluckerte ein kleiner Bach. Ein großartiger Tag für einen Spaziergang, aber alles hier fühlte sich falsch an. Er hatte in diesem Wald nichts verloren. Das Dorf war ihm fremd. Die Frau, die ihm gerade eine Suppe angeboten hatte, war ihm fremd, und den Mann, der ihn gezeugt hatte, für den er überhaupt hierhergekommen war, kannte er auch nicht. Oh ja, die Idee war, dass er ihn kennenlernen wollte, um eine Lücke zu schließen. Eine Lücke in seinem Selbstbild, seinem Selbstverständnis. Darum war er hergekommen. Aber doch nicht, um alles durcheinanderzubringen.

Er hatte einen Blick in das Wohnzimmer geworfen, in dem Johannes abends auf dem Sofa saß mit einer Chipstüte und einem Glas Wein und vielleicht eine Hand auf den Oberschenkel seiner Frau legte und dann sagte: »Wie war dein Tag, Liebes?« Und dann erzählten sie sich, was sie tagsüber erlebt hatten, schauten gemeinsam einen Film und gingen dann ins Bett. Vielleicht hatten sie ein bisschen Sex und schliefen dann nebeneinander ein. Das Schlafzimmer war bestimmt in der oberen Etage und vielleicht gab es noch weitere Zimmer, in denen einmal gemeinsame Kinder geschlafen hatten, die jetzt außer Haus waren, und wo man jetzt malen oder schreiben oder musizieren konnte.

Davids Schritte wurden schneller. Er sah ein komplett eingerichtetes Leben vor sich, ein Leben in einem Dorf, in dem jede jeden kannte und es keine Geheimnisse gab. Und falls doch, dann besprach man sie abends beim Bier in der Kneipe oder sonntags nach dem Gottesdienst beim Stehcafe. Dieses Leben fühlte sich an wie der samtig-grüne Bezug des Sofas, auf dem er gesessen hatte – sauber, weich und gemütlich. Und er war drauf und dran eine ätzende Flüssigkeit über dieses Sofa zu schütten.

Sein Herz klopfte so schnell, dass er stehenbleiben musste, um Luft zu holen. Die letzten Meter war er gerannt, als würde er von dem schwarzen Hund verfolgt. Hunde machten ihm Angst, schon immer, vor allem große Hunde, und wenn sie dann noch schwarz waren, würde er von ihnen träumen – soviel war sicher. Aber er hatte eben nichts gesagt, weil er nicht unhöflich sein wollte und seine Besitzerin schien ihn gut im Griff zu haben. Außerdem hatte er gelernt mit dieser Angst umzugehen, denn um Hunde kam man in dieser Welt nicht herum. Sie begegneten einem ja überall. Auch hier im Wald. Vor allem im Wald, denn dort kackten und pinkelten sie in die Büsche. Ihm waren in der letzten halben Stunde schon drei Hunde begegnet. Er sah immer zuerst die Hunde und danach die Besitzerin oder den Besitzer.

Eben an der Haustür war es anders. Da hatte er zuerst die Besitzerin gesehen und danach den Hund. Vielleicht weil er überhaupt nicht damit gerechnet hatte, dass eine Frau ihm die Tür öffnen könnte. In seiner Vorstellung war es immer Johannes gewesen, der öffnet. Und ein Hund kam darin auch nicht vor.

David schaute auf die Uhr. Es war eine knappe Stunde vergangen und er hatte vollkommen die Orientierung verloren. Der Wald war größer als er gedacht hatte. So ein kleines Dorf konnte doch unmöglich so einen großen Wald haben! Es wäre einfach lächerlich sich zu verlaufen. Irgendwo würde es eine Anhöhe geben und von dort hätte er einen Blick ins Tal und sicher könnte er sich an dem Kirchturm orientieren, denn den musste man ja von oben sehen. Also wählte David die Wege, die bergauf führten und weit oben fand er eine Aussichtsplattform. Er konnte im Tal das Dorf erkennen und auch den Kirchturm und es gab hier oben sogar eine Karte mit Wanderwegen und den jeweiligen Kennzeichnungen, sodass er jetzt wusste, welchem Zeichen er folgen musste, um wieder im Dorf anzukommen.

Insgesamt war er fast drei Stunden unterwegs. Er wagte es nicht, den ausgeschilderten Weg zu verlassen. Er befand sich auf einem Rundweg, der oberhalb des Dorfes verlief und als Höhepunkt der Tour auf eine Anhöhe mit Gipfelkreuz führte. Von dort hatte man eine grandiose Aussicht, und wenn David nicht mit einem anderen Ziel hierhergekommen wäre, hätte er diesen Rundweg vielleicht sogar genießen können.

Es war Nachmittag, als er wieder unten im Dorf ankam. Er sah sein Auto und auch das Haus am Ende der Straße und wusste, dass er nicht mehr dort klingeln würde. Am Auto angekommen, schloss er die Fahrertür auf und in dem Moment, als er einsteigen wollte, hörte er hinter sich eine Stimme.

»David?« Sein Herz setzte einen Schlag aus. Er wagte es nicht, sich herumzudrehen, denn er kannte die Stimme, obwohl er sie nie gehört hatte. Und er wusste, dass Johannes hinter ihm stand und darauf wartete, dass er sich zu ihm herumdrehte.

10.

Mia nahm das Fahrrad, um zum Hafen zu kommen. Auf dem Gepäckträger klemmte ihr Rucksack mit einer Rolle Kekse. Es war früher Nachmittag, die Sonne schien und auf der Straße war nicht viel los. Die Hauptverkehrszeit setzte erst gegen 16:00 Uhr ein – dann war sie längst bei Jakob und sie hatte nicht vor, so schnell wieder nach Hause zu fahren.

Ihre Wohnung kam ihr seltsam leer und klein vor, seit sie kurz hintereinander dort Gespräche geführt hatte, die zu groß waren für 65 Quadratmeter Fläche. Sie hatte das Gefühl, dass Ausläufer der Gespräche immer noch in den Ecken standen. Jetzt, auf dem Fahrrad, konnte sie durchatmen und das Treten in die Pedale tat ihr gut. Ihr Fahrrad hatte die besten Zeiten hinter sich. Sie hatte es gebraucht gekauft. Es war blau angestrichen und quietschte ein bisschen, aber der Verkäufer hatte ihr versichert, dass es verkehrstauglich sei.

Jakob saß auf der Bank, als sie auf das Gelände fuhr und hob die Hand. »Da bist du ja, Liebes«, sagte er und grinste. Mia stellte das Fahrrad neben der Bank ab und setzte sich neben ihn.

»Wo ist der Kater?«, fragte sie, und Jakob zeigte nach hinten. »Er liegt drin auf der Fensterbank in der Sonne. Und das schon den ganzen Tag. Er wird eben auch nicht jünger.« Er legte einen Arm um Mia und zog sie näher zu sich heran. »Schön, dass du da bist. Ich habe mir Sorgen gemacht.«

»Musst du nicht.«

»Das klang am Telefon gestern aber ganz anders.«

»Meine Nase war verstopft und ich hatte den ganzen Tag mit niemandem geredet.«

»Du hast geheult, Mia, das ist die Wahrheit. Aber jetzt bist du ja hier und ich schaue mir den Schaden gleich mal genauer an.«

»Das wäre wundervoll. Was muss ich tun?«

»Erstmal gar nichts. Sei einfach still und lehn dich an. Ich sage, wenn's los geht.«

Mia schloss die Augen und hörte nach draußen. In ihr drin summte es – daran hatte sie sich schon fast gewöhnt. Das ging schon seit Stunden so, seit sie morgens aufgewacht war. Erst war sie erschrocken, weil sie an einen Hörsturz oder so etwas dachte, aber dann entschied sie, dass dieses Geräusch mit ihrer Situation zu tun hatte, weil sie nicht schlafen konnte und so irre träumte und morgens Kopfschmerzen hatte. Am Tag konnte sie es auch ignorieren, wenn sie abgelenkt war. Erst jetzt fiel es ihr wieder auf, weil die Hafengeräusche auf dem Summen ruhten wie auf einem Teppich. Sie klangen nur gedämpft in ihr Ohr, was aber okay war, solange sie Jakobs Stimme gut hören konnte. Seine Stimme war es schließlich, die sie endlich einschlafen ließ gestern Abend, und seine Stimme war es, die sie hergelockt hatte, und seine Stimme war es, die sie trösten konnte.

Als Jakob vorsichtig seinen Arm wegzog und sie auf der Bank in eine gerade Position rückte, blinzelte Mia. »Geht's jetzt los?«, fragte sie.

»Gleich«, sagte Jakob, »einen winzigen Moment noch.« Er stand auf und verschwand im Haus. Kurze Zeit später kam er mit einer Zigarettenschachtel und einem Buch zurück – zumindest sah es von Weitem aus wie ein Buch, aber als er sich wieder neben Mia setzte, sah sie, dass es eine Heftkladde war, schwarz mit rotem Rand.

»Was ist das?« Sie tippte auf die Kladde.

»Wirst du gleich sehen«, sagte Jakob und zündete sich eine Zigarette an. »Willst du auch eine?«

Mia schüttelte den Kopf. »Wenn du so weitermachst, fange ich noch mit dem Rauchen an«, sagte sie, lehnte sich zurück und schaute dorthin, wo sie das Wasser vermutete. Aus der Ferne hörte sie das Kreischen eines Krans, der sich im Zeitlupentempo drehte.

»Das ist mein Tagebuch«, sagte Jakob, »ich habe es lange nicht mehr in der Hand gehabt, aber gestern war so ein Tag. Ich habe etwas gefunden, das ich dir vorlesen muss. Bist du bereit?«

Mia nickte. »Ich will doch eine Zigarette. Habe ich mir gerade überlegt.«

Jakob grinste und hielt ihr die Packung entgegen. Er gab ihr Feuer und sie zog tief den Qualm in ihre Lunge, hustete und sagte: »Okay. Du kannst anfangen.«

Mia war schwindelig und es summte in ihr, aber sie konnte Jakob gut verstehen.

»15. Juli, große Hitze: Gestern war Mia bei mir. Sie ist schwanger. Zumindest vermutet sie das. Bestätigt ist es noch nicht. Aber ihre Verzweiflung ist jetzt schon riesengroß. Sie hat mich gefragt, ob ich weiß, wo Johannes steckt, aber ich weiß es wirklich nicht. Es sah aus, als hätte sie Zweifel daran, aber ich habe es mehrfach geschworen bei unserem weißen Schwan und irgendwann hat sie es dann geglaubt. Vielleicht wollte sie auch, dass ich ihn suche. Könnte ich machen, ja, wirklich, aber ich weiß nicht, wo ich anfangen soll. Und wäre ihr damit geholfen? Wenn er einfach so das Weite sucht und niemand seine Spur verfolgen kann, dann wird das einen Grund haben. Es ist nicht so, dass er Mia nicht lieben würde. Ich weiß, dass er sie liebt. Aber es gibt da diese andere Geschichte, die er mir anvertraut hat, als wir beide einigermaßen besoffen waren und ich vermute, dass diese andere Frau dahintersteckt. Und da ist für Mia kein Platz mehr und für ein Kind schon gar nicht. Mein Gott, sie sah so elend aus. Morgen will sie zum Arzt und ich habe Angst vor dem Ergebnis. Ich mache mir Sorgen um Mia – nicht um das Kind. Was für ein Kind eigentlich? Es gibt ja noch gar kein Kind und vielleicht wird es auch niemals eins geben. Meine Position ist vollkommen klar. Ich werde Mia unterstützen, ganz egal, wie sie sich entscheidet. Und dann sehen wir weiter. Wir haben schon so viel geschafft.

abends: Sie hat eben angerufen. Sie sagt, sie will das Kind nicht.

16. Juli, es ist schwül: Mia war hier. Der Test ist positiv. Die Frauenärztin hat ihr gratuliert und hat ihr eins von diesen Fotos mitgegeben, auf denen so gut wie nichts zu erkennen ist. Viel schwarz und grau und einige weiße Schatten. Irgendwo in der Mitte eines grauen Beutels hat die Ärztin ein Kreuz gesetzt – dort sieht man einen schwarzen Punkt – sieht aus wie eine Kaffeebohne. Mia hat sich gegen die Kaffeebohne entschieden.

abends: endlich Regen: Sie will Tabletten nehmen. Das ist wohl noch möglich, da sie die Schwangerschaft so früh bemerkt hat. Die befruchtete Eizelle wird mit der Gebärmutterschleimhaut einfach rausgespült, danach blutet man noch einige Tage und dann ist es vorbei. So hat sie es irgendwo gelesen und so hat sie es mir erzählt. Sie wird sich aber noch einmal mit ihrer Ärztin beraten. Ich habe keine Ahnung von so was. Was für eine Entscheidung! Wenn ich ihr nur irgendwie helfen könnte.

23. Juli: Mia ist in der Uni zusammengeklappt und der Professor hat sich um sie gekümmert. Es muss schnell etwas passieren. So geht das nicht weiter. Die Ärztin hat Mia ins Gewissen geredet, wie man so schön sagt. Nicht gut. Alles gar nicht gut.

3. August; über 30 Grad: Gut, dass die Mauern um mich herum so dick sind: Ich fasse es nicht! Dieser Professor scheint sich ernsthaft für Mia zu interessieren. Er hat sie zum Essen eingeladen. Ich weiß nicht, was ich davon halten soll. Wenn er sie verarscht, vergesse ich mich.

30. August, Gewitter: Der Professor heißt Patrik und er will sich um Mia und das Kind kümmern. Ist das hier vielleicht ein schlechter Film? Ich weiß nicht, ob man ihm trauen kann.

15. April (und Aprilwetter): Eben war ich bei Mia im Krankenhaus. David ist da, rundum gesund, ein strahlendes Baby. Mia hat ihn mir in die Arme gedrückt und genauso gestrahlt. *Nun überstehe ich alles,* hat sie gesagt, und dass ich sie erinnern solle, falls sie das mal vergessen sollte.

Jakob klappte das Heft zu. »Also, meine Liebe, hiermit erinnere ich dich an deine eigenen Worte: du überstehst das!«

Mia hatte leise geweint, während Jakob las, jetzt schluchzte sie lauter. »Das ist doch gar nicht von mir, es ist geklaut, ein Zitat, mehr nicht.« Sie holte tief Luft.

»Ja, und?« Jakob kramte eine Zigarette hervor und steckte sie an. »Dafür sind Zitate doch da. Dass man sie nutzt, wenn's mal nicht so gut läuft.« Er legte seinen Kopf in den Nacken und blies den Rauch in den Himmel.

»Nicht so gut läuft ... haha ... werd du erst einmal Vater oder verlieb dich endlich mal so sehr, dass du den Verstand verlierst, dann weißt du, wie sich das anfühlt, so kurz vor dem Durchdrehen.«

»Kann ich mir nicht leisten, Liebes. Aber ich habe eine leise Ahnung, was du meinst. Als du mir David in den Arm gedrückt hast, dachte ich, es weht mich um.« Jakob neigte sich leicht zur Seite. »Dafür muss ich nicht Vater werden. Onkel reicht.«

Mia kam ihm ein Stück entgegen und lehnte sich an ihn. »Als man mir dieses kleine glitschige Etwas auf den Bauch gelegt hat, fühlte ich mich unbesiegbar und unendlich hilflos zugleich. Total verrückt. Für einen Moment dachte ich wirklich, mehr geht nicht, das hier ist das Größte, was ich je erlebt habe. Ich hatte keine Wochenbettdepression, sondern eine Wochenbetteuphorie, glaube ich.«

Mias Stimme klang nach runtergeschluckten Tränen. Irgendwie dumpf. Sie griff nach der Zigarettenschachtel.

»Darf ich?«, fragte sie, und ohne eine Antwort abzuwarten, holte sie mit zittrigen Fingern eine Zigarette hervor und steckte sie an.

Jakob nickte und ließ sie nicht aus den Augen, als befürchte er, sie könne von der Bank rutschen. »Ohne Patrik gäbe es David nicht. Das weißt du, oder?«, sagte er.

»Ja, ja, ich weiß«, sagte Mia.

Jakob legte seine Hand auf ihre Schulter und es sah aus, als sei ein mächtiger Vogel dort gelandet. »Wenn du dich damals anders entschieden hättest, wäre das auch okay gewesen, denn niemand hätte David jemals vermisst. Es wäre eine Welt ohne David gewesen und er hätte nicht gefehlt. Kaum vorstellbar, aber so ist es. Was man nicht kennt, kann man auch nicht vermissen, wenn es fehlt.«

»Was für eine Logik! Du bist ja ein Philosoph, Jakob.« Mia warf den Zigarettenstummel auf den Boden und trat ihn aus. »Schon komisch, diese Frage, was wäre, wenn ...?« Sie beugte sich vor, drückte den Rücken durch und krallte sich mit ihren Händen an der Bank fest.

»Wir sollten reingehen und den Kater besuchen. Findest du nicht?« Jakob stand auf, hielt ihr seine Hände entgegen und zog sie von der Bank. »Hast du an den Kuchen gedacht?«, fragte er, als sie vor ihm stand und Mia zeigte auf den Rucksack. Er klemmte immer noch hinten auf dem Fahrrad.

»Der Kuchen ist zu einer Rolle Kekse geworden«, sagte sie, »schlimm?«

»Im Gegenteil, viel besser, ich glaube, Kuchen hätte das hier nicht überlebt.« Jakob befreite den Rucksack aus der Umklammerung des Gepäckträgers und trug ihn vor sich her ins Hafengebäude.

»Kommst du?«, rief er und ohne sich noch einmal herumzudrehen, verschwand er im Haus.

Mia folgte ihm mit einigem Abstand. Sie hatte das Gefühl, dass etwas in ihr ineinandersackte. Jakob hatte die innere Statik durcheinandergebracht. Sie musste sich sehr konzentrieren, dass sie nicht ins Stolpern geriet. Im Treppenhaus suchte sie Halt am Geländer und unten angekommen brauchte sie eine Weile, bis sie sich an das Dämmerlicht gewöhnt hatte. Hinten im Raum stand Jakob am Fenster und kraulte den Kater.

Jakob sah Mia ins Gesicht, schob ihr den gelben Sessel hin und sagte: »Setz dich. Du siehst nicht gut aus.«

Mia ließ sich in den Sessel fallen. »Er hätte nicht einfach so gehen dürfen. Nicht ohne mit mir darüber zu reden. Das ist mies. Richtig mies.«

Sie schaute ihren Bruder mit zusammengekniffenen Augen an. Dann legte sie den Kopf in den Nacken, bedeckte ihr Gesicht mit beiden Händen und stöhnte leise. Nach mehreren tiefen Atemzügen nahm sie die Hände vom Gesicht.

Jakob stand dicht vor ihr und beugte sich zu ihr herunter. Dabei stützte er sich auf den Sessellehnen ab. »Johannes wusste nicht, dass du ein Kind von ihm erwartest – das wusstest du ja selbst noch nicht.« Er richtete sich auf und drückte den Rücken durch. »Ich alter Mann sollte mich nicht mehr so lange bücken«, sagte er.

»Puh«, machte Mia und verdrehte die Augen.

»So, wie es gekommen ist, ist es gut, Mia. Ja, widersprich mir nicht. Du und Patrik, ihr seid Davids Eltern und fertig. Wenn David jetzt das Gefühl hat, dass er unbedingt den Mann kennenlernen muss, der sein Sperma bei dir hinterlassen hat – nun gut. Dann muss er das tun. Selbst wenn Genmaterial von Johannes in ihm steckt – was ändert das denn? Kennst du etwa deine Gene? Oder ich meine?« Jakob schlug sich mit der flachen Hand vor die Stirn. »Ich bin froh, dass ich meine Gene nicht kenne, das kannst du mir glauben! Mein Vater war ein Teufel – gibt es einen genetischen Code für Teufel-Sein? Oder für Genies?

Gibt es einen Code für Dichter oder Musiker oder Handwerker? Blöde Frage? Kann sein. Ich will damit ja nur sagen, dass unsere Gene vielleicht unser Äußeres bestimmen und auch ein bisschen unsere Psyche, aber was, bitte, ändert das? Wird David ein anderer sein, wenn er Johannes begegnet ist?«

»Nein, natürlich nicht, aber vielleicht versteht er sich selbst dann besser. Er sieht Johannes schon ziemlich ähnlich, finde ich.«

Jakob nickte. »Und ich sehe meinem Vater sehr ähnlich, Mia. Selbst meine Stimme klingt so ähnlich wie seine früher mal klang, also, bevor ich dafür gesorgt habe, dass er nicht mehr sprechen kann. Und bedeutet das jetzt, dass ich ein Monster bin und Frauen und Kinder verprügele? Ja? Bedeutet es das?«

Mia presste die Lippen zusammen. »Nein«, sagte sie dann, »das bedeutet es auf keinen Fall. Es tut mir leid. Was für eine beschissene Diskussion.«

»Da bin ich aber froh.« Jakob schlug mit der flachen Hand auf den Tisch. Mia zuckte zusammen.

Er drehte ihr den Rücken zu, ging zu dem Kater, der ausgestreckt auf der Fensterbank lag und kraulte ihn. Eine Weile war es so still, dass man nur das laute Schnurren des Katers hörte.

Mia stand auf, holte die Kekse aus dem Rucksack und öffnete sie. Es knisterte. Sie nahm einen der Kekse heraus und stellte sich dicht neben Jakob. »Hier.« Sie gab ihm einen von den Keksen. »Weißt du, Patrik hat bei einer Vorlesung gesagt, dass sich die Bedeutung eines Kunstwerkes ändert, je nachdem, welche Brille man trägt. Wenn jemand das Werk auf seine Echtheit prüft, schaut er sich zum Beispiel die Farbpigmente und die verschiedenen Schichten oder die Struktur der Leinwand an; ein Kunsthistoriker interessiert sich für den Zeitraum, in dem es erschaffen wurde, die Epoche, die Biografie des Malers oder der Malerin und die Komposition des Bildes und dann gibt es die, die davor stehen und einfach nur schauen und genießen. Und nicht zu vergessen die Künstler selbst, die das Werk überhaupt erst entstehen lassen. Vielleicht ist es mit Menschen ähnlich. Da gibt es auch verschiedene Brillen, die man aufsetzen kann, wenn man sie anschaut. Die biologische ist dabei nur eine von vielen, und nicht unbedingt die entscheidende, wie ich finde.«

Jakob betrachtete den Keks in seiner Hand wie durch eine Lupe. »Sag ich doch! Deine Gene sind nichts weiter als Backzutaten.« Er hielt Mia den Keks vor die Augen und biss ein Stück davon ab. »Lecker«, sagte er und grinste.

Mia nahm sich ebenfalls einen der Kekse, hielt ihn aber einfach nur in der Hand. »Bei David ist das irgendwie anders«, sagte sie, »ich habe gar keine Brille auf, wenn ich ihn anschaue. Ich gucke gar nicht von außen, mehr so von innen.«

»Wundert mich nicht«, sagte Jakob, »da kommt er ja auch her.« Er klopfte Mia auf die Schulter. »Wenn man mir damals gesagt hätte, dass der Säufer nicht mein biologischer Vater ist, wäre mir ein Stein vom Herzen gefallen. Es geht eben auch andersherum. Obwohl ich nicht an die Macht der Gene glaube, ist es doch irgendwie beruhigend zu wissen, dass man nicht gerade von einem Monster abstammt. Aber ich bin ja wohl das beste Beispiel dafür, dass Genmaterial nichts mit Schicksal zu tun hat, oder?«

Er schaute Mia an und sie nickte. »Trotzdem bin ich froh, dass wir dieselbe Mutter haben.«

Jakob verzog das Gesicht. »Glaubst du wirklich, dass es die Gene unserer Mutter sind, die uns verbinden?«

»Ich weiß nicht mehr, was ich glauben soll.« Sie ging zurück zu dem gelben Sessel, setzte sich und schlug die Beine übereinander.

»Diese Fenster sind einfach zu dick. Man kann nichts erkennen«, sagte Jakob und legte eine Hand auf die Glasbausteine. »Aber sie sind schön bunt. Ich lebe hier wie in einem Aquarium, findest du nicht?« Er drehte sich zu Mia herum.

»Du spinnst«, sagte sie.

»Doch, doch. Hier drinnen ist es leise und schummrig und die Zeit vergeht auch langsamer als draußen. Ist dir das schon einmal aufgefallen?«

»Ne, nicht wirklich.«

»Was glaubst du, warum ich mich so gut gehalten habe?«

»Dann möchte ich gerne noch etwas länger in deinem Aquarium bleiben.« Sie strahlte ihn an.

»Ich mache dir einen Vorschlag.« Jakob schlenderte zum Sessel, in dem Mia mehr lag als saß und setzte sich auf den Tisch ihr gegenüber. »Lass die beiden da draußen ihr Vater-Sohn-Verhältnis klären und du bleibst so lange hier und knabberst deine Kekse. Ich koche dir auch einen Tee. Willst du?«

»Wie lange wird das dauern?«, fragte Mia.

»Tee kochen?«

»Nein, bis die beiden ihr Verhältnis geklärt haben.«

»Zeit spielt hier drinnen doch keine Rolle.« Jakob war im hinteren Teil der Wohnung verschwunden und stellte den Wasserkocher an. »Schwarz, rot oder grün?«, rief er. Der Wasserkocher machte ungewöhnlich viel Krach. Vielleicht war er kaputt oder völlig verkalkt.

»Schwarz.« Mia legte die Kekspackung auf dem Tisch ab und rückte ihren Sessel etwas näher heran. Jakob kam mit zwei Bechern Tee zurück, stellte sie auf den Tisch und zog einen Hocker hervor. Er drehte so lange an der runden Sitzfläche, bis er die richtige Höhe hatte und setzte sich.

»Es dauert so lange, wie es dauert«, sagte er und hob seinen Becher in die Höhe.

»Na, dann.« Mia stieß mit ihrem Becher an seinen. Es gab ein dumpfes Klacken und dann war es wieder still.

11.

Als David sich zu Johannes herumdrehte, spürte er seinen Herzschlag im Hals. Der Schlüssel hinter ihm im Schloss der Autotür klimperte leise.

»David Liebenau«, sagte er und streckte Johannes seine Hand entgegen.

»Du trägst den Namen deiner Mutter? Ich bin Johannes.« Sein Händedruck war so fest wie sein Blick.

»Gut zu wissen«, sagte David, »darum bin ich hier.« Er entzog Johannes seine Hand, schob sie in die Hosentasche und ärgerte sich, dass seine Beine zitterten. Er lehnte sich mit dem Rücken an sein Auto.

»Es sah so aus, als wolltest du gerade einsteigen und davonfahren«, sagte Johannes.

»Stimmt.« David machte einen tiefen Atemzug. Damit hatte er nicht gerechnet. Natürlich war ihm vorher klar gewesen, dass ihn eine Begegnung mit Johannes nicht ruhig lassen würde. Aber das hier? Wer war dieser Mann, dass er ihn so umwehte? Vielleicht war es auch die Ähnlichkeit, die ihn irritierte. Als würde er seinem späteren Ich gegenüberstehen – um dreißig Jahre gealtert. David schloss die Augen und versuchte sich zu sammeln.

»Ich glaube, es war ein Fehler herzukommen«, sagte er. In seiner Stimme war kein Zittern zu hören. Nur die Beine zitterten immer noch.

»Wie kommst du darauf?« Johannes war einen Schritt zurückgetreten. Vielleicht, um etwas mehr Raum zwischen ihnen zu schaffen.

»Deine Frau – also, ich vermute, dass es deine Frau ist – hat mich angesehen, als hätte sie eine Erscheinung. Sie hat keine Ahnung, oder?«

»Du meinst Silvia? Doch, sie weiß es. Seit gestern. Ich wusste ja bis vor einigen Tagen selbst nicht, dass es dich gibt.« Johannes zog die Schultern hoch.

David verspürte plötzlich den heftigen Drang, die Autotür aufzureißen, hineinzuspringen und einfach davonzufahren, irgendwohin.

»Ich will nicht alles durcheinanderbringen«, sagte er, »ich habe nicht nachgedacht. Ihr habt hier anscheinend ein sehr ruhiges Leben.« Er machte eine große Geste und zeigte zum Wald. »Schöne Gegend übrigens«, sagte er, »so viel Natur. Genug, um sich darin zu verlaufen.«

»Du bringst nichts durcheinander. Es ist eher so, dass vorher etwas durcheinander war, fürchte ich.« Johannes tippte auf Davids Schulter. »Bitte fahr nicht«, sagte er, »wir haben uns doch gerade erst getroffen.«

David schwieg und Johannes drehte sich zur Seite, als dürfe er ihm nicht zuschauen dabei. Nach einer Weile sagte David: »Vielleicht würde ich jetzt doch einen Teller Suppe nehmen.« Er schloss das Auto ab und sie gingen nebeneinander ins Haus.

Noch Stunden später – es war bereits dunkel – saßen alle drei, Johannes, Silvia und David, um den großen Holztisch im Esszimmer herum und redeten. Der leere Suppentopf stand mitten auf dem Tisch und niemand interessierte sich dafür. Der Hund lag neben Silvias Füßen und schnarchte leise. Johannes hatte mit Einbruch der Dunkelheit Kerzen und Gläser auf dem Tisch verteilt und eine Flasche Wein aus dem Keller geholt. »Ich muss noch fahren«, hatte David gesagt, aber Johannes meinte, das hätte noch Zeit, und überhaupt könnte er auch bei ihnen schlafen, was David zunächst rigoros ablehnte, aber je später und dunkler es wurde, umso natürlicher erschien ihm der Gedanke. Wieso sollte er nicht bei Johannes übernachten? Und auch noch den nächsten Tag mit ihm verbringen? Schließlich hatten sie viel nachzuholen.

Den Abend über hatten sie sich Belanglosigkeiten erzählt. Sie sprachen über Davids Spaziergang, den endlosen Rundweg, seine Sorge, nie mehr irgendwo anzukommen; Johannes berichtete etwas über das Dorfleben (hier kennt jeder jeden), über das Haus, den Garten, den Friedhof und seine Werkstatt (Musst du dir morgen unbedingt anschauen, David!). Silvia saß neben Johannes und David spürte ihren Blick. Dazu musste er sie nicht einmal anschauen. Er sah es aus den Augenwinkeln. Sie stellte kaum Fragen, sie schien sich über nichts zu wundern, obwohl die Situation alles andere als gewöhnlich war.

Sie sprach wenig, hörte zu, nur, als David sie fragte, ob ihre Eltern denn noch leben würden, zuckte sie kaum merklich zusammen, als habe er sie aus dem Schlaf geholt. Sie lächelte und sagte, ihre Mutter sei schon einige Jahre tot, aber ihr Vater lebe mit ihnen hier im Haus, sie kümmere sich um ihn, koche für ihn mit und kaufe ein, meistens esse er alleine oben, sie bringe ihm sein Essen und gehe wieder, er wohne im Dachgeschoss, noch komme er die Treppen hinauf, mal sehen, wie lange noch, es könnte jeden Tag so weit sein, dass es ihm zu viel werde, immerhin seien es zwei Stockwerke.

»Und dann?«

»Dann ziehen wir nach oben. Platz genug ist ja in diesem Haus.«

»Wo ist er jetzt?«, fragte David, »alleine oben in seinem Dachgeschoss?«

Johannes und Silvia sahen sich an. »Er lebt sein Leben und wir unseres«, sagte Silvia, »nur sonntags essen wir zusammen. So haben wir es vor Jahren vereinbart und bisher besteht kein Grund, daran etwas zu ändern. Er hat einen Rollator und ist jeden Tag im Dorf unterwegs. Die Leute laden ihn zum Frühstück oder zum Kaffee ein. Und wenn sie tot sind, dann haben sie ihm etwas vererbt. Einen Bilderrahmen, ein Sofa, einen Sessel. Irgendein Andenken. Er ist nie allein. Schließlich war er der Pfarrer hier im Dorf. Da kennt man seine Schäfchen, auch wenn man nicht mehr im Dienst ist. Und die Schäfchen kennen ihren Pfarrer und die meisten lieben ihn.« Sie lächelte. »Du kannst dir sicher nicht vorstellen, so zu leben wie wir, oder? So eng beieinander?«

»Bei mir ist es auch eng«, sagte David, »nur anders eng. WG-eng eben. Eine eigene Wohnung kann ich mir nicht leisten. Noch nicht. Wir teilen uns zu dritt eine Küche und ein Bad. Aber das ist okay. Man gewöhnt sich dran.«

»Wie an so vieles«, sagte Silvia und ihr Blick schweifte durch den Raum, glitt über Johannes hinweg und blieb dann an David hängen. Wieder lächelte sie und er dachte, was für ein Lächeln!, und erschrak.

Noch später, als die Augen schon brannten von dem Wein, dem Dämmerlicht und der Müdigkeit, sprach David von seinem verpatzten Studium (ich und Lehrer? Niemals!) und von seinem jetzigen Leben als Schauspieler (auch nicht leicht, aber fühlt sich irgendwie *echt* an). Er schimpfte über die katastrophalen Arbeitsbedingungen am Theater, die schlechte Bezahlung, und dass er trotzdem den Ehrgeiz hätte, die Rolle zu finden, die so sehr zu ihm gehöre, dass er mit ihr verschmelzen könne, einer Art Symbiose zwischen Schauspieler und Rolle, und dass er sich wünsche, die Rolle nicht einfach nur spielen, sondern zu *sein*. An der Stelle stockte er und schaute fragend zuerst Johannes und dann Silvia an.

»Und was genau erhoffst du dir von dieser einen großen Rolle, die so perfekt zu dir passt?«, fragte sie.

»Kann ich schwer in Worte fassen. Es ist ein bisschen so wie bei den ausgestanzten Bildern. Oder den fehlenden Puzzle-Teilen. Ich suche nach dieser Rolle nur der Vollständigkeit halber. Wenn ich sie gefunden habe, fehlt da nichts mehr. So ungefähr stelle ich mir das vor.«

»Ist das der Grund, warum du hier bist?« Silvia sagte das so leicht dahin, als wäre es nichts, dabei war diese Frage bleischwer.

David schwieg und Silvia sagte, gute Nacht, und dass David im Gästezimmer übernachten könne, Bettzeug habe sie ihm hingelegt und auch ein frisches Handtuch ins Bad, stand auf und verschwand im dunklen Flur. Man hörte ihre Schritte auf der Treppe, den Hund, der hinterhertrappelte, und dann nichts mehr.

Erst jetzt, nach einer Flasche Wein und in die Stille hinein, fragte Johannes: »Weiß Mia, dass du hier bist?«

»Sie kann es sich denken, denn sie hat mir deine Adresse gegeben – und die Telefonnummer, aber ich wollte dich sehen und nicht einfach nur anrufen.«

»Wie hast du dich gefühlt? Ich meine, als sie dir gesagt hat, dass Patrik nicht dein biologischer Vater ist? Warst du wütend? Traurig? Verzweifelt?«

»Leer. Ich habe mich irgendwie leer gefühlt.«

Johannes nickte. »Ich habe geheult.«

»Wenn ich bloß wüsste, warum ...«

»Willst du die ganze Geschichte hören?«

»Ich bin mir, ehrlich gesagt, gar nicht mehr so sicher, ob es mich überhaupt etwas angeht.«

»Nun, ich denke schon, du bist, genau genommen, so etwas wie das Ergebnis. Mein Gott, das klingt furchtbar, entschuldige bitte.«

»Schon gut, es gibt Paare, denen geht es von vorne-
herein nur darum. Ohne Kinder wären sie gar nicht
zusammen. Oder nicht mehr. Und du? Wärst du bei
Mia geblieben, wenn du gewusst hättest, dass ich
unterwegs bin?«

Johannes schluckte. »Was für eine Frage! Was
glaubst du, wie oft ich sie mir in den letzten Tagen
gestellt habe. Vielleicht ja, ich weiß es nicht. Aber das
mit Silvia und mir ... ich kannte sie schon vor Mia
und ich habe mich schuldig gemacht.«

»Schuldig? Von was für einer Schuld redest du da?«

Johannes rückte auf seinem Stuhl hin und her.
»Hör mal, David, es ist schon spät, und ich habe
Angst, dass ich mich um Kopf und Kragen rede.
Wenn ich dir die Wahrheit sage ....«

»Was dann?« David starrte ihn an.

»Du wirst mich verachten.« Johannes hob die
Weinflasche in die Höhe. »Leer«, sagte er und stellte
sie wieder auf den Tisch. »Soll ich noch eine holen?«,
fragte er, »im Keller ist genug davon.«

David schüttelte den Kopf.

»Damit hast du nicht gerechnet, oder? Sieht doch
alles so gut aus, hübsches Haus, schöner Garten,
großer Hund, viel Natur. Alles eine Lüge? Als hätte
man Feuchtigkeit im Keller. Irgendwann wird alles
porös und die Fassade fällt zusammen.«

»Vielleicht bist du jetzt besser still?«

»Ne, lass mal, ist schon okay. Man hat ja nicht
jeden Tag die Gelegenheit den Schleier zu heben.«

»Welchen Schleier?«

»Den, der die Wahrheit verhüllt, aber egal, musst du nicht verstehen. Vergiss, was ich gesagt habe. Wir gehen jetzt schlafen, okay? Und morgen reden wir weiter. Was meinst du? Morgen schaust du dir meine Skulpturen an und erzählst mir von Mia und Patrik und deiner Kindheit, ja? Was du gern gespielt hast, und wovor du Angst hattest, und wer dich ins Bett gebracht und dir vorgelesen hat. Hattest du Lieblingsbücher? Ich hätte dir jeden Abend daraus vorgelesen.«

Johannes starrte David an, als wäre er gerade erst zur Tür hereingekommen. »Du bist jetzt dreißig, oder? Dreißig Jahre! Und ich hatte keine Ahnung!«

Er schlug mit beiden Händen auf den Tisch, dass die Rotweinflasche wackelte. »Ich habe es vermasselt. Es ist so erbärmlich. Ich war einfach zu feige, mit ihr offen zu reden. Mia macht keine halben Sachen. Sie hätte mich vor die Wahl gestellt und ich hätte mich *gegen* sie entscheiden müssen. So habe ich mich einfach nicht *für* sie entschieden und dachte, ich käme damit durch. Und jetzt bist du hier und ich hatte keine Ahnung, dass du überhaupt existierst. Das hält doch kein Mensch aus!« Er griff die Flasche und hielt sie fest.

David dachte darüber nach aufzuspringen und so schnell wie möglich dieses Haus zu verlassen. Einmal draußen würde er zum Auto rennen und losfahren. Stattdessen schob er beide Hände unter seine Oberschenkel und lehnte sich so weit vor, dass sein Oberkörper die Tischkante berührte – auf dem Sprung und doch wie festgenagelt.

»Hör zu, Johannes«, sagte er, »ich bin nicht hier, damit du dich vor mir rechtfertigst.«

Johannes griff mit einer Hand in seinen Nacken, dorthin, wo er seine Haare zu einem Zopf gebunden hatte, als wolle er sich daran festhalten. Er schwieg.

David wurde unsicher und presste die Lippen aufeinander. Eine Weile war es still im Raum. Sie saßen sich gegenüber und schauten aneinander vorbei.

»Ich wollte dich nur einmal sehen, weiter nichts«, sagte David in die Stille hinein, »mein Gott, ich wollte einfach wissen, wie viel von dir in mir steckt. Da ist es doch kein Wunder, dass ich .... Aber ich wollte nicht mit dir in deinem Leben blättern und auch nichts darüber hören, was du, was wir, alles versäumt haben.« Er zog seine Hände unter den Oberschenkeln hervor und lehnte sich nach hinten.

»Entschuldige bitte.« Johannes stand auf und ging um den Tisch herum.

Auch David stand auf. »Ich werde jetzt nach Hause fahren«, sagte er.

»Bist du sicher? Du hast getrunken und überhaupt ... Ich hätte das alles nicht sagen dürfen.« Johannes schwankte leicht.

»Ich bin so klar wie schon lange nicht mehr«, sagte David, legte eine Hand auf Johannes' Arm, rückte ihn etwas zurecht und ging dann in den Flur.

»Wirst du wiederkommen? Irgendwann?« Johannes suchte in dem dunklen Flur nach der Garderobe.

Er blätterte in den Jacken wie in einem riesigen Buch. Er hielt David seine Jacke entgegen und fragte noch einmal: »Kommst du wieder?«

»Mal sehen. Grüß Silvia von mir.« David zögerte einen Moment, bevor er endgültig zur Haustür ging und die Klinke ergriff. Johannes stand immer noch an der Garderobe. Ein bewegungsloser Schatten.

»Also gut, du hast nach Mia gefragt. Du kennst sie. Du weißt, dass sie leidenschaftlich und maßlos ist«, sagte David mit dem Gesicht zur Haustür, »dass sie nicht genug bekommen kann vom Leben und es so vollstopft wie ihre Eishörnchen. Und dann tropft es an ihr herunter und sie kann es gar nicht so schnell in Form bringen, wie es schmilzt. Aber, weißt du«, und damit drehte er sich noch einmal zu dem Schatten im Flur um, ohne dabei die Türklinke loszulassen, »sie wählt nur die Kugeln, die sie wirklich mag und da ist es fast schon egal, wenn das Lieblingseis Spuren hinterlässt. Ich habe sogar den Verdacht, dass sie es genießt, ihre klebrigen Hände abzulecken. Sie hasst halbe Sachen. Entweder ganz oder gar nicht. Und du hast ihr nur die Hälfte deines Lebens angeboten.«

»Ist das deine Erkenntnis des heutigen Tages?«, fragte der schwankende Schatten im Flur.

David zuckte mit den Schultern. »Wenn du so willst, ja, ich wollte wissen, wieso sie mir meinen Erzeuger verheimlicht hat, wieso er mir keine Gute-Nacht-Geschichten vorgelesen hat, sondern ein anderer Mann. Übrigens war Patrik der beste Vater, den ich mir nur wünschen konnte.«

»Es tut mir sehr leid, dass er nicht mehr da ist.« Johannes war aus dem Schatten herausgetreten und hatte wieder ein Gesicht.

»Mir auch«, sagte David, »mir auch.« Er hielt immer noch die Türklinke in der Hand.

»Willst du nicht doch bleiben? Silvia wird mir Vorwürfe machen morgen, wenn ich dich jetzt fahren lasse.«

»Ich habe nur ein Glas Rotwein getrunken«, sagte David und lachte, »ehrlich! Den Rest hast du getrunken. Ich bin okay.« David drückte die Klinke herunter und öffnete die Haustür. »Geh schlafen«, sagte er, »und gute Nacht.«

Von draußen wehte es kühl herein. Die Tür klappte zu und Johannes war allein.

12.

Am nächsten Morgen verließ Johannes sehr früh mit dem Hund das Haus. Silvia schlief noch und er liebte es morgens alleine mit dem Hund zu gehen, wenn noch niemand unterwegs war. Kaum hatte er die Straße betreten, sah er Davids Auto. Es stand immer noch dort, wo er ihn am Tag zuvor getroffen hatte. Der Hund zog an der Leine, als wüsste er besser als Johannes, was zu tun sei. Am Auto angekommen sprang der Hund an der Fahrertür hoch und bellte laut, aber David saß nicht dort. Er lag auch nicht auf der Rückbank. Er war nirgendwo zu sehen. Johannes drehte sich nach allen Seiten um, er ging um das Auto herum, wechselte die Straßenseite, schaute von dort zum Auto und schüttelte den Kopf.

»Merkwürdig«, sagte er zu dem schwarzen Hund, der hechelnd neben ihm stand, »hast du eine Ahnung, wo er sein könnte?«

Der Hund hatte natürlich keine Ahnung, er wollte endlich irgendwohin ins Gebüsch pinkeln. Er zog an der Leine, Johannes ließ locker und der Hund entschied sich für den Straßengraben. Dort stand ein kleiner Busch, an dem er sein Hinterbein heben konnte. Johannes sah ihm dabei zu. »Vielleicht ist er auf dem Friedhof«, sagte er und ging los. Der Hund trottete neben ihm her.

Der Eingang zum Friedhof war direkt gegenüber vom Haus. Das Eisentor quietschte, als er es öffnete und es war feucht vom Tau. Eine leichte Nebeldecke waberte über den Weg und die Gräber und der Kies knirschte unter seinen Füßen. Zwischen den Gräbern entdeckte er David. Er stand vor einem Grab und schien nicht zu bemerken, wie Johannes sich ihm näherte. Erst als der Hund mit seiner Schnauze an sein Bein stieß, fuhr er zusammen.

»Schon wach?«, fragte David und richtete seinen Blick wieder auf das Grab vor sich. »Sie ist sehr jung gestorben. Hast du sie gekannt?« Er zeigte mit dem Finger auf den Erdhügel vor sich. Hinter dem Hügel stand ein Holzkreuz. »Emma» stand darauf und unter dem Namen »17 Jahre».

»Ja, schlimme Geschichte, sie hat sich von der Brücke gestürzt«, sagte Johannes, »hochschwanger. Leider war die Brücke nicht hoch genug. Als man sie fand, lebte sie noch. Sie lag zusammengekrümmt in dem eiskalten Wasser. Die Hände hatte sie über dem Bauch gefaltet. Das Kind darin war tot. Sie war noch eine Woche im Krankenhaus. Mit vielen Knochenbrüchen und völlig unterkühlt. Eigentlich hätte sie daran nicht sterben müssen, aber sie hatte sich vorgenommen zu sterben und das tat sie dann auch. Alle kümmerten sich rührend um sie. Nicht nur ihre Eltern, sondern das ganze Dorf. Leider zu spät. Sie vertraute niemandem mehr und sprach auch nicht. Sehr zum Kummer ihrer Eltern. Als es genug war, hörte sie einfach auf zu atmen. Ich hätte nicht gedacht, dass das geht, aber offenbar schon.«

David bückte sich und entfernte Unkraut, das sich neben dem Holzkreuz durch die Erde geschoben hatte. »Kümmert sich hier niemand um das Grab? Es sieht echt scheiße aus.«

»Die Mutter lebt in einer psychiatrischen Klinik und der Vater ist die meiste Zeit besoffen. Es gibt niemanden sonst.«

Johannes wickelte die Leine um sein Handgelenk, weil der Hund überall herumschnüffelte. »Sitz!«, befahl er, aber der Hund gehorchte nicht. Er hörte nur auf Silvia.

»Was ist mit den Leuten aus dem Dorf? Hatte sie keine Freunde oder Freundinnen? Es muss doch irgendjemanden geben, dem das hier nicht am Arsch vorbeigeht.« David hockte vor dem Kreuz und stützte sich mit dem rechten Arm ab, um nicht das Gleichgewicht zu verlieren, als er sich zu Johannes herumdrehte.

»Das hier geht niemandem am Arsch vorbei. Wir haben einfach zu spät verstanden, was mit ihr los ist. Sie hat ja lange nichts gesagt und es hat auch keiner gemerkt. Du glaubst gar nicht, wie lange man eine Schwangerschaft verstecken kann. Und dann, als ihre Eltern verstanden haben, was los ist, hat ihr Vater sie tagelang eingesperrt und die Mutter saß heulend vor ihrer Zimmertür. Aber sie hat nicht gewagt, die Tür zu öffnen.« Johannes biss sich auf die Unterlippe. »Ich habe aber erst davon erfahren, als sie schon tot war. Von meinem Schwiegervater. Der weiß sowieso alles. Aber ich konnte nichts mehr tun. Sonst hätte ich ja ...«

»Was hättest du?« David richtete sich auf. Sein Gesicht war ganz rot von der gebückten Haltung.

»Ich hätte versucht mit ihr zu reden. Oder Silvia hätte es versucht. Silvia wäre genau die Richtige gewesen. Sie hat doch selbst erfahren, wie ... Es war doch auch ihre Geschichte. Habe ich dir nicht davon erzählt gestern?«

»Nein, hast du nicht. Du hast über dich gesprochen. Und über Mia. Aber über Silvia? Nein. Du hast irgendwas von Schuld gefaselt. Das war's.«

»Es ist nicht mein Lieblingsthema, weißt du.«

»Aha. Kann ich mir denken.« David schaute nicht Johannes, sondern das Holzkreuz an. »Verstehen wir doch, nicht wahr Emma?«

»Stell dir einfach vor, dass ich so einer bin wie derjenige, der Emma geschwängert und sich dann aus dem Staub gemacht hat. Das kommt der Wahrheit schon ziemlich nah.«

»Verstehe ich nicht.«

»Soll ich dir das hier erzählen? Vor Emmas Grab? Oder vielleicht auf einem Spaziergang? Meinetwegen kann Silvia auch dabei sein. Wir können zurückgehen, der Hund hatte seinen Auslauf und so gemütlich ist es hier auf dem Friedhof ja auch nicht, oder?«

Johannes zeigte zum Haus, das man vom Grab aus sehen konnte.

»Gemütlich?« David hob die Augenbrauen. »Ist es bei euch gemütlicher als hier?«

»Nicht?«

»Wenn gemütlich bedeutet heiter und ungezwungen, nein, dann ist es bei euch nicht gemütlich. Tut mir leid.«

»Aber wärmer ist es auf jeden Fall. Und ich könnte dir einen Kaffee anbieten, und wenn du willst, ein komplettes Frühstück.«

»Kaffee wäre schon fein«, sagte David. Er hob kurz die Hand, als wolle er sich von Emma verabschieden, und ging in Richtung Kiesweg. Johannes folgte ihm. Der Hund lief dicht neben ihm und hechelte laut. Dabei lief ihm der Speichel aus den Mundwinkeln. Johannes hielt ihn immer noch an der kurzen Leine.

Silvia kam aus der Küche, als sie das Haus betraten. »Hast du etwa im Auto übernachtet?«, fragte sie David, »in dem Bett oben hast du auf jeden Fall nicht geschlafen. Die Tür stand auf und ich habe hineingesehen. War das nicht viel zu unbequem da draußen?«

David schüttelte den Kopf. »In meinem Auto ist ein Kissen und eine Decke. Nur kein fließendes Wasser. Hast du vielleicht eine Zahnbürste für mich?«

»Oben im Bad ist alles, was du brauchst. Ich habe es gestern für dich rausgelegt. Und lass dir Zeit. Du hast das Bad für dich allein. Mein Vater hat ein eigenes.« Sie hielt eine Thermoskanne in der Hand und schwenkte sie hin und her. »Und wenn du fertig bist, gibt es Kaffee.«

»Großartig«, sagte David. Er ging die Treppe hinauf und Silvia rief ihm, erste Tür rechts, hinterher.

»Was ist passiert gestern Abend? Wieso hat er nicht hier geschlafen?« Silvia hielt Johannes die

163

Thermoskanne vor den Bauch. Er spürte die Wärme durch seinen Pullover. Schlechte Isolierung. So blieb der Kaffee doch unmöglich heiß.

Johannes warf einen Blick auf den Esstisch im Wohnzimmer. Die leere Rotweinflasche stand immer noch dort. Er nahm Silvia die Kaffeekanne ab und tauschte sie gegen die Rotweinflasche aus. Dann deckte er den Tisch, Brot, Quark, Käse, Marmelade, eben alles, was man so braucht.

»Ich hole schnell noch Brötchen«, rief er in Richtung Küche und verschwand.

Als er zurückkam, war David schon unten im Wohnzimmer. Seine langen Haare sahen nass noch schwärzer aus. Er saß mit Silvia am Tisch, den Stuhl etwas zur Seite gerückt, sodass er durch die Glasscheiben der Terrassentür in den Garten schauen konnte. Johannes blieb einige Sekunden im Türrahmen stehen und sah den beiden zu. Sie schienen ihn nicht bemerkt zu haben.

Silvia gestikulierte mit den Armen, zeigte hinaus in den Garten und lachte. David drehte ihm den Rücken zu. Johannes hatte das Gefühl zu stören, als wäre er nicht eingeladen und dürfe gar nicht hier sein. Die Szene hatte etwas so Intimes, dass er sich gerade herumdrehen wollte, da schaute Silvia zur Tür und entdeckte ihn im Türrahmen.

»Wie lange stehst du schon dort?«, fragte sie. Ihr Gesicht glühte und ihre Augen leuchteten, als käme sie gerade von einem ausgedehnten Strandspaziergang. Sie sah so glücklich aus, dass es ihm beinahe weh tat.

»Eben gekommen.« Johannes schluckte. Er legte die Brötchen auf den Tisch. »Eine bunte Mischung: mit und ohne Körner, dunkel und hell, sucht euch was aus.«

Nach dem Frühstück hatte er es eilig.

»Willst du die Werkstatt sehen?«, fragte er David, aber der schüttelte den Kopf und sagte, ich komme gleich nach, ich möchte noch hier sitzen und in den Garten schauen, es ist gerade so nett hier, geh ruhig schon vor.

Johannes machte einen Schritt zur Tür hin, blieb kurz stehen, ging dann aber weiter und drehte sich im Türrahmen noch einmal um. Silvia machte die Kaffeetassen wieder voll, fragte David, ob er etwas anderes trinken wolle, Saft oder so, aber der winkte ab, nein, nein, ich brauche noch einen Kaffee, die Nacht war sehr kurz. Beide lachten und Johannes ging zur Tür hinaus in seine Werkstatt.

Als Johannes den Raum verlassen hatte, fragte David mit Blick in den Garten: »Wie groß ist euer Grundstück eigentlich?«

Silvia lachte und breitete die Arme aus. »Eine Riesenfläche«, sagte sie, »so groß wie ein Acker. Wir sollten uns Schafe anschaffen oder Kühe, damit sie das Gras fressen. Es dauert Stunden, bis die Wiese gemäht ist.«

»Lebst du gerne hier?«

Sie neigte den Kopf zur Seite und lächelte. »Was bist du für ein seltsamer Mensch? Das hat mich noch niemand gefragt. Wenn ich ehrlich bin ... ich weiß es nicht. Vor vielen Jahren hätte ich diese Frage mit Ja beantwortet. Aber seitdem ist einiges passiert.«

»Erzähl mir von dir.« David schaute Silvia an.

»Was willst du wissen?«

»Zum Beispiel, ob das hier ...« er deutete zum Fenster und anschließend auf unterschiedliche Stellen im Raum, »das Leben ist, von dem du immer geträumt hast.«

»Uih!« Sie lachte. »Wie lange kennen wir uns jetzt? Seit gestern, oder? Und du stellst mir solche Fragen?«

»Vergiss es«, sagte David, »tut mir leid.«

»Schon gut«, sagte Silvia, »ich lebe dieses Leben, weil ich nicht weiß, was für ein Leben ich mir stattdessen wünschen könnte. Ich kenne nur dieses eine. Mein Vater lebt oben im Dachgeschoss und niemand weiß, wie lange er noch allein zurechtkommt. Zuerst versorgen die Eltern ihre Kinder und dann ist es umgekehrt. So ist das auf dem Dorf.«

»Und was ist mit Johannes?«

»Die Sache ist komplizierter als du denkst.«

»Ich habe Zeit«, sagte David.

»Aber du bist wegen Johannes hier und nicht wegen mir. Er wartet in der Werkstatt auf dich. Du solltest hingehen.«

»Nicht jetzt.« David beugte sich vor und legte seine Hand neben ihre Hand. »Eigentlich wollte ich gestern noch in der Nacht nach Hause fahren, aber – wie du siehst – bin ich noch hier.«

Er zog wie in Zeitlupe seine Hand wieder zurück. Sie beobachtete ihn dabei und lächelte. Ihre Blicke trafen sich.

»Schön, dass du geblieben bist«, sagte sie.

»Ich würde dich gerne noch etwas fragen.« David räusperte sich.

»Frag ruhig.«

»Was war da zwischen euch?«, sagte er, »Johannes hat gesagt, er hätte sich schuldig gemacht.«

»Puh«, sie strich sich durchs Haar und lachte, »wo soll ich anfangen? Ist eine lange Geschichte. Willst du sie wirklich hören? Es kann sein, dass du nachher ...«

»Ja, ich will sie hören«, sagte David, »vorausgesetzt, du möchtest darüber sprechen.«

Silvia schaute an ihm vorbei und schwieg einige Sekunden. Dann ging ein Ruck durch ihren Körper, als hätte sie jemand von innen heraus angestoßen. Sie straffte sich. »Warum eigentlich nicht?«, sagte sie, »was soll schon passieren? Ich könnte mein Herz und meinen Verstand dabei verlieren, aber wenn du schon so höflich fragst.« Sie lachte wieder, nahm ihre Tasse Kaffee und trank einen Schluck. »Ist schon kalt«, sagte sie und verzog das Gesicht.

»Es ist nur ...«, sagte David und senkte die Stimme, als befürchte er, Johannes könne von der Werkstatt aus mithören, »ich habe seine Haare und offenbar auch seine Stimme geerbt. Was ist, wenn er mir auch seine Schuld vererbt hat?«

»Keine Sorge.« Silvia fuhr mit der Hand über den Tisch und fegte Krümel beiseite. Ihr Blick folgte ihrer Hand. »Eine solche Schuld kann man nicht vererben.« Sie blickte hoch. »Du bist nicht Johannes«, sagte sie, »wenn ich dich anschaue, sehe ich dich, David, niemand sonst.«

Er spürte, wie ihm das Blut in den Kopf schoss.

»Ich weiß«, sagte er, »aber vielleicht gibt es die eine oder andere Eigenschaft, die ich von ihm habe.«

Sie lächelte.

Ob sie weiß, dass sie mit einem Blick alles hell machen kann? Innen und außen? Er spürte seinen Herzschlag im Hals pochen. Vielleicht wäre jetzt der richtige Zeitpunkt abzuhauen, bevor es zu spät war.

»Mag sein«, sagte sie, »aber du entscheidest, was du daraus machst. Wenn du zum Beispiel ein leidenschaftlicher Mensch bist, dann kann dir das entweder die Sinne vernebeln oder schärfen – je nachdem, ob du dich selbst leidenschaftlich liebst oder andere.« Sie zog die Schultern hoch und ließ sie mit einem Seufzer wieder sinken. »Was ich damit sagen will, ist, dass Johannes sich selbst leidenschaftlich liebt und vielleicht noch seine Kunst, aber ich glaube, dass du ...« Sie schaute wieder vor sich auf den Tisch und umkreiste mit ihrem Zeigefinger den oberen Rand ihrer Kaffeetasse.

David schwieg und beobachtete sie dabei.

Nach einigen Sekunden schaute sie hoch. »Ich habe das Gefühl, dass du dich wirklich für mich interessierst. Das ist neu für mich«, sagte sie.

Davids Mund war ganz trocken. »Ich muss was trinken«, sagte er. Er stand auf und drehte Silvia den Rücken zu. Ihr Blick war trotzdem noch da, auch wenn er ihre Augen gar nicht sehen konnte. Inwendig sozusagen, als hätte er zu lange ins Licht geschaut. »Möchtest du auch was?«, fragte er, ging in die Küche und kam mit einer Flasche Wasser und zwei Gläsern zurück. Er füllte die Gläser, trank seines noch im Stehen leer und setzte sich wieder.

Silvia lehnte sich zurück. Ihre Hand lag auf dem Rücken des schlafenden Hundes.

»Als ich Johannes kennengelernt habe, war ich vierzehn und er fünf Jahre älter als ich«, sagte sie, »wir sind uns in einer christlichen Jugendgruppe begegnet, hier im Dorf. Für dich klingt das wahrscheinlich, als wäre ich irre, aber Johannes war für mich damals so etwas wie Heiland und Teufel zugleich. Mit seinen langen Haaren sah er aus wie der Messias. Ich habe ihn angebetet und gefürchtet zugleich. Vielleicht wäre alles nicht so gekommen, wenn ich nicht so verängstigt gewesen wäre. Ich hatte verlernt wütend zu werden. Wegen der Sache mit dem schwarzen Hund.«

»Mit dem da?« David zeigte neben Silvias Stuhl, wo der Hund lag. Sein großer Kopf ruhte auf den Vorderpfoten. Die Hinterbeine hatte er lang ausgestreckt. Silvia strich weiter über seinen Rücken und schaute dabei David an. »Nein, den da habe ich mir später erst zugelegt, um meine Angst loszuwerden. Eine Empfehlung meiner Therapeutin. Vorher machte sie mit mir eine Art Konfrontationstherapie. War nicht leicht, kann ich dir sagen. Ich wollte einige Male abbrechen, weil diese Albträume nicht aufhörten, sondern schlimmer wurden. Aber ich habe durchgehalten. Sie hat mich jedes Mal begleitet, wenn wir zu diesem Hund gefahren sind. Einem Therapiehund. Ganz harmlos. Riesengroß und schwarz. Aber ich dachte jedes Mal, dass ich dem Teufel höchstpersönlich begegne. Wir haben uns aneinander gewöhnt, der Hund und ich. Irgendwann konnte ich es zulassen, dass er an mir herumschnüffelt und später dann konnte ich ihn sogar streicheln. Es hat Wochen gedauert, bis die Therapeutin mir vorgeschlagen hat, dass ich mir selbst einen schwarzen Hund anschaffen könnte, einen kleinen Welpen vielleicht, den ich dann aufwachsen sehen könnte. Ich habe mit Johannes gesprochen, er war zuerst skeptisch, weil er keine Hunde mag, aber dann hat er nachgegeben, und jetzt gehört er eben zur Familie. Als kleines Kind hatte ich keine Angst vor Hunden. Erst später. Nach dieser Geschichte im Zelt.«

»Was für ein Zelt?«

»Sie nennen es 'Missionszelt' und erzählen dort von Jesus.« Silvia stockte und schaute David an. »Willst du das wirklich hören? Es ist schon sehr speziell. Und wenn du bisher nichts mit diesem frommen Kram zu tun hattest ... Ich weiß nicht.«

»Solange du mich nicht bekehren willst, ist alles gut.«

»Diese Leute tingeln durchs Land und bauen auf großen Plätzen in Städten und Dörfern ihre Zelte auf. Und das schon seit über 120 Jahren. Sie geben sich große Mühe wirklich alle zu erreichen. Die Alten und die Jungen und natürlich die Kinder. Die besonders, weil ihre Herzen noch so ,offen und weit' sind für die ,frohe Botschaft'. Eines Tages war ich auch dort. Mein Vater war als Dorfpfarrer natürlich auch da und es war von Anfang an klar, dass wir Kinder uns irgendwann diesem Thema stellen mussten.«

David beugte sich vor. »Moment mal«, sagte er, »sie missionieren Kinder?«

»Ja, sag' ich doch, die vor allem. Ich war zehn Jahre alt. Der Abend im Zelt hat mein Leben verändert. Ein Prediger stand vorne und bedrängte die Leute, dass sie ihr Leben ändern müssten, sie wären alle auf dem falschen Weg, der geradewegs in die Hölle führe, und sie würden es nicht einmal bemerken. Sie müssten unbedingt, möglichst sofort, eine Entscheidung treffen und umkehren, beziehungsweise sich bekehren, bevor es zu spät sei. Dazu müssten sie einfach am Ende der Veranstaltung die Hand heben und dann nach vorne kommen. Dort würde man sie erwarten und in einem anschließenden Gespräch würden sie dann im gemeinsamen Gebet mit dem Seelsorger ihr Leben in die Hand Jesu legen. Ich habe abends nach diesem Vortrag zu Hause heulend bei meiner Mutter auf dem Schoß gesessen und gebettelt, dass ich am nächsten Tag wieder dorthin dürfe, um mich zu bekehren. Sie hat die ganze Zeit mit dem Kopf geschüttelt und gesagt, dass das nicht nötig sei. Mir könne doch gar nichts passieren. Aber das habe ich ihr nicht geglaubt. Mein Vater stand hinter ihr und hat gesagt: Lass sie doch, wenn sie unbedingt will. Offenbar war es mir sehr, sehr ernst, denn meine Mutter hat schließlich nachgegeben. Ich bin wirklich nach vorne gegangen am nächsten Abend und habe mich in die erste Reihe gesetzt, zu den anderen. Dann wurden wir dort abgeholt zu Einzelgesprächen. Neben mir saß ein alter Mann in einem schwarzen Anzug. In dem Zelt war sonst niemand mehr. Die

Bühne war leer, die Predigt vorbei. Wir waren ganz allein, der alte Mann und ich. Es war kalt in dem Zelt und es erschien mir riesig. Es war rund und schwarz und hatte oben in der Spitze ein kleines Loch zum Himmel. Auf dem Boden lag Schotter und darauf standen Bänke in Reih und Glied. Der Mann erzählte mir die Geschichte von einem großen, schwarzen Hund, der bellend um die Ecke biegt und fragte, was ich tun würde. Wegrennen?, habe ich gefragt. Ja, sagte er, und nickte, das würden wohl alle Kinder tun. Aber wenn deine Eltern bei dir sind, was tust du dann? Mir war nicht klar, worauf er hinaus wollte, also sagte ich, dass ich mich wohl hinter ihnen verstecken würde. Genau! Er freute sich riesig. Sehr gut, sagte er, weißt du, der Teufel ist wie der Hund. Er lauert hinter jeder Ecke und wartet nur auf dich. Aber du bist nicht allein. Der Herr Jesus ist bei dir. Und du kannst dich hinter ihm verstecken wie hinter deinen Eltern. Ich schaute diesen alten Mann neben mir mit großen Augen an und fragte ihn, ob der Teufel aussehen würde wie ein Hund und er erklärte, dass es sich dabei nur um ein Bild handeln würde. Er sei eben so gefährlich wie ein großer, schwarzer Hund mit einem riesigen Maul und sehr scharfen Zähnen. Ich hatte verstanden, dass der Teufel mich holen wollte und fing an wie verrückt am ganzen Körper zu zittern. Das bemerkte der alte Mann und legte seine Hand auf mein Bein. Er konnte locker damit meinen Oberschenkel umfassen, so groß war sie. Eine richtige Pranke. Ich hatte eine weiße Wollstrumpfhose mit Rippen an, es war ja kalt in dem Zelt, aber seine

Hand war ganz heiß. Ich spürte die Hitze auf meiner Haut – durch die Strumpfhose hindurch. Ich müsse mir nun keine Sorgen mehr machen, sagte er, weil ich jetzt zu Jesus gehören würde, seit diesem Abend. Das mit dem Nach-vorne-Kommen hätte ich übrigens sehr gut gemacht, sagte er, das sei sehr mutig gewesen. Er rutschte noch näher an mich heran, legte seinen Arm über meine Schultern und der war so schwer, dass ich richtig zusammengesackt bin. Außerdem war er unter den Achseln ganz feucht und stank. Zum Glück stand irgendwann meine Mutter hinter uns und tippte dem alten Mann auf die Schulter. Sie sagte, es sei genug, ich müsse nach Hause, es sei schon spät und morgen wäre wieder Schule. Der alte Mann gab mir zum Abschied die Hand und sagte irgendwas von, Herzlichen Glückwunsch, du hast es geschafft, jetzt bist du ein Kind Gottes.«

»Sorry, aber das ist echt pervers!« David holte tief Luft. »Ich hatte keine Ahnung, dass es so etwas gibt. Ein Missionszelt! Sag mir, wo eins steht! Ich geh hin und fackel es ab.«

»Ich bin dabei«, sagte Silvia.

»Ein Zelt! Warum ein Zelt? Wer denkt sich so etwas aus? Und vor allem, warum?«

»Vermutlich alte, weiße Männer, die irrsinnig viel Spaß an Machtspielchen haben. Als ich mir diese Frage stellen konnte, war es schon zu spät. Da hatte sich die Angst bereits in meine Seele gefressen. Meine Wut ist dabei auf der Strecke geblieben. Vor diesem Abend im Zelt durfte ich noch wütend sein. Ich war ein ziemlich wütendes Kind, glaube ich. Meine

Mutter sagte mal, ich sei jähzornig. Da wusste ich nicht einmal, was das ist. Nur, weil ich mit dem Fuß aufgestampft und manchmal Türen geknallt habe. Aber nach dem Abend im Zelt traute ich mich nicht mehr wütend zu werden. Nachts habe ich oft von diesem großen, schwarzen Hund mit den roten Augen geträumt. Er hing schräg über mir und sein Sabber tropfte auf mein Gesicht. In den folgenden Wochen und Jahren wurde meine Angst vor diesem Hund nicht kleiner, sondern größer. Ich habe mit niemandem darüber gesprochen. Manchmal habe ich ins Bett gepinkelt und meine Mutter hat es frisch bezogen, ohne etwas zu sagen. Einmal sprach sie mit meinem Vater darüber. Ich hörte, wie sie sagte, das hätten kleine Mädchen häufiger, wenn sie in die Pubertät kämen, das ginge wieder vorbei. Das mit dem Ins-Bett-Pinkeln ging wirklich vorbei, aber der Hund hat mich weiter verfolgt. Ich habe in der Vergangenheit einiges getan, um ihn zu töten und bin nicht zimperlich vorgegangen. Ich habe ihm den Kopf abgeschlagen mit einem krummen Säbel und zugeschaut, wie das Blut aus seinem Rumpf hervorspritzte; ich habe ihn erschossen oder ihn erschlagen. Einmal habe ich ihn in einem Netz gefangen und ihm Luft in den Hintern geblasen, bis er geplatzt ist. Eine Riesenschweinerei. Ich habe zugeschaut, wie er röchelnd und keuchend vor meinen Augen verendet ist. Aber kurz darauf war er wieder da. Es hat nie lange gehalten.«

David reichte ihr sein Messer über den Tisch. »Hier, nimm das! Zu deiner Verteidigung.«

Sie griff nach dem Messer und ihre Hände berührten sich. »Du musst schon loslassen«, sagte sie und lachte. Er ließ los und sie lehnte sich im Stuhl zurück – das Messer hielt sie in ihrer Faust. Nur die Klinge schaute heraus. Kerzen hält man so oder Blumen, dachte David, aber Messer?

»Ich habe seit Jahren nicht mehr so viel geredet«, sagte sie, »und ich habe auch noch niemandem so ausführlich diese Geschichte mit dem Hund erzählt. Noch nicht einmal meiner Therapeutin.« Silvia legte das Messer neben ihren Teller. »Was wirklich geholfen hat, ist mein Hund hier.« Sie legte wieder ihre Hand auf seinen Rücken. Er rührte sich nicht. Sein mächtiger Kopf lag auf den Vorderpfoten und die Augen waren geschlossen. Es war still im Raum. Man hörte nur das leise Schnaufen des Hundes.

»Übrigens«, sagte sie nach einer Weile und griff zu ihrem Glas Wasser, »ich habe vor einiger Zeit erfahren, dass der alte Mann neben mir auf der Bank mehrfach Kindern sexuelle Gewalt angetan hat und das über viele Jahre.«

David schluckte. »Warum wundert mich das nicht? Und? Hat man ihn verknackt?«

»Er ist längst tot. Aber seine Tochter hat ein Buch über ihre Beziehung zu ihrem Vater geschrieben. Auch sie war sein Opfer und sie hat zum ersten Mal auf seiner Beerdigung darüber gesprochen, vor der versammelten Familie. Sie hat richtig tief zugestochen – mitten ins Herz.« Sie hob ihr Glas, als wolle sie mit David anstoßen, stellte es dann aber abrupt wieder ab. »Zu damals noch, also die Sache mit Johannes. Er war zwanzig und ich fünfzehn, als er zum ersten Mal mit mir geschlafen hat. Mir war das zu früh, ich wollte nicht, aber ich hatte keine Wut in mir und keine Kraft und so konnte ich mich auch nicht gegen ihn wehren. Es ging mir ein bisschen wie Emma, einer jungen Frau hier aus dem Dorf. Ein Mann hat sie sich genommen, sie geschwängert und allein gelassen. Sie hat sich von der Brücke gestürzt.«

»Ich weiß«, sagte David, »ich war heute Morgen auf dem Friedhof. An ihrem Grab.«

»Ach, wirklich? Dann hast du das Kreuz gesehen. Siebzehn Jahre. Sie war ganz allein. Wenn ich davon gewusst hätte, dann ... aber sie hat nichts gesagt. Ich war damals nicht allein. Meine Mutter hat noch vor mir gemerkt, dass ich schwanger bin. Sie hat die Koffer gepackt und mich mitgenommen zu ihrer Schwester. Dort haben wir so lange gelebt, bis das Kind geboren war. Die Schwangerschaft war ganz okay, die meiste Zeit habe ich ausgeblendet, dass ich schwanger bin. Meine Mutter hat den Schulwechsel organisiert und lange Zeit hat niemand in meiner Klasse bemerkt, dass ich ein Kind erwarte. Als ich es dann nicht mehr verbergen konnte, waren zwar viele erschrocken und haben mich bemitleidet, aber ich war auch was ganz Besonderes. Irgendwie fies behandelt hat mich niemand, Großstadt eben, ist schon ein Unterschied zum Dorf. In der Klinik waren alle sehr um mich bemüht und auch besorgt, weil ich noch so jung war, und da klar war, dass ich das Kind nicht behalten würde, haben sie auch alles getan, so ein Bindungszeug zu vermeiden. Sie haben mir das Kind gar nicht erst auf den Bauch gelegt, sondern es gewaschen, mir kurz gezeigt, und dann gesagt, dass ich erst einmal schlafen soll. Der einzige und letzte Blick galt einem Bündel im Arm einer der Schwestern, einem weißen Frotteehandtuch, aus dem ein kleines, zerknautschtes Gesicht hervorlugte. Meine Mutter war die ganze Zeit bei mir. Vielleicht hatte sie Angst, dass ich es mir noch einmal anders überlegen könnte. Wir haben gesagt, der Vater sei unbekannt und wir wollten auch anonym bleiben. Kein Kontakt. Niemals.« Silvia fand noch einige Brötchenkrümel auf dem Tisch und schob sie hin und her.

»Wir sind ins Dorf zurückgekehrt, aber Johannes hatte das Dorf längst verlassen. Als hätten die Mütter sich abgesprochen. Ich habe auf ihn gewartet. Jahrelang. Bis mir die Kraft ausging. Als ich dann auch noch abgenommen habe wie verrückt, hatte meine Mutter Angst, dass ich einfach so verschwinde, mich auflöse oder so. Schließlich habe ich Tabletten genommen und reichlich Alkohol getrunken, um die Sache zu beschleunigen. Irgendwie hat Johannes' Mutter davon erfahren und ihn angerufen. Eines Tages stand er vor meinem Bett und ich konnte seine Anwesenheit kaum ertragen. Ich hatte so Angst, dass er mich trösten will. Den Gedanken ertrage ich bis heute kaum.«

Sie streichelte den Hund. Er hatte sich erhoben, sich neben ihren Stuhl gestellt und seinen Kopf in ihren Schoß gelegt. »So«, sagte sie und schaute David an, »das war's eigentlich.«

Er nickte und schwieg.

Silvia ließ den Hund los, rückte ihr Glas hin und her, schaute in die leere Kaffeetasse und dann wieder zu David. »Es wäre schön, wenn du jetzt etwas sagen würdest. Irgendwas.« Ihre Stimme klang belegt.

David lehnte sich zurück und legte seinen Kopf in den Nacken. Dann beugte er sich wieder vor und sah Silvia an. Seine Augen brannten, als hätte er stundenlang geweint.

»Ich würde gerne etwas sagen, wirklich, aber ...« Er zog scharf die Luft ein, wie jemand, der lange unter Wasser war. »Jedes Wort, das mir dazu einfällt, kommt mir so trivial vor. Nichts passt. Was du erlebt hast, ist der blanke Horror. Diese kranke Scheiße mit dem Zelt und dem alten Mann, der eine Zehnjährige befummelt, ist schon schlimm genug, aber die Sache mit Johannes und deinem Kind. Mein Gott, du warst doch selbst noch ein Kind!« David fuhr sich mit der Hand über den Kopf. »Es geht mich nichts an, aber wenn ich ihn anschaue und dann dich ... darf ich ihm eine reinhauen?«

»Das ist nicht nötig. Glaub mir, er ohrfeigt sich täglich selbst. Er kann mir ja nicht aus dem Weg gehen.«

»Ihr hättet euch längst trennen müssen oder niemals heiraten dürfen.«

»Ich weiß«, sagte Silvia.

Sie stand auf und ging um den Tisch herum. »Komm«, sagte sie, »wir räumen den Kram in die Küche und dann gehen wir raus. Ich mag nicht mehr hier sein.« Sie nahm das Geschirr und David klemmte den Brötchenkorb und die Marmeladengläser unter seinen Arm. So beladen folgte er Silvia in die Küche. Sie drehte ihm den Rücken zu, während sie das Geschirr auf die Spüle stellte.

»Bist du okay?«, fragte David. Er stellte alles, was er trug, auf die Anrichte und lehnte sich mit dem Rücken dort an.

Silvia blieb an der Spüle stehen. Es sah aus, als ob sie sich daran festhalten würde. »Das sage ich dir, sobald ich es weiß.« Sie räusperte sich. Dann drehte sie sich langsam zu ihm herum. Sie sah erschöpft aus, als käme sie gerade von einem Jogginglauf aus dem Wald. »Kennst du das, wenn die Ereignisse einen überholen und man mit hängender Zunge hinterherläuft? Wenn das hier ein Film wäre, würde ich jetzt auf Pause drücken.«

Er lächelte. »Oh, kein Problem«, sagte er, »ich weiß, das klingt absurd, aber ich kann die Zeit anhalten. Das habe ich bei meinem Onkel gelernt. Musst du nicht verstehen, vertrau mir einfach.«

Silvia ging auf David zu und blieb vor ihm stehen. »Kannst du mich bitte kurz umarmen? Ich fühle mich, als hätte ich stundenlang gekotzt. So wackelig.«

David nahm sie in den Arm und sie standen dicht beieinander, ohne etwas zu sagen. Er spürte ihren Herzschlag und ihren Atem. Das war alles. Und rundherum war nichts.

Nach einer Weile machte sie sich los. »Danke«, sagte sie und lächelte, »schon viel besser. Jetzt gehen wir rüber in die Werkstatt, okay?«

David nickte. »Machen wir«, sagte er fröhlich und seine Beine zitterten. Aber das konnte sie zum Glück nicht sehen, denn sie war bereits auf dem Weg zur Haustür.

13.

Vor dem Mittagessen (diesmal gab es keine Suppe, sondern irgendwas anderes) fuhr David zurück. Zunächst hatte er überlegt sofort nach Hause zu fahren, was für ihn Berlin war und die WG, aber er gab als Ziel die Stadt ein, in der er geboren und aufgewachsen war, und in der Mia lebte. Er wollte ihr von Johannes erzählen und vielleicht wollte er sie auch einfach nur sehen.

Nach dem Frühstück war er mit Silvia bei Johannes in der Werkstatt gewesen. Für sie war das Bild nicht neu: Johannes mit abwesendem Blick im blauen Kittel voller Staub. Die Luft war ebenso staubig, das Licht wirkte wie durch Milch gezogen. Johannes stand vor einem riesigen Marmorblock. Er trug eine Schutzbrille, und weil der Steinschleifer in seiner rechten Hand auf Hochtouren lief, konnte er sie nicht hören. Erst als David ihm auf die Schulter tippte, drehte er sich herum, erschrocken oder genervt, schwer zu sagen, er bewegte sich noch in einer anderen Welt und musste erst ankommen. Er legte den Schleifer an die Seite, drückte auf den roten Knopf an der Seite und mit einem leichten Surren verstummte das Gerät.

»Da seid ihr ja«, sagte er, und es klang, als wundere er sich über ihr vorzeitiges Erscheinen. Offenbar hatte er gar nicht bemerkt, wie die Zeit vergangen war.

»Fertig mit Frühstücken? Na, dann schaut euch das hier mal an.« Er ging einen Schritt zur Seite und sie standen vor dem Marmorblock und wussten nicht, was sie sagen sollten, beziehungsweise David wusste nicht, was er sagen sollte, denn Silvia legte ihre Hand darauf, streichelte die Oberfläche und sagte, weich, viel weicher als gestern.

»Und er wird noch weicher«, sagte Johannes, »warte nur ab, weich wie Samt wird er.«

»Wer?«, fragte David.

»Einen Namen habe ich noch nicht, aber er ist ein Träumer, noch sehr jung, vielleicht gerade erst erwachsen geworden, und er träumt vor sich hin, seine ganze Gestalt wird so hell und samtig sein wie aus einem Traum, so leicht wie eine Feder.« Auf dem Werkzeugtisch neben Johannes lag zwischen den anderen Werkzeugen eine lange weiße Feder, vielleicht eine Art Inspiration. Bisher erkannte man weder einen jungen Träumer noch überhaupt eine Gestalt, auch kein Tier oder Ding. Vor Johannes stand ein undefinierbarer Marmorblock in seiner Größe, der alles sein konnte und zugleich nichts.

»Sei ehrlich«, sagte er zu David, »du siehst ihn nicht, oder? Den Träumer? Siehst du ihn?«

»Ich sehe einen riesigen Stein, sonst nichts«, sagte David.

»Die Figur schläft in dem Steinblock, hat Michelangelo gesagt. Der Bildhauer muss sie nur noch erwecken«, sagte Johannes.

»Großer Mann, dieser Michelangelo! Ich habe leider nicht seine magischen Augen«, sagte David.

»Ich auch nicht, aber er ist da, der Träumer, das weiß ich.« Johannes klopfte David auf die Schulter. Vielleicht könne er ja Formen erkennen, so wie man zum Beispiel Wolken deute als Elefant oder Giraffe, anders mache er es auch nicht, er schaue sich den Stein an und versuche Muster zu erkennen.

»Und dieser da ...«, er zeigte auf den Marmorblock, »dieser erinnert mich eben an einen Träumer.« Er zeigte auf eine kleine Ausbuchtung in Augenhöhe. »Das ist seine Hand. Er presst sie an seine Stirn und schiebt sie unter seinen Haaransatz. Hier, siehst du?« Johannes zeigte es ihm. Er neigte den Kopf nach hinten, schaute nach schräg oben und legte seine rechte Hand an seine Stirn. »So«, sagte er.

David suchte den Träumer (der noch in der Figur steckte), seine Arme und seine Hände. »Aha«, sagte er und beugte sich etwas vor, um die Figur genauer zu untersuchen. »Tut mir leid, ich sehe nichts«, sagte er dann, »dein Talent, Figuren aus Steinen zu befreien, hast du mir leider nicht vererbt.« Er zuckte mit den Schultern.

Silvia tröstete ihn, sie könne auch nichts erkennen, vielleicht fehle ihnen einfach die Phantasie. Sie streichelte über die Stelle des Marmorblocks, wo man den Bauch der Figur vermuten konnte. David spürte die Berührung, als gelte sie ihm.

Für einen Moment war Stille im Raum. Johannes setzte seine Schutzbrille wieder auf und Silvia schien in eine geheimnisvolle Zwiesprache mit der Figur getreten zu sein.

»Ich werde jetzt fahren«, sagte David in die Stille hinein. Johannes nahm die Brille wieder ab. »Du fährst schon?«, fragte er.

»Ich finde, ich bin lange genug geblieben. Zumindest sehr viel länger, als ich ursprünglich geplant hatte.«

»Du kommst doch wieder, oder?« Johannes legte eine Hand auf Davids Schulter.

Silvia stand noch immer vor dem Marmorblock, die Arme vor der Brust verschränkt.

»Vielleicht besucht ihr mich demnächst ja mal in Berlin«, sagte David und schaute in Silvias Richtung.

»Ich würde dich sehr gerne mal spielen sehen«, sagte sie und es sah aus, als meine sie den Träumer und nicht David. Dann drehte sie sich herum und ging die wenigen Schritte auf David zu. Sie tippte ihn an der Schulter an. »Pass gut auf dich auf«, sagte sie, »damit du nicht aus Versehen Herz und Verstand verlierst, wenn du spielst.«

»Ich würde schlecht spielen, wenn ich nicht mit vollem Einsatz spielen würde.« Er drehte an seiner Armbanduhr und schaute auf das Zifferblatt. »Ich muss jetzt wirklich los«, sagte er.

Johannes umarmte David zum Abschied und sie standen einige Sekunden in dieser Umarmung, bis Silvia sagte, es wäre jetzt genug, sonst würden sie noch zu Stein. Sie brachte ihn zum Auto und als er davonfuhr, winkte sie. David sah es im Rückspiegel und sein Magen krampfte sich zusammen, aber nur ganz kurz, dann bog er um die Kurve und konnte sie nicht mehr sehen.

Einige Stunden später war er vor Mias Wohnung, schloss die Tür auf, ging hinein und rief ihren Namen, aber sie war nicht da. In der Spüle standen Teller, Töpfe, Gläser, Becher, Mia hatte seit zwei Tagen nicht mehr gespült. David ließ Wasser über das Geschirr laufen, wartete, bis die Spüle voll war, trat ans Fenster, um zu schauen, ob sie vielleicht gerade nach Hause kam und entschied sich dann dafür, wieder zu gehen. Kurz bevor er an der Wohnungstür war, nahm er jedoch das Telefon und rief Jakob an. Ein spontaner Gedanke.

»Ist Mia bei dir?«

»Hallo David. Schon zurück? Ja, Mia ist hier.«

»Wieso schon? Ich war über Nacht dort. Habt ihr mich gar nicht vermisst?«

»Mia vermisst dich ständig. Es gibt keine Minute, in der sie dich nicht vermisst.«

»Machen Mütter das immer so?«

»Väter auch. Wenn es nette Väter sind. Und Onkels machen das übrigens auch. Das mit dem Vermissen.«

»Dann komme ich jetzt.«

»Wir freuen uns. Du kannst auch einen Keks bekommen. Oder nein, leider keine mehr da.«

»Jakob hat alle aufgegessen«, rief Mia aus dem Hintergrund.

Eine halbe Stunde später war David da. »Meine Güte, hast du immer noch kein vernünftiges Licht? Wo seid ihr?«

Das war natürlich übertrieben. Aber hell war es nicht. Eben dämmrig wie in einem Aquarium, das lange nicht mehr gesäubert worden war. Mia und Jakob saßen an dem riesigen Tisch, an dem problemlos acht Menschen gemeinsam essen könnten, aber außer einem Hocker gab es nur zwei Stühle und den gelben Sessel, in dem Mia saß, an der kurzen Seite des Tisches. Auf dem Tisch standen Kaffeebecher, eine Tüte Milch, die Verpackung der Keksrolle und die Kaffeekanne.

Jakob sprang auf, als David den Raum betrat, ging ihm entgegen und umarmte ihn. Mia erhob sich nur langsam aus ihrem Sessel, wartete, bis David vor ihr stand, legte ihre Hand auf seinen Arm und sagte so etwas wie, hallo, schön, dass du da bist, und setzte sich wieder.

»Wo ist der zweite Stuhl?«, fragte David, aber Jakob war längst im dunklen Teil der Wohnung verschwunden und kam mit einem grünen Klappstuhl zurück.

»Du warst aber auch lange nicht zu Hause, was?«, sagte David und Mia fragte: »Wieso?«

»In deiner Spüle stapelt sich das Geschirr. Ich habe es mal gewässert, sonst bekommst du es nie mehr sauber.«

»Ich habe es zu Hause nicht mehr ausgehalten und Jakob hat mich bei sich aufgenommen.«

»Vorübergehend«, sagte Jakob und grinste.

»Wo hast du geschlafen?« David schaute sich um. »In diesem gelben Sessel? Zusammengerollt?«

»Oh, nein, wo denkst du hin. Mein großer Bruder hat neben seinem Bett fünf Matratzen für mich aufeinandergestapelt, damit es von unten nicht zu kalt wird.«

»Sie hat laut geschnarcht«, sagte Jakob, aber Mia protestierte und sagte, das könne gar nicht sein, sie habe kaum geschlafen.

David nahm Jakob den grünen Klappstuhl ab.

»Ja, ich war bei ihm. Das willst du doch wissen, oder?« Er schob den Stuhl schräg gegenüber von Mias Sessel und setzte sich.

Sie zuckte mit den Schultern und verzog den Mund. »Und? Wie war es so? Hat er dich reingelassen?«

»Er hat quasi schon auf mich gewartet.«

»Verstehe ich nicht.« Mia schaute hilfesuchend zu Jakob. Der zog die Schultern hoch.

»Na ja, du hast doch mit ihm gesprochen, oder etwa nicht? Noch bevor du es mir gesagt hast.«

»Ja, stimmt, habe ich. War das etwa ein Fehler?«

»Der Fehler war, dass du so lange damit gewartet hast.« Hochkonzentriert – wie bei einem Duell morgens früh um fünf Uhr auf der Wiese – schaute David Mia in die Augen. »Und ich weiß, ehrlich gesagt, gar nicht, ob ich mit meinem Bericht nicht auch dreißig Jahre warten sollte.«

»Uih«, machte Mia und zog hörbar Luft durch die Nase ein. Sie blinzelte, wich seinem Blick aber nicht aus.

»Kaffee?« Jakob hielt David die Kanne entgegen.

David nickte, ohne den Kopf zu wenden, und Jakob holte einen weiteren Becher. Er setzte sich David gegenüber und ließ ihn nicht aus den Augen. »Dann erzählst du es eben mir«, sagte er und goss Davids Becher voll, »ich platze vor Neugier. Wie hat er sich benommen?«

»Nett, ja, wirklich, er war richtig nett zu mir, fast wie ein echter Vater.« David verzog das Gesicht zu einem spöttischen Grinsen. Für ihn war das Duell offenbar noch nicht beendet. Er griff zu der Milch und kippte so viel in seinen Kaffee, dass der Becher fast überlief.

»Patrik ist dein Vater. Nicht Johannes.« Mias Stimme klang energisch – ein bisschen wie früher, wenn sie ihn ermahnt hatte, was selten genug vorgekommen war.

»Nein?« David beugte sich über seinen Becher und schlürfte den Kaffee, ohne den Becher anzuheben. Er beobachtete Mia über den Becherrand hinweg.

»Nein. Johannes' Beitrag zu deiner Lebensgeschichte war eher gering, um nicht zu sagen: winzig! Mikroskopisch klein.« Mia presste Daumen und Zeigefinger aufeinander und blinzelte mit den Augen.

»Das sehe ich etwas anders«, sagte David, »ohne ihn säße ich jetzt nicht hier.«

»Mag sein, aber was bedeutet das genau?«, fragte sie.

»Ach«, sagte David. Er richtete seinen Oberkörper auf und streckte die Schultern durch. »Vor einer Woche wusste ich noch nicht, dass es ihn überhaupt gibt, dass er mich gezeugt hat, und du fragst mich, was das für mich bedeutet? Was denkst du wohl?«

»Erdrutsch? Steinschlag? Lawine?« Mia schluckte und beobachtete ihn, als befürchte sie, er könne jeden Moment vor ihren Augen verschüttet werden.

»Etwas in der Art. Noch ducke ich mich. Mal sehen, wie es ist, wenn der Staub sich gelegt hat. Vielleicht erkenne ich dann, was mich mit Johannes verbindet, ob uns überhaupt etwas verbindet. Er arbeitet gerade an einer Skulptur, die er Träumer nennt und behauptet, er könne in den Stein hineinschauen. Manchmal hatte ich das Gefühl, er schaut auch mich an wie einen Steinblock. Als könne er durch meine äußere Hülle direkt in meine Seele schauen.«

Jakob hob die Hände und sagte: »Also meine Hülle ist so dick, da kommt er nicht durch.«

»Das geht ja auch nicht mal eben so.« David schnipste mit den Fingern. »Er hat sich echt bemüht, aber wirklich nah gekommen, sind wir uns nicht. Uns fehlen einfach dreißig gemeinsame Jahre.«

»Dann solltet ihr jetzt keine Zeit mehr verlieren«, sagte Mia.

»Was du nicht sagst!« David blies Luft durch die geschlossenen Lippen. Für einen Moment war es still, dann sagte er: »Dieser Träumer, also die Figur, an der er herumhämmert und schleift, ich weiß nicht recht, aber irgendwie hatte ich das Gefühl, dass er sich selbst sucht in dem Stein. Er kreist um den Stein und kreist um sich selbst und mir wird schwindelig, wenn ich ihm dabei zuschaue.«

Mia nickte. »Nicht nur dir wird schwindelig. Wenn du nicht aufpasst und ihm zu nah kommst, gerätst du in eine Art Sog. Glaub mir, ich weiß, wovon ich rede.«

»Oha!« Jakob legte beide Hände auf den Tisch und stützte sich darauf ab. »Könnt ihr mal aufhören über Johannes zu reden, als sei er ein Magier. Ihr beide ...«, er zeigte zuerst auf Mia und dann auf David, »ihr solltet jetzt besser über euch sprechen.« Er fuhr einige Male mit seinem Zeigefinger hin und her durch die Luft.

»Bist du hier der Therapeut?« David neigte den Kopf zur Seite und lächelte.

»Er hat recht«, sagte Mia.

»Natürlich hat er recht. Er hat immer recht.« David stand auf und ging zum Fenster. »Macht dich das nicht verrückt, dass du nicht hinausschauen kannst?«, fragte er und drehte sich zu Jakob herum.

»Nö, nur ganz selten mal.« Jakob stand ebenfalls auf und stellte sich neben ihn. »Aber wenn ich sehen will, wie draußen die Zeit vergeht, gehe ich einfach vor die Tür.«

»Hast du bei Johannes übernachtet?«, fragte Mia aus ihrem gelben Sessel heraus.

Ihre Stimme hatte einen besonderen Klang, wenn sie seinen Namen aussprach, fand David, oder bildete er sich das ein? »Ja und nein«, sagte er, »natürlich hätte ich dort schlafen können. Sie haben es mir mehrfach angeboten, aber ich bin zum Auto und wollte wirklich nach Hause fahren.« Er zögerte einen Moment. »Aber etwas hat mich dort gehalten«, sagte er dann.

»Und am nächsten Tag bist du wieder hineingegangen oder was?«, fragte Mia.

»Er hat mich morgens auf dem Friedhof gefunden und gesagt, ich könne doch noch mit ihnen frühstücken.«

»Auf dem Friedhof?«

»Das Haus liegt direkt gegenüber vom Friedhof. Johannes macht die Grabsteine und Silvia ...« Er stockte. Welche Kraft in diesem Namen lag! Seltsam. Niemand schien etwas bemerkt zu haben. Mia und Jakob schauten ihn erwartungsvoll an. David räusperte sich. »Ist ja auch egal«, sagte er und lächelte, »ja, wir haben noch gefrühstückt und dann war ich in der Werkstatt bei Johannes, um mich zu verabschieden, und jetzt bin ich hier.«

Mia stand auf, streckte ihre Arme zur Decke und holte tief Luft, als sei sie gerade aufgewacht. »Ich werde jetzt nach Hause gehen, spülen und aufräumen. Und wir beide ...« Sie zeigte auf David. »Lass uns noch mal in Ruhe reden, ja?«

Jakob brachte sie zur Tür. David blieb am Fenster stehen und rief ihr »Machen wir!« hinterher und »Du schaffst das! Immer eins nach dem anderen, zuerst die Gläser und dann den Rest.«

14.

»Es tut mir leid«, sagte Johannes, als er aus der Werkstatt kam. Er klopfte den Staub aus seinen Kleidern, ging auf Silvia zu und umarmte sie. »Ich konnte ja nicht ahnen, dass David so schnell schon hier auftauchen würde. Ich hätte dich besser darauf vorbereiten müssen.«

»Schon gut.«

Silvia befreite sich aus der Umarmung und drückte ihn mit ausgestreckten Armen weit von sich. Johannes machte einen Schritt rückwärts.

»Was soll das, was ist los mit dir?«, fragte er. Seine Augen wurden ganz klein.

Sie ließ die Arme sinken. »Ach, weißt du, Johannes, ich habe einfach genug davon, von diesem ewigen, es tut mir leid, Liebes, das höre ich seit Jahrzehnten.«

»Aber«, sagte er und noch einmal, »aber.« Sonst nichts.

Er ging an ihr vorbei ins Wohnzimmer, setzte sich auf das Sofa und schaute sie an. Sein Mund war ein wenig geöffnet, als wollte er etwas sagen, aber er blieb stumm.

Silvia blieb mitten im Raum stehen. Sie atmete schnell, weil sie nicht weinen wollte. Nicht jetzt. Sie presste die Lippen aufeinander und verschränkte die Arme vor der Brust.

Sie hörte, wie er Luft holte. »Das sieht nach einer ernsten Unterhaltung aus«, sagte er, »willst du dich nicht setzen?« Er zeigte auf den Sessel gegenüber.

Silvia ging auf den Sessel zu, aber sie setzte sich nicht, sondern blieb dahinter stehen und legte ihre Hände auf die Rückenlehne. Sie sei müde, sagte sie, sie habe viel zu lange geschwiegen, jetzt habe sie keine Kraft mehr, man könne aus Liebe heiraten, und selbst, wenn die Liebe eines Tages nur noch Freundschaft sei, so könne man davon zu Zweit leben, aber man könne nicht aus Verbitterung heiraten, schlechte Idee damals, aber sie habe sich so etwas wie Erleichterung erhofft, leider umsonst, nichts sei leichter geworden, im Gegenteil, alles immer nur noch schwerer und schwerer, sie habe das Gefühl rundherum zu Stein zu werden wie seine verflixten Kunstwerke, nur eben anders herum, er könne Figuren aus dem Stein befreien, bei ihr sei es eher so, dass um sie herum Steinschichten gewachsen seien und jetzt müsse Schluss sein, bevor sie nicht mehr atmen oder sich bewegen könne.

Johannes starrte sie an. »Ich verstehe nicht«, sagte er.

»Ist das denn so schwer?« Ihre Stimme vibrierte. »Ich habe dich nicht aus Liebe geheiratet.«

»Warum dann?«

»Aus Verzweiflung? Hilflosigkeit? Angst? Ich weiß es beim besten Willen nicht mehr. Vielleicht wollte ich dich einfach bestrafen.«

»Man kann doch nicht ...«

»Doch, Johannes, man kann.«

»Du hast mir also nie verziehen?«

»Ich bin nicht der liebe Gott. Ich kann keine Schuld vergeben. Du musst dir schon selbst verzeihen oder zur Beichte gehen oder beten oder ....«

»Du weißt nicht, wie das ist, Silvia, gebückt durchs Leben zu gehen.«

Sie umfasste mit ihren Händen die Sessellehne so fest, dass die Knöchel auf dem Handrücken ganz weiß wurden.

»Doch, glaub mir, das weiß ich sehr gut. Seit ich ihn hergegeben habe, unseren Sohn, habe ich ihn mit mir herumgetragen, mal vor dem Bauch, mal auf dem Rücken, mal auf den Schultern. Das hat mich niedergedrückt. Ich konnte ihn nicht vergessen. Ich habe ihn nur ganz kurz gesehen, und dann hat man ihn mitgenommen, sei besser so, haben sie gesagt, aber einen Namen durfte ich ihm noch geben, die Hebamme kam zurück mit diesem kleinen Bündel auf dem Arm und fragte, wie soll er denn heißen, das müssen wir wissen, verstehen Sie, sonst müssen *wir* dem Kind einen Namen geben, aber vielleicht wollen Sie ja? Und ich habe ‚Simon' gesagt, er soll Simon heißen. Habe ich dir das jemals erzählt? Hast du mich je danach gefragt?«

»Nein, du hast es mir nicht erzählt und ich habe nicht gefragt.« Johannes schloss die Augen.

Silvia ging um den Sessel herum und setzte sich.

Sie schaute auf ihre Hände, ihre grün lackierten Fingernägel, und neigte den Kopf etwas zur Seite.

»Weißt du Johannes, jetzt kann ich es dir ja sagen. Ich konnte seinen Namen nicht aussprechen, bei dir schon gar nicht, aber jetzt kann ich es, denn ich habe vor zwei Jahren einen jungen Mann getroffen, der sich mit Simon vorgestellt und behauptet hat, er sei mein Sohn.«

Silvia schaute Johannes prüfend an. Seine Augen waren jetzt weit geöffnet und der Mund nur noch ein schmaler Strich. Er sagte nichts. Sie holte Luft und sprach dann weiter.

»Also gut, vor fast genau zwei Jahren bekam ich einen Brief ohne Absender, meine Adresse stand darauf, er war abgestempelt in Frankfurt, glaube ich, ich habe den Brief nicht aufgehoben. Es stand nicht viel darin, ungefähr Folgendes: *Sehr geehrte Frau Märtmann, Ihre Adresse habe ich von der Adoptionsstelle erhalten, nachdem ich mir Akteneinsicht verschafft habe, und bitte Sie hiermit höflich um ein Treffen.* Es folgte ein konkretes Datum und ein teures Café als Treffpunkt. Die letzten zwei Sätze lauteten: *Sollten Sie an diesem Tag verhindert sein oder aus einem anderen Grund kein Interesse an einem Treffen haben, so sehe ich das als einen Wink des Schicksals. Ich habe es zumindest einmal versucht. Hochachtungsvoll Simon Knof.* Der Brief wurde ganz heiß in meiner Hand und ich habe ihn wie eine Irre von mir geschleudert. Nach all den Jahren hatte Simon sich bei mir gemeldet und wollte mich kennenlernen. Ich konnte dir nichts von dem Brief erzählen, es ging einfach nicht, ich habe behauptet, ich würde meine Schwester besuchen und bin an dem vorgeschlagenen Tag nach Frankfurt gefahren, habe das Café gesucht und dann habe ich ihn gesehen. Er saß dort mit einer Zeitung, vor ihm stand eine Tasse Kaffee oder Cappuccino, er schaute nicht auf, er schien niemanden zu erwarten. Ich habe mich an seinen Tisch gestellt, hallo, gesagt, ich bin Silvia, wir sind hier verabredet. Er hob den Kopf, nahm die Sonnenbrille ab und schaute mich an. Dann machte er eine Handbewegung, sagte, bitte, und zeigte auf den Stuhl, der seinem gegenüber stand. Er hatte dunkles, kurz geschnittenes Haar, trug einen Anzug, darunter ein T-Shirt, schwarz-glänzende Schuhe und an seiner linken Hand blinkerte ein Ring. Er fragte mich, ob ich etwas trinken möchte, meine Kehle war trocken wie nach einem Marathonlauf, ich nickte nur und fragte dann, wie er mich gefunden hätte, und ob wir uns nicht duzen sollten. Er lächelte freundlich, winkte die Kellnerin heran, bestellte ein Glas Wasser für mich und sagte dann, dass er vor seiner Eheschließung – dabei zeigte er auf den Ring an seiner linken Hand, er sei nämlich verlobt – also, dass er das Bedürfnis gehabt hätte, seine Herkunft zu klären, er hätte immer gewusst, dass er adoptiert worden sei von prächtigen Eltern, die ihm alles ermöglicht hätten, was man für einen guten Start ins Leben bräuchte, aber seine Verlobte und auch seine Eltern hätten gesagt, dass es vielleicht an der Zeit sei, die Frau kennenzulernen, die ihn geboren hätte. Mir hat es die Sprache verschlagen, ganz ehrlich, ich habe daran gedacht, loszuschreien und einfach wegzulaufen, aber nun saß ich dort mit meinem Sohn, meinem Kind, dem ich ein Leben lang hinterhergetrauert hatte, und ich fühlte nichts als eine bleischwere Enttäuschung. Er hatte nichts mit dem Simon gemein, der in meiner Vorstellung erwachsen geworden war. Mein Simon war nicht besonders groß, eher schmächtig, zerbrechlich, mit rötlichen Haaren und Sommersprossen im Gesicht, aber dieser Simon, der mir da gegenübersaß, war groß, durchtrainiert, braun gebrannt, teuer gekleidet und kalt. Er erzählte, dass er Abteilungsleiter einer hochangesehen Bank sei, seine Verlobte sei auch dort angestellt, sie hätten ein Haus gekauft am Rande der Stadt. Seine Eltern seien die BlaBlaBla (er nannte deren Namen), ob ich sie vielleicht kennen würde. Ich habe den Kopf geschüttelt und mein Wasser getrunken. Mir war schlecht und ich wollte mich nicht in seiner Gegenwart übergeben. Mir geht es ausgesprochen gut, sagte er, das wollte ich dir unbedingt sagen, du hast dir sicher Sorgen um mich gemacht, ist ja nicht ganz leicht, ein Kind zur Adoption freizugeben, aber du warst ja erst fünfzehn, oder doch schon sechzehn?, und du hast alles goldrichtig gemacht, wie du siehst. Er strahlte mich an und ich sagte, Moment, ich muss kurz zur Toilette. Als ich wiederkam, hatte er schon bezahlt, fragte, ob er noch irgendetwas für mich tun könne, und dass wir ja in Kontakt bleiben könnten. Er schob mir seine Visitenkarte über den Tisch, legte seine Hand auf meinen Arm, entschuldigte sich, er habe einen dringenden Termin, sagte, war schön, dich endlich mal kennenzulernen, und dann war er verschwunden. Ich glaube, ich habe die ganze Zeit über nichts gesagt, er hat mich auch nichts gefragt, ich war für ihn gar nicht vorhanden, er hätte all das auch seinem Spiegelbild erzählen können. Nach diesem Treffen hast du mich in die Klinik gebracht, du erinnerst dich? Ich habe dort etwas verstanden, nämlich dass niemand diese Wunde heilen kann, auch nicht Simon selbst, und ich habe verstanden, dass die Bindung an ein Kind nichts mit den Genen zu tun hat, dieser Simon, der mir da gegenübersaß und den ich auf die Welt gebracht hatte, war ein Fremder für mich. Ich habe ihn ganz umsonst mit mir herumgetragen. Niemand kann mir den Simon zurückgeben, dem ich damals hinterhergesehen habe. Es gibt ihn nämlich gar nicht wirklich. Er ist nur eine Illusion, ein Hirngespinst.« Sie tippte sich an die Stirn. »All die Jahre war ich voller Hass, ich habe euch alle gehasst, auch meine tote Mutter, meinen gebrechlichen Vater und dich, dich habe ich ganz besonders gehasst für dein Mitleid und deine Fürsorge. Und seit gestern kann ich nicht mehr hassen. Ich habe auch keine Angst mehr. Und du? Sei ehrlich. Du hast mich auch nie wirklich geliebt. Schau mich an.«

Johannes beugte sich vor und ließ sich dann zurücksinken. Es sah aus, als hätte ein Windstoß ihn umgeblasen.

»Warum jetzt, Silvia, warum nach dreißig Jahren?«

»Kannst du dir das nicht denken?«

»Es hat mit David zu tun, oder?«

Silvia stand auf, ging ans Fenster und schaute hinaus. »Ja, du hast recht, David hat alles verändert.«

Eine Weile war es still im Raum, dann drehte sie sich herum, ging zum Sofa und setzte sich neben Johannes. Er rückte zur Seite.

»Und?«, fragte sie, »warum hast du mich geheiratet? Aus Liebe?« Es klang, als hätte sie nach der Uhrzeit gefragt.

»Es gab keine Alternative«, sagte Johannes, »ich habe es für Liebe gehalten, ja, Liebe ist doch alternativlos, oder nicht?«

»Du verwechselst da was«, sagte Silvia und lächelte, »du hast gedacht, du könntest mich befreien, du wolltest mich zu deinem Geschöpf machen, meine Seele aus mir herausklopfen, mich nach deinen Vorstellungen gestalten wie die Steine in deiner Werkstatt, nicht ganz so brutal, eher zart, mit Umarmungen und Streicheleien, manchmal hast du auch etwas fester zugestoßen, sodass ich laut gestöhnt habe, nicht immer vor Lust, musst du wissen, manchmal auch vor Schmerz, aber das bist eben du, verhalten brutal, wie sonst kann man Bildhauer sein?«

Johannes stützte sich mit beiden Armen auf dem Sofa ab, als befürchte er, sein Körper könne endgültig in sich zusammensacken. »Du meinst, Bildhauer sind brutal?«, fragte er.

»Sind sie nicht?«

»Nein, zumindest nicht mehr als andere Menschen auch.« Er atmete schwer. »Ich bin Künstler geworden, weil ich weiß, dass da mehr ist als das Offensichtliche, das würde ich gerne hervorlocken, dieses Mehr, verstehst du? Mit der Kunst kann man die Wirklichkeit aufbrechen und gestalten, und ja, vielleicht tut man ihr manchmal auch Gewalt an, aber doch nicht den Menschen.« Er schaute Silvia beinahe flehend an. »Ich behaue Steine und keine Menschen.«

»Ich weiß, Johannes, ich weiß.« Sie legte ihre Hand auf seinen Arm. »So habe ich das auch nicht gemeint. Ich meinte nur ...«

»Lass uns ein anderes Mal weiterreden, okay?« Johannes stand auf. »Ich brauche eine Pause«, sagte er und nahm ihre Hand von seinem Arm, als pflücke er eine Blume von der Wiese.

Sie sah hinter ihm her, wie er das Wohnzimmer verließ und im Flur verschwand. Dann hörte sie, wie die Haustür ins Schloss fiel. Silvia reckte sich, breitete die Arme aus und lehnte sich nach hinten. Sie streckte die Beine aus und stützte ihren Hinterkopf an der Sofalehne ab. Ein schwarzer Schatten näherte sich leise, sprang auf das Sofa und schob sich nah an Silvia heran. Seinen mächtigen Kopf legte er in ihren Schoß. »Da bist du ja«, murmelte sie.

Eine Stunde später wurde sie wach, weil ihr Vater sie mit seinem Gehstock antippte.

»Gibt es heute kein Mittagessen?«, fragte er.

Silvia richtete sich auf und schob den Hund beiseite. »Wie spät ist es denn? Ich bin wohl eingeschlafen. Verrückt!«

»Gleich 14:00 Uhr.« Ihr Vater zog die Augenbrauen zusammen und stützte sich auf seinen Stock. Er stand leicht nach links geneigt, als hätte er zu lange im Sturm gestanden.

»Tut mir leid, Papa, ich habe glatt das Mittagessen verschlafen. Das ist mir ja noch nie passiert.«

Silvia lachte, stand auf und hakte sich bei ihrem Vater auf der stockfreien Seite ein. »Wir finden sicher in der Küche noch was Essbares. Kommst du mit?«

Sie führte ihn in die Küche und rückte den Stuhl, der vor dem Fenster stand, von der Wand. »Setz dich. Ich schaue mal nach, was es so gibt.«

Ihr Vater setzte sich etwas umständlich auf den Stuhl. Er beugte sich nach vorne, stützte sich mit beiden Händen auf seinen Stock und ließ sich dann nach hinten fallen. Der Stuhl knackte. »Wo ist Johannes?«, fragte er.

»Keine Ahnung.« Silvia zog aus dem Küchenschrank eine der unteren Schubladen heraus. »Nudeln? Linsen? Reis? Worauf hast du Lust?«

Der Hund war ihnen in die Küche gefolgt und steckte seine Schnauze in den Schrank mit den Essensvorräten. Silvia nahm beide Hände, um ihn zurückzudrängen. »Du kriegst später was. Erst kommt Opa dran.«

Sie beugte sich zu dem Hund herab und hob einen Zeigefinger.

Der Hund wedelte mit dem Schwanz, lief zu dem alten Mann auf dem Stuhl vor dem Fenster und setzte sich neben seine Füße.

»Hattet ihr Streit?«

»Wie kommst du darauf?« Silvia drehte sich zu ihrem Vater herum und hielt ein Paket Linsen hoch. »Wie wär's mit Linsensuppe?«

Ihr Vater nickte. »Du hast geweint. Das sehe ich doch.«

Silvia fasste sich ins Gesicht. »Ach das ...« Sie verzog den Mund zu einem Lächeln. »Das ist halb so wild. Das alte Thema, du weißt schon.«

»Hört das denn nie auf?« Ihr Vater klopfte mit dem Stock auf den Boden.

»Glaub mir, niemand wünscht sich das mehr als ich.«

Sie kippte die Linsen in einen großen Topf, ließ Wasser darüberlaufen und drehte den Herd an.

»Er wird sicher gleich hier sein. Johannes, meine ich. Er ist bestimmt in der Werkstatt und kommt dann zum Essen. Wie immer.«

»Um diese Zeit ist er sonst längst hier. Ich kann mich nicht erinnern, dass er jemals so spät gekommen ist. Hoffentlich ist ihm nichts passiert.«

»Papa! Es ist heller Tag, er ist erwachsen und kerngesund. Wir wohnen in einem friedlichen Dorf und Johannes macht keine halsbrecherischen Fahrten mit einem Motorrad, sondern pendelt zu Fuß zwischen Werkstatt, Haus und Friedhof. Ich wüsste nicht, was ihm passiert sein sollte.«

Ihr Vater drehte den Kopf zur Seite und schaute aus dem Fenster. »Das Auto ist weg«, sagte er.

Silvia trat neben ihn. »Tatsächlich«, sagte sie, »das Auto ist weg.«

Johannes fuhr selten mit dem Auto irgendwohin. Entweder er nahm das Fahrrad oder ging zu Fuß. Wenn er mal in die nächste Stadt wollte, fuhr er mit dem Bus. Silvia konnte sich nicht erinnern, wann er das letzte Mal mit dem Zug gefahren war, ach halt, nein, so lange war das ja gar nicht her, er hatte Mia besucht. Ihr hatte er erzählt, er besuche eine Freundin. Sie hatte sich gewundert und gefragt, was für eine Freundin denn, kenne ich die?, aber er meinte, nein, nein, ich kenne sie von der Uni, ist lange her und sie hatte nicht weiter gefragt. Erst vorgestern, als er bleich und geistesabwesend nach Hause gekommen war, sagte er, dass er Mia besucht habe, Mia, die Frau, mit der er während des Studiums zusammen gewesen sei. Wieso hast du sie besucht?, hatte sie gefragt, aber er war ihr ausgewichen, es gäbe da noch Altlasten, ja, er hatte tatsächlich das Wort Altlasten benutzt. Und dann hatte er ihr von David erzählt. Von wegen Altlasten. Er hatte einen Sohn, von dem er angeblich bis dahin auch nichts gewusst hatte, ja, konnte sein, vielleicht sagte er die Wahrheit, aber seitdem war sowieso alles anders. Und jetzt war er mit dem Auto weg. Das war schon ungewöhnlich.

Silvia ging zurück zum Herd. Ihr Vater schaute zu, wie sie Kartoffeln, Möhren, Sellerie und Porree schälte, kleinschnitt und nach und nach in den Topf warf. Sie sagte kein Wort, sondern war so konzentriert bei der Arbeit, als handle es sich um eine Art Prüfung und ihr Vater wäre einer der Prüfer.

»Geh doch schon mal ins Wohnzimmer, Papa, und setz dich an den Tisch. Ich komme gleich nach. Es dauert noch ein bisschen mit der Suppe. Du kannst ja solange Zeitung lesen. Sie liegt noch auf dem Esstisch.«

Silvia ging zu ihrem Vater, streckte ihm ihre Hände entgegen und half ihm hoch. Es fiel ihm zunehmend schwer aus dem Sitzen wieder hochzukommen, aber wenn er einmal stand, konnte er laufen, natürlich mit Stock oder Gehwagen und sehr o-beinig, aber die Hauptsache war, dass er sich im Haus und draußen noch selbstständig bewegen konnte. Silvia hatte Angst vor dem Moment, wenn er fallen würde, sich vielleicht das Bein brechen würde und dann ein Pflegefall wäre. Ihr Leben hatte sich bisher in einem sehr kleinen Radius abgespielt, das Dorf, das Haus, die Werkstatt, Freundinnen (oder zumindest gute Bekannte), ein bisschen Kultur und Freizeit, und immer hatte sie gehofft, dass sich das eines Tages ändern würde. Dann starb ihre Mutter und ihr Vater legte seine Hand schwer auf ihren Kopf und sagte, Silvy, Kind, jetzt habe ich nur noch dich, und sie wusste, dass er seine Hand von sich aus nicht wieder dort wegnehmen würde.

Während des Essens sprachen sie nicht viel. Beide lauschten zur Tür, ob sich vielleicht dort ein Schlüssel drehen würde, sie Schritte hören konnten, ob Johannes seinen Kopf zur Tür hereinstrecken würde und sagen, tut mir leid, ich musste schnell noch Material zur Bearbeitung meines Träumers suchen, bin gleich bei euch, aber es war still im Haus, man hörte nur das Klappern der Löffel im Teller.

»Geh schon mal rauf«, sagte Silvia, als ihr Vater keine Suppe mehr wollte. »Ich suche jetzt Johannes, und wenn ich ihn gefunden habe, komme ich zu dir hoch und sage dir Bescheid, okay?«

Ihr Vater nickte, legte seinen Löffel in den Teller und schob vorsichtig den Stuhl zurück. Er streckte Silvia seinen Arm entgegen und sie half ihm hoch, gab ihm seinen Stock, der neben dem Türpfosten lehnte und griff seinen Arm, um ihn bis zur Treppe zu begleiten. Mit einer Hand am Geländer, den anderen Arm auf den Stock gestützt, drehte er sich auf der untersten Stufe zu ihr herum. »Du wirst ihn finden, nicht wahr? Er war noch nie so lange weg, ohne zu sagen, wohin er geht.«

Silvia nickte, legte ihre Hände auf seine Schultern und drehte ihn behutsam wieder herum, mit dem Gesicht zur Treppe. »Geh schlafen, Papa, ich finde ihn«, sagte sie und sah ihm hinterher, bis er hinter der Treppenbiegung verschwunden war. Oben fiel die Wohnungstür ins Schloss, sie hörte seinen Stock auf den Holzdielen klackern, dann war es still.

Silvia griff ihren Schlüsselbund und verließ das Haus. Vor der Haustür blieb sie stehen, schaute nach links und dann nach rechts und entschied sich für die Werkstatt. Das Tor zur Werkstatt war aus Eisen und so schwer, dass sie es mit zwei Händen aufschieben musste. Er war nicht dort. Es war still und staubig, im Nebel stand der unfertige Träumer und wuchs aus seinem Stein. Silvia wunderte sich, warum der Staub sich nicht legte, warum er in der Luft schwebte und das Licht milchig-trüb blieb und die Skulpturen wie hinter einem Schleier standen.

Sie drehte sich um, ging hinaus und schob von außen das Tor wieder zu. Das Licht draußen blendete, es war früher Nachmittag und auf der Straße war nichts los. Die Menschen im Dorf schliefen oder machten Mittagspause in einem Hinterzimmer oder im Schatten vor der einzigen Kneipe im Dorf. Silvia überquerte die Straße und öffnete das kleine Tor zum Friedhof. Außer den Toten war niemand dort. Nur die Zweige der Bäume und die Blätter bewegten sich, sonst war alles ruhig. Keine hockende Gestalt zwischen den Grabsteinen, niemand, der mit einer grünen Gießkanne zum Wasserkran lief, keine Schritte auf dem Schotter, ineinander gehakte, schwarz gekleidete, gebückte Menschengruppen, kein Friedhofsgärtner über einem Beet. Sie war ganz allein.

Silvia wollte gerade umdrehen, da fiel ihr ein, dass sie lange nicht mehr am Grab ihrer Mutter war. Zum letzten Mal an deren Geburtstag Anfang des Jahres. Ihr Vater hatte darauf bestanden und Johannes, der ihn sonst begleitete, war nicht da. Nur widerwillig ließ sie sich drängen, denn sie wusste, was sie dort erwartete. Ihr Vater würde den Kopf senken, unverständliche Worte murmeln mit einer Stimme, die sie an ihm hasste, voller Wehklagen und Selbstmitleid. Sie würde neben ihm stehen, auf das Grab starren und nichts fühlen.

Silvia ging durch die Grabreihen, den Blick stur auf den Weg vor sich gerichtet. Sie wollte die Namen nicht lesen und auch nicht die Geburts- und Sterbedaten. Sie wollte nicht erinnert werden, wer alles schon gegangen war, möglicherweise vor der Zeit, sie wollte nicht darüber nachdenken, dass sie über all dem Hass und dem Schmerz versäumt hatte zu leben, sie wollte zu der ausgestreckten Hand und etwas spüren, jetzt, nachdem sie David begegnet war.

Johannes hatte den Grabstein gehauen, eine überdimensionale, nach innen gewölbte Hand, gen Himmel gestreckt, die Finger eng beieinander. Eine Geste, die Sinn ergeben hätte, wenn die Hand waagerecht liegen und nicht aufrecht stehen würde. Dann würde sich dort das Wasser sammeln und Vögel könnten daraus trinken. Aber so konnte diese Hand nichts halten. In der hohlen Hand waren die Lebensdaten ihrer Mutter und ihr Name eingraviert:

Agnes Amberg, * 1940 — † 2010

Zunächst stand sie noch vor der Hand, dann kniete sie sich hin, zupfte hier und da etwas Unkraut zwischen den Sträuchern hervor und legte es beiseite und dann endlich richtete sie den Blick geradeaus. Nur zwei winzige Schrittchen vorwärts und sie hätte ihr Gesicht in die hohle Hand legen können. Johannes hatte den Marmor so weich geschliffen, dass es sich anfühlen würde wie eine sanfte Berührung aus dem Jenseits. Aber sie würde einen Teufel tun! Die Hand ihrer Mutter war in ihrer Erinnerung rau, rissig und leicht gerötet von viel zu heißem Spülwasser, sonst würden die Gläser ja nicht richtig sauber, das

Fett blieb hängen und bildete einen Schleier, man konnte nicht hindurchsehen, blinde Gläser im Schrank, nichts war schlimmer, doch, es ging noch schlimmer, eine schwangere Tochter, mit fünfzehn! Das war schlimmer als blinde Gläser und da half auch kein Rubbeln und Reiben. Nein, diese stille, grau melierte Marmorhand, umrankt von Efeu, hatte nichts mit der Hand ihrer Mutter zu tun.

Silvia richtete sich auf und dann ging sie doch zwei Schritte auf die ausgestreckte Hand zu und berührte die Fingerspitzen. »Johannes ist weg«, sagte sie, »ich gehe ihn jetzt suchen.« Sie trat vorsichtig auf die beiden Steine, die wie Inseln zwischen der Grabbepflanzung lagen, und ging zurück zum Ausgang.

15.

David hatte recht. Die Küche sah wirklich schlimm aus. Nicht nur das Geschirr hatte sie vernachlässigt, sondern auch ihre Arbeit. Sie hörte den AB ab, eine Kollegin hatte sich gemeldet.

»Hallo Mia, rufst du kurz an? Wir müssen wissen, wann dein Vortrag zu Modersohn-Becker stattfindet, er soll doch mit ins Programm?«

Ja, unbedingt, aber in ihrem Kopf war gerade kein Platz für Paula.

Auf dem Tisch lagen Bücher verstreut, der Laptop lag daneben, zugeklappt, das könnte gerne noch eine Weile so bleiben.

Trotzdem rief sie zurück, klemmte das Telefon zwischen Ohr und Schulter, ging zur Spüle und wartete, bis die Kollegin sich meldete.

»Ich mach's«, sagte Mia, »ich will unbedingt ins Programm.«

Die Kollegin lachte. »Hallo Mia, alles klar, nächsten Monat schon oder lieber später?«

»Vielleicht November oder Dezember? Für die Zeichenkurse bin ich ja sowieso da. Lass uns nächste Woche entscheiden, okay? Hier geht gerade einiges durcheinander.«

»Oh, das tut mir leid. Hoffentlich nichts Schlimmes.«

»Schlimm?« Mia ließ das schmutzige Wasser aus der Spüle und verteilte mit einer Hand das Geschirr auf der Ablage. »Was ist schon schlimm? Ein Todesfall? Eine schwere Krankheit?«

Fünf lange Sekunden hörte sie nichts. Dann sagte die Kollegin, etwas unsicher in der Stimme: »Ja, an so etwas hatte ich gedacht.«

»Das ist es nicht. Also nicht weiter schlimm.« Sie gab sich keine Mühe beim Stapeln des Geschirrs besonders leise zu sein. Es klapperte so laut, dass die Kollegin fragte: »Störe ich gerade?«

»Ach was, ich spüle nur«, sagte Mia, »das Geschirr von zwei Tagen. Wir sehen uns nächste Woche, mach dir keine Gedanken, mir geht es gut.«

»Na, wenn du das sagst ... Aber, wenn was ist, du kannst mich jederzeit anrufen.«

»Weiß ich doch. Danke, bis nächste Woche.«

»Bis dann, und alles Gute für dich.«

Mia drückte auf das Symbol mit dem roten Hörer, legte das Telefon auf den Tisch und ließ das Spülwasser ein. Sie schaute zu, wie sich die Spüle füllte, hörte auf das blubbernde Geräusch, tauchte beide Hände hinein und sah, wie das Wasser an ihren Unterarmen hinaufkroch. Da klingelte es an der Tür. Sie zog die Arme aus dem Wasser, griff das Trockentuch und öffnete.

Vor der Wohnungstür stand Johannes.

»Wie bist du unten hereingekommen?«, fragte sie, »was machst du hier?«

212

»Es kam jemand heraus und ich bin hineingegangen. Ich musste dich sehen, Mia.«

»Komm rein.« Sie hielt ihm die Tür auf und ging einen Schritt zur Seite. »Du kannst mir beim Spülen helfen.«

»Nichts lieber als das«, sagte er und nahm ihr das Geschirrtuch von der Schulter. »Verzeih, dass ich dich so überfalle. Ich stehe seit Stunden vor dem Haus und warte. Als du nach Hause gekommen bist, hatte ich keinen Mut dich anzusprechen. Ich habe gewartet, bis oben in der Wohnung das Licht anging. Dann habe ich weiter gewartet, bin ausgestiegen und habe auf die Klingelschilder geschaut. Ein Haus mit vier Wohnungen, Schulze, Meierjohann, Aydün und dein Name. Ich kann sie alle auswendig, siehst du? Dein Klingelschild habe ich besonders lange angestarrt und konnte es nicht berühren, als wäre Strom drauf. Und dann ging die Haustür auf, eine ältere Dame mit Kopftuch und einem Dackel an der Leine kam heraus und hielt mir die Tür auf. Sie hat so freundlich gelächelt, dass plötzlich alles ganz leicht war.«

Mia zeigte auf den Berg Geschirr.

»Wir fangen mit den Gläsern an, Tipp von David.« Sie hielt den Zeigefinger in die Höhe und lachte.

»Du hast ihn heute getroffen?« Johannes stand dicht neben ihr und wartete auf das erste Glas, das Mia sehr vorsichtig in das heiße Wasser tauchte.

»Wir haben uns bei Jakob getroffen»

»Was hat er erzählt?«

»Du meinst, von eurem Treffen?«

Johannes neigte den Kopf zur Seite und zog die Augenbrauen hoch. Er sagte nichts.

»Er hat gesagt, dass du an einer Skulptur arbeitest, einem Träumer, und dass er ihn nicht sehen kann, du aber schon.«

»Ja, so ähnlich verlief unser Gespräch.« Johannes drehte den Teller in seiner Hand hin und her und wischte mit dem Trockentuch darüber.

»Und? Stimmt es etwa nicht?«

»Was meinst du?«

»Siehst du, wie die Figur verborgen im Stein hockt und auf ihre Befreiung wartet?«

»Im Moment sehe ich sie nicht, wenn du es genau wissen willst. Der Träumer hat sich vor mir versteckt, aber das sage ich nur dir. Es ist jetzt unser Geheimnis.« Er lächelte.

Unbedingt Blickkontakt vermeiden, dachte sie und schaute ins Spülwasser. Und atmen, Mia, ganz wichtig! Ihr wurde heiß und ihr Herz schlug viel zu schnell. Dreißig Jahre sind nix bei so was.

Sie reichte ihm den letzten Teller, die Gläser standen fein säuberlich aufgereiht auf dem Tisch und Johannes stellte nach und nach alles Weitere daneben, mehrere Becher, kleine und große Schüsseln und zwei Töpfe.

Er griff zu dem Besteck, das in der Wasserlache auf der Spüle lag, trocknete jedes einzelne Teil sorgfältig ab und streckte es ihr anschließend wie einen blitzblanken Blumenstrauß entgegen.

»Wohin damit?«, fragte er.

Mia zeigte auf den Küchenschrank und griff nach dem Strauß aus Gabeln, Messern und Löffeln.

»Danke«, sagte sie und er fragte höflich: »Wofür?«, aber das Besteck ließ er nicht los.

»Du oder ich?«, fragte er.

»Was?«

»Wer lässt los?«

Mia schob ihn mit beiden Händen von sich. »Du machst mich wahnsinnig«, sagte sie, »David hat gesagt, dass du den Leuten direkt unter die Haut schaust, das machst du wirklich, als wäre nichts dabei.«

Johannes drehte ihr den Rücken zu, zog eine der Schubladen am Küchenschrank auf und legte das Besteck hinein. »Ich muss dir etwas sagen, Mia, wir haben heute gestritten, Silvia und ich, das heißt, es war kein richtiger Streit, sie hat mir Dinge gesagt, die wirklich unter die Haut gingen.« Er holte tief Luft und stützte sich mit beiden Händen auf die Holzplatte über den Schubladen.

»Ich weiß nicht, ob ich das hören will«, sagte Mia. Sie räumte das Geschirr in den Schrank, der über der Spüle hing. Dabei musste sie sich recken und auf die Zehenspitzen steigen. Wer, zum Teufel, hatte diesen Schrank aufgehängt? Er war viel zu hoch für sie. Und überhaupt? Was sollte jetzt werden? Johannes bewegte sich nicht. Er wirkte, als sei er zu einer seiner Skulpturen geworden. Den Rücken leicht nach vorne gebeugt, den Kopf gesenkt, die Augen geschlossen. Mia überlegte, ob sie ihn antippen sollte, ob sie etwas sagen sollte, aber was? Diese letzten Tage waren ein einziges Rutschen, ein Laufen auf schiefer Ebene, und das bei Regen, alles war nass und glitschig und es gab kein Geländer, nichts, woran sie sich festhalten könnte. Sie lehnte sich mit dem Rücken an die Spüle und verschränkte die Arme vor der Brust. Der Tisch war leer, das Wasser abgelaufen, die Küche aufgeräumt und Johannes rührte sich immer noch nicht.

»Ich werde dich nicht bedauern«, sagte sie und hielt sich an ihren verschränken Armen fest.

Johannes richtete sich auf und schaute sie an. Seine Augen waren ganz dunkel.

»Wir werden uns trennen«, sagte er, »sie hat mich niemals geliebt, sagt sie, warum sie mich überhaupt geheiratet hat, weiß sie nicht. Vielleicht wollte sie, dass ich niemals vergesse, was ich ihr angetan habe. Das ist ihr ja auch gelungen. Ich habe es nie vergessen. Wie sollte ich auch? Sie war ja immer um mich herum und in ihrem Gesicht habe ich unser Kind gesehen, das sie abgeben musste, weil alle um sie herum es so gewollt haben, nur sie nicht, aber sie war ja selbst noch ein Kind, da hat man noch nichts zu sagen. Sie hat mir heute seinen Namen gesagt.« Er schluckte. »Er heißt Simon. Mein Gott, warum habe ich sie nie danach gefragt? Vermutlich wäre ich in dem Moment, in dem sie seinen Namen genannt hätte, zusammengeschrumpft wie ein Ballon, aus dem man die Luft herauslässt. Tzzzzz.« Er presste Luft durch die Zähne. »Aber wie geht das, Mia? Wie können Menschen es ertragen so miteinander zu leben? Dreißig Jahre lang? Morgens aufstehen, Zähne putzen, duschen, miteinander frühstücken, sich einen schönen Tag wünschen, und abends nebeneinander einschlafen, ich verstehe es nicht, es war alles so normal, so unspektakulär, Alltag eben, wie bei hunderttausend anderen Ehepaaren, verstehst du, was ich meine?«

Mia nickte. »Für mich klingt das so, als hättest du Silvia geheiratet, um dich weniger schuldig zu fühlen – wie eine Art Buße. Es ging dir nicht um Silvia, sondern um dich. Weißt du, was David gesagt hat?«

Johannes runzelte die Stirn. »Ich bin mir nicht sicher.«

»Er hat gesagt, dass du der Träumer bist, an dem du arbeitest, du suchst dich selbst in diesem Stein, glaub mir, Johannes, du suchst, was du verloren hast, deine verdammte Unschuld suchst du.«

Er starrte sie an.

Sie ging auf ihn zu und fasste seinen Arm. »Sollen wir eine Runde gehen? Es ist so schön draußen.« Sie zeigte auf das Fenster, in die Baumkrone, die immer noch grün war. Zwischen den Blättern sah man kleine Sprenkel des blauen Himmels, die Sonne stand tief, gleich würde das Licht wechseln von blau zu violett.

Unten auf der Straße hakte Mia sich bei ihm ein. Sie gingen den Weg zum Park, als gäbe es keine Alternative. Sie spürte seine Körperwärme an ihrem Arm und ganz kurz legte sie ihren Kopf an seine Schulter. Er ließ es geschehen, tat so, als habe er es nicht bemerkt.

»Du solltest sie anrufen«, sagte Mia, »ich meine Silvia, du solltest ihr sagen, dass du hier bist. Sie macht sich bestimmt Sorgen.«

»Gleich, ich rufe sie gleich an, wenn die Sonne untergegangen ist und wir auf der Parkbank sitzen, denn das machen wir doch, oder?« Er drückte ihren Arm und sie nickte.

Es war fast dunkel, als sie im Park ankamen, an den Seiten des Weges standen Laternen, solche, wie man sie in Grünanlagen findet, die, mit einem dämmrigen Licht, aber hell genug, dass man sich orientieren kann. Johannes setzte sich zum Telefonieren auf eine der Parkbänke und Mia blieb auf dem Weg stehen, suchte sich kleine Steinchen, kickte sie hin und her und wollte nicht zuhören, aber sie schnappte trotzdem einige Gesprächsfetzen auf.

- Dein Vater wird sich wieder beruhigen, nein, nein, ihm passiert nichts! Mach dir keine Sorgen. Er hat ein starkes Herz.

- Morgen bin ich wieder da. Mir geht es gut. Ja, ich bin bei Mia.

- Ruf jemand an aus dem Dorf, es ist nicht gut, wenn du heute allein bleibst.

- Nein, auf keinen Fall.

- Ja, natürlich.

- Wie?

- Du hast Nerven! Im Ernst? David?

- Lass gut sein, Silvia, wir sprechen morgen weiter, okay?

- Ja, du auch. Bis dann.

Mia wartete, bis er sein Handy wieder in der Hosentasche verstaut hatte und sich zurücklehnte.

Er hob kurz die Hand, winkte, und sie ließ die Steine zurück, mit denen sie gespielt hatte, ging zu ihm und setzte sich neben ihn.

»Hast du sie von mir gegrüßt?«, fragte Mia.

»Haha, sehr witzig.«

»Ja, finde ich auch.«

»Nein, ich habe sie nicht von dir gegrüßt, aber sie weiß, dass ich bei dir bin.«

»Und was war mit David? Ich habe seinen Namen gehört.«

»Du hast gelauscht!« Er sah sie von der Seite an. Mia schaute stur geradeaus, aber sie spürte sein Lächeln.

»Du hast laut genug gesprochen. Und hier im Park ist es sehr leise.«

»Sie hat gesagt, dass sie David anrufen wird, damit er zu ihr kommt.«

Mia holte tief Luft. »Was?«

»Ich habe mich auch gewundert, aber die beiden haben sich wirklich gut verstanden. Als würden sie sich ewig kennen.«

»Ja, ja, weil er dir so ähnlich sieht. Kein Wunder.«

»Nein, er ist nicht wie ich, er beißt nicht die Zähne aufeinander, wenn er nachdenkt, er hat nicht diese unheilvolle Leidenschaft in sich, er wirkt so leicht. David hat viel mehr Ähnlichkeit mit meinem Träumer als ich« Johannes nahm Mias Hand in seine. Sie leuchtete ganz hell in der Dunkelheit. »Weißt du, wie schwer es ist, Hände zu gestalten? Aus einem Stein eine Hand herauszuhauen? Es gehört zu den schwersten Arbeiten, glaube ich. Als Silvias Mutter gestorben ist, habe ich einen Grabstein für sie gemacht, der die Form einer Hand hat. Ich bin fast daran verzweifelt.« Er drehte Mias Hand in dem Schein der Laterne hin und her. »Hier, siehst du, diese feinen Linien zwischen den Fingern und in der Handinnenfläche.« Er strich mit seinem Zeigefinger vorsichtig über jede der einzelnen Linien. Mia spürte die Berührung im ganzen Körper.

»Und?«, fragte sie und zog ihre Hand zurück, »ist dir der Grabstein gelungen?«

Er zuckte mit den Achseln. »So, so«, sagte er. »Silvias Mutter war mir nicht besonders nah. Sie hat mich akzeptiert als Schwiegersohn, das ja, sie fand es sei das Mindeste, dass ich mich um ihre Tochter kümmern würde, nachdem ich sie in diese Situation gebracht hatte, sie achtete sehr darauf, dass es Silvia an nichts fehlte, aber sie war hart und ungnädig, tut mir leid, ja, das war sie. Sie wusste genau, wie sie als die Frau des Dorfpfarrers aufzutreten hatte, sie hatte für jeden Anlass das passende Gesicht und die passenden Worte. Selbst der Tod konnte sie nicht brechen. Sie ist kerzengerade gestorben. Eigentlich hätte ich der Hand auf ihrem Grabstein einen ausgestreckten Zeigefinger geben müssen, im Sinne von, Achtung, da geht's lang!, aber weil es jede und jeder verstanden hätte, habe ich es gelassen. Jetzt hat die Hand etwas Bergendes und Schützendes, was sie zu Lebzeiten nie hatte, na ja, so ist das eben, wenn man tot ist, dann entscheiden die anderen, was von einem bleibt.«

»Nicht ganz. Manche können auch über ihren Tod hinaus noch mitbestimmen«, sagte Mia und rückte etwas näher an Johannes heran, ganz leicht nur, sodass es kaum auffiel.

»Kennst du jemanden?«

»Na ja, Patrik hat mir das gesamte vergangene Jahr in den Ohren gelegen mit meinem Versprechen, David die Wahrheit zu sagen, er hat mich nicht in Ruhe gelassen, obwohl er tot ist.«

»Und schweigt er jetzt?«

Es war ganz leicht für Mia, sich anzulehnen, Johannes kam ihr sogar ein Stück entgegen.

»Ja«, sagte sie ganz nah an seiner Schulter, »aber seinen ausgestreckten Zeigefinger sehe ich immer vor mir. Weißt du noch, damals in der Vorlesung, wenn er auf die Details in den Gemälden zeigte? Totaler Quatsch, weil wir sowieso nicht sehen konnten, worauf er zielte, dafür war die Darstellung viel zu groß und sein Finger zu klein. Er hat nie einen dieser Zeigestöcke benutzt oder gar einen Laserpointer, undenkbar! Auch später nicht, als er sich in der digitalen Welt zurechtgefunden hatte. Er blieb seinem Zeigefinger treu – auf ewig.«

Mia ließ ihren Kopf auf Johannes' Schulter sinken. Sie zeigte in den Himmel und sagte mit verstellter Stimme: »Da! Sehen Sie selbst. Mars ist nach dem Liebesakt vollkommen fertig eingeschlafen und Venus passt auf ihn auf. Er liegt da wie ein Opferlamm auf dem Altar und streckt ihr seine Kehle entgegen.

Was ist das? Ein Akt der Unterwerfung? Blindes Vertrauen? Blödheit? Oder einfach nur Liebe? Was denken Sie?« Mia setzte sich aufrecht hin und schaute Johannes an. »Das waren seine Worte.«

»Ja, ich weiß.« Johannes nickte mehrfach. »Und dann fragte er, ob der Krieg etwa per se männlich sei und die Liebe weiblich und hat damit eine Riesendiskussion losgetreten, erinnerst du dich? Und wir beide haben später am Abend immer noch über dieses Bild gesprochen.« Johannes rutschte auf der Bank etwas nach vorne und drehte sich zur Seite, damit er Mia besser anschauen konnte. »Wie denkst du heute darüber?«, fragte er.

»Worüber?«

»Über die Liebe.«

»Du willst mit mir über Liebe reden?« Mia schlug ein Bein über das andere und verschränkte die Arme vor der Brust.

»Warum nicht?«

»Damals habe ich gesagt, dass Liebe etwas mit Vertrauen zu tun hat. Wenn du einem Menschen deine Kehle entgegenstrecken kannst, ohne Furcht, dass er sie durchtrennt, dann liebst du ihn vermutlich.« Sie wippte mit dem Fuß und schaute in die Dunkelheit.

»Du meinst, wer liebt, macht sich wehrlos.«

»So ungefähr.«

»Ich denke eher, dass derjenige, der liebt, große Macht besitzt.«

»Das ist ja kein Widerspruch. In der Wehrlosigkeit liegt die größte Macht.« Mia schlug sich mit der flachen Hand vor die Stirn. »Mein Gott, das klingt wie ein Kalenderspruch!«

»Oder wie ein Bibelvers«, sagte Johannes, »ich kenne so etwas nur aus der christlichen Religion: das Opferlamm rettet die ganze Welt.«

»Darum muss es ja nicht falsch sein. Außerdem ist diese Weisheit uralt. Gibt es schon 6000 Jahre vor dem Christentum im Taoismus: mit der Zeit besiegt die Bewegung des weichen Wassers den mächtigen Stein. Das Harte hat keine Chance gegen das Weiche.« Sie lehnte sich wieder an die Rückenlehne der Bank.

»Ja, und Venus hat Mars besiegt – die Liebe triumphiert über den Krieg. Ich weiß, ich weiß ... geht es auch ohne Metaphern, Mia? Sieht für dich so die wahre Liebe aus?«

Sie zuckte mit den Schultern. »Ich glaube nicht mehr an die wahre Liebe«, sagte sie, neigte den Kopf nach hinten und schloss die Augen.

16.

David war noch bei Jakob (der Pizzabote war gerade wieder gegangen), als sein Handy ‚Ping' machte und er auf dem Sperrbildschirm eine Nachricht von Silvia las: »Kannst du kommen? Jetzt sofort?«

David hielt Jakob das Handy unter die Nase. Beide hatten ein Stück Pizza in der Hand, kauten und dachten nach. Jakob sprach zuerst. »Ich würde sagen, du packst den Rest deiner Pizza ein und nimmst sie mit. Sie schmeckt auch kalt sehr gut.«

David nickte, schluckte und schob den Rest der Pizza in den Karton zurück. Er wischte sich mit der Serviette die Hände sauber und tippte in sein Handy: »Ich fahre jetzt los und bringe Pizza mit. Bis gleich.«

Die Antwort kam umgehend: »Fahr vorsichtig!«

David schob das Handy in seine Hosentasche, griff den Pizzakarton und stand auf. »Ist es okay, wenn ich dich jetzt allein lasse?«, fragte er.

»Erstens bin ich es gewohnt allein zu sein und zweitens habe ich dir dazu geraten. Schon vergessen?« Jakob griff zu der Bierflasche und setzte sie an den Mund. Er schluckte einige Male, bevor er sie wieder auf den Tisch stellte.

»Trink für mich mit«, sagte David und schob ihm seine Flasche über den Tisch.

Er fuhr schnell und nach gut zwei Stunden war er wieder in dem Dorf, das er am Vormittag erst verlassen hatte. Silvia stand in der Haustür, neben ihr der große Hund. Hatte sie dort etwa die ganze Zeit über gestanden und gewartet? David stieg aus, knallte die Autotür zu und vergaß abzuschließen, aber egal, wer klaute schon so ein altes Auto?

»Johannes ist weg«, sagte sie, ohne ihn zu begrüßen, »er ist bei Mia, was sagst du dazu?«

»Soll ich nicht vielleicht erst mal reinkommen?«

Silvia ging zur Seite und David schob sich an dem Hund vorbei in den Flur. Den Pizzakarton hatte er im Auto vergessen.

»Er ist bei Mia?«, fragte er und ging in Richtung Wohnzimmer, schaute sich aber um dabei, ob Silvia hinterherkäme, und wäre fast über den Hund gestolpert, der um seine Beinen strich.

Silvia legte eine Hand in Davids Rücken und schob ihn vorwärts. »Er hat eben angerufen und es mir gesagt«, sagte sie, »mein Vater dreht durch, wenn er das erfährt. Wir haben den ganzen Tag nach Johannes gesucht, also besser gesagt, ich habe ihn gesucht und überall herumtelefoniert, aber nichts, bis er sich eben gemeldet hat.« Sie legte eine Hand auf ihre Stirn, als wolle sie Fiebermessen.

»Am besten gehst du jetzt rauf und sagst es ihm und ich warte hier unten auf dich. Hast du was gegessen? Willst du Pizza? Ich hab eine im Auto.«

226

»Pizza wäre großartig. Ich bin gleich zurück.« Sie lief die Treppe hinauf und verschwand im oberen Stockwerk. Er hörte, wie eine Tür geöffnet wurde, die Stimme ihres Vaters, Silvia, bist du das?, wie die Tür geschlossen wurde und dann war es still. Der Hund stand vor ihm, schaute zu ihm hoch und wedelte mit dem Schwanz.

»Und jetzt?«, fragte David, »kommst du mit?« Er ging zur Haustür, öffnete sie und von draußen wehte ein Schwall kalter Luft herein. Der Hund folgte ihm zum Auto und wieder zurück, immer dicht neben seinem Bein, als hätte er es ihm so beigebracht.

David hatte gerade die Pizza in Viertel zerteilt und den Pappkarton auf den kleinen Tisch vor dem Sofa gestellt, da stand Silvia hinter ihm im Wohnzimmer.

»Ich habe ihn belogen, damit er schlafen kann«, sagte sie. David drehte sich zu ihr herum. Er nahm ihre Hand und führte sie zum Sofa.

»Iss erst einmal was«, sagte er.

Sie setzte sich, nahm ein Viertel der Pizza und legte sie dann aber wieder in den Karton.

»Ich weiß gar nicht, wie ich darauf gekommen bin«, sagte sie, »ich habe ihm gesagt, dass Johannes zu seiner Mutter gefahren sei, weil es ihr sehr schlecht ginge.« Sie schüttelte den Kopf, starrte die Pizza an und dann David, der immer noch vor ihr stand.

»Willst du gar nichts essen?«, fragte sie.

David setzte sich neben sie auf das Sofa. »Später vielleicht«, sagte er, »wieso hast du ihn belogen?«

»Du hättest ihn sehen sollen heute, er konnte es nicht fassen, weißt du, seine Welt funktioniert so gut, weil die Leute, die sie bevölkern, funktionieren und zwar nach seinen Regeln. Ich bringe ihm sein Essen und die Zeitung nach oben, dann kaufe ich für ihn ein, räume seine Wohnung auf, putze sein Klo, beziehe sein Bett und Johannes bringt ihn von A nach B, geht zum Plaudern rauf, macht mit ihm Spaziergänge, geht mit ihm auf den Friedhof und so weiter. Heute geriet sein Tagesplan aus den Fugen und damit sein Leben. Du kannst dir das vielleicht nicht vorstellen, weil du nicht in so einem Takt gefangen bist, du kannst tun und lassen, was du willst.«

»Niemand kann das, Silvia«, sagte er, »das sieht nur so aus, du kannst vielleicht entscheiden, was du willst, aber du kannst längst nicht immer das tun, was du willst.«

»Also gut«, sagte sie, »ich habe mich entschieden ihn zu belügen *und* ich habe es getan.« Sie nahm ein Stück der Pizza und biss hinein. »Aber ich weiß nicht, warum ich so entschieden habe«, sagte sie kauend, »vielleicht wollte ich heute Abend einfach meine Ruhe haben. Und da kam mir die Idee mit Johannes' Mutter. Mein Vater hat genickt, seine Hörgeräte aus den Ohren gezogen und auf das Nachtschränkchen gelegt und ich habe das Licht ausgedreht. Manchmal schläft es sich mit einer fetten Lüge ganz gut, glaube ich.«

»Aber es lebt sich nicht so gut damit.« David zog seine Schuhe aus, rutschte in eine Sofaecke und stellte die Füße aufs Sofa. Er schaute Silvia beim Essen zu. Sie wischte sich abwechselnd mit Daumen und

Zeigefinger über die Lippen, obwohl dort keine Krümel zu sehen waren.

»Warum siehst du mich so an?«, fragte sie, »habe ich da was?« Sie tippte auf ihre Mundwinkel.

»Nein, ich kenne einfach nur sehr wenig Menschen, denen ich so gerne beim Essen zuschaue wie dir.«

»Du spinnst.« Sie lachte.

»Erzähl mir von Johannes' Mutter. Was weißt du über sie?«

»So gut wie nichts. Sie ist nie hier gewesen, sie hat mich abgelehnt, weil sie meinte, ich würde Johannes ins Unglück stürzen. Sie wollte nie, dass wir heiraten. Als sie ihn damals angerufen hat, da hat sie das nur getan, damit er sich seiner Verantwortung stellt, er sollte abschließen mit seiner Vergangenheit und mit mir und sein Leben leben, Karriere machen, Künstler werden, aber – um Himmels willen – nicht in diesem Dorf hier versauern. Er hat sie hin und wieder besucht, aber ich habe sie nie gesehen, auch nicht gesprochen, aber eine Mutter bleibt eben lebenslang eine Mutter, und darum hat mein Vater auch so verständnisvoll genickt. Klar, dass Johannes hinfahren würde, wenn es ihr sehr schlecht gehen würde, so macht das ein braver Sohn.«

»Und eine brave Tochter bringt ihrem Vater das Essen hoch. Verstehe.« David versuchte in Silvias Gesicht zu lesen.

Sie neigte den Kopf zur Seite. »Provozierst du mich gerade?«

»Und wenn?«

»Ganz schön mutig von dir.« Sie setzte sich jetzt ebenfalls seitwärts auf das Sofa, rutschte in die gegenüberliegende Sofaecke, zog die Beine hoch und kreuzte sie zum Schneidersitz.

»Sagst du ihm morgen die Wahrheit?«, fragte David, »dass Johannes bei Mia die Nacht verbracht hat? Denn das wird er doch, denke ich.«

»Was würdest du an meiner Stelle tun?«

»Ich würde ihn mir morgen früh von allen Seiten anschauen und dann entscheiden. Du brauchst einen guten Moment, aber du darfst ihn nicht verpassen.«

»Und was mache ich mit Johannes? Soll ich ihn mir auch erst von allen Seiten anschauen, bevor ich mich von ihm trenne?«

David hielt einen Moment die Luft an. Von Trennung war bisher nicht die Rede. »Was ist passiert, dass du jetzt – nach dreißig Jahren – darüber nachdenkst?«

»Wenn ich ehrlich bin, denke ich darüber nach, seit wir geheiratet haben«, sagte sie, »aber es gab einen guten Grund, es nicht zu tun. Den gibt es jetzt nicht mehr.«

»Sagst du mir den Grund?«

»Nein. Es gibt ihn ja nicht mehr.« Sie lachte. »Und dann bist du aufgetaucht. Wenn ich geahnt hätte, was auf mich zukommt, als du plötzlich vor meiner Haustür standest ...«

»Was dann?«, fragte er.

»Nichts dann«, sagte sie, »erzähl' mir von dir. Heute bist du dran.« Sie stand auf, holte zwei Gläser, eine

Flasche Wasser und setzte sich wieder in ihre Ecke auf dem Sofa.

»Woran erinnerst du dich am liebsten?« Sie füllte die Gläser mit Wasser und reichte David eins. »Auf uns!«, sagte sie und prostete ihm zu.

»Oh, da gibt es so einiges.« David nahm einen Schluck aus dem Wasserglas. »Ich habe es zum Beispiel geliebt, wenn wir spazieren gegangen sind und Mia und Patrik mich an den Händen genommen und in die Luft gehoben haben. Du kennst dieses Spiel, *Engelchen flieg*, riefen sie dann und haben mich vom Boden gehoben. Mia hat jedes Mal ihre Hand zusätzlich unter meine Achsel gelegt, weil sie Angst hatte, sie könnte mir den Arm auskugeln. Ich war noch im Kindergarten, glaube ich, auf jeden Fall so leicht, dass ich mir vorgestellt habe, sie könnten mich locker bis in den Himmel werfen. Später, als ich für dieses Spiel zu groß und zu alt war, sind wir manchmal um die Wette gerannt, Patrik und ich, Mia fand das doof, sie sagte immer, sie sei nicht auf der Flucht, aber Patrik rannte, als würde er von einem Rudel Wölfe verfolgt, er hatte einen hochroten Kopf und er hat gewonnen, bis ich in die Pubertät kam und quasi von einem Tag auf den anderen größer war als er und ihn mit meinen langen Beinen abgehängt habe. Da hatte ich keine Lust mehr auf Wettrennen. Wir sind dann nebeneinander hergegangen und haben geredet und irgendwann fand ich diese Spaziergänge langweilig und die beiden sind allein gegangen.«

In Silvias Augen leuchtete etwas. Sie hatte den Pizzakarton an die Seite geschoben, (Oder willst du noch was?, hatte sie gefragt), Kerzen geholt und angezündet und die spiegelten sich jetzt in ihren Augen.

»Wo war dein Lieblingsplatz?«, fragte sie.

»Bei Jakob im Hafen.« David musste keine Sekunde überlegen. »Jakob ist Mias Bruder, vierzehn Jahre älter als sie und sehr besonders. Du musst ihn kennenlernen, sonst weißt du nicht, was ich meine. Er sagt immer, dass er alte Geräte repariert, aber mein Verdacht ist, dass er eigentlich Menschen repariert, oder besser gesagt, menschliche Seelen. Es kommen die unterschiedlichsten Leute zu ihm und das schon seit Jahren und bringen ihm ihr Elektrozeug und dabei schütten sie ihm ihr Herz aus und Jakob hört zu und schraubt, wischt sich die Hände an seiner blauen Latzhose ab, holt Bier aus der hintersten Ecke seiner Wohnung und hört weiter zu. Manchmal können die Leute ihre Geräte direkt wieder mit nach Hause nehmen, manchmal müssen sie einige Tage bei Jakob in der Werkstatt bleiben. Ich habe ihm zugeschaut, als ich klein war, so wie Mia ihm schon zugeschaut hat, als sie klein war. Er hat eine Gitarre und manchmal klimpert er darauf herum, aber nur noch selten. Sein Schlagzeug hat er verkauft – vielleicht brauchte er Geld. Wenn es mir im Leben zu laut wird oder zu hell, gehe ich zu Jakob. Dort ist es still und dämmrig und wenn ich wieder gehe, sind Lautstärke und Licht runtergepegelt.«

»Nimmst du mich mit, wenn du demnächst wieder hinfährst? Runterpegeln wäre auch was für mich.«

»Ich muss dir etwas sagen, Silvia.«

David rutschte auf dem Sofa noch etwas weiter in seine Ecke. Der Abstand zu Silvia vergrößerte sich. Winzig zwar, aber spürbar.

Sie stellte ihr Glas auf den Tisch. »Sag schon, wir reden doch sowieso die ganze Zeit drumherum.« Dabei schaute sie ihn nicht an.

»Ich fahre morgen zurück nach Berlin. Die Proben beginnen, ich muss meine Rolle lernen, ich hänge sowieso schon hinterher. Ich müsste längst dort sein.«

»Wo ist das Problem?« Er sah, wie sie ihren Oberkörper aufrichtete. Sie saß jetzt kerzengerade, die Beine überkreuzt im Schneidersitz, wie ein indischer Buddha.

»Du bist das Problem.«

Sie lachte. »Ich glaube, das habe ich schon mal gehört. Nur nicht von dir. Vom Problem-Sein verstehe ich offenbar etwas.«

»Also gut«, sagte David, »seit wir uns begegnet sind, lebe ich in einem anderen Universum. Alles um mich herum hat die Farbe und die Richtung gewechselt. Es ist, als schaue ich durch ein Prisma. Ich weiß nicht mehr, wo oben und unten ist.«

Sie schüttelte den Kopf. »Du weißt nicht, was du redest.«

»Ich war selten so klar, glaub mir.«

Sie schauten sich an. Beide im Schneidersitz mit dem Rücken an den seitlichen Armlehnen.

Silvia beugte sich etwas vor. »Dir ist schon klar, dass ich ...«

David hob abwehrend seine Arme. »Sag es nicht! Uns trennen zwei Jahrzehnte, ich weiß.«

»Dann ist ja gut«, sagte sie und lehnte sich wieder nach hinten.

David ließ seine Arme wieder sinken. »Aber sonst ist da nichts zwischen uns. Außer vielleicht eine Beinlänge Abstand.« Er zeigte auf die freie Sitzfläche des Sofas, die zwischen ihnen lag.

»Doch«, sagte Silvia, »da wäre noch was.«

»Was meinst du?«

»Johannes.«

»Was hat Johannes mit uns zu tun?« David rieb sich das Kinn.

»Er ist dein Vater?«

»Na ja«, sagte David, »mein Erzeuger, mehr auch nicht. Und wir hatten davon bis vor einigen Tagen keine Ahnung. Er nicht, du nicht und ich nicht. Stell dir einfach vor, du hättest mich vor einer Woche kennengelernt. Irgendwo da draußen, ganz zufällig, zum Beispiel an der Brötchentheke hier in der Dorfbäckerei. Ich war zu Besuch bei einem alten Kumpel und konnte nicht nach Hause fahren, weil es einen plötzlichen Wintereinbruch gab – könnte doch sein, oder?«

Silvia nickte gedankenverloren und es sah aus, als schaue sie interessiert einem inneren Film zu. Dann lächelte sie. »Du hast hinter mir gestanden und nach Schnee gerochen und oben auf deinen Haaren lagen Schneeflocken. Sie haben geglitzert.«

»Dass du dich daran so genau erinnerst.« David beugte sich vor, nahm ihre Hände und zog sie zu sich heran. Das war nicht ganz leicht, denn Silvia musste erst aus dem Schneidersitz raus, dann konnte sie sich hinknien und ihre Arme um ihn legen. Sie lachte: »So wird das nichts!«, sagte sie, »du musst deine Beine da wegnehmen«, was David tat. Er streckte seine Beine aus und sie schob sich ganz nah an ihn heran.

»Morgen kannst du fahren, aber jetzt bist du hier«, sagte sie leise an seinem Hals. Dann drehte sie sich herum, lehnte sich mit ihrem Rücken an seine Brust, streckte ihre Beine zwischen seinen Beinen aus und sagte: »Erzähl mehr von dir«, und er erzählte von dem Haus, in dem er aufgewachsen war, dem Garten, seinem ersten Fernglas, mit dem er Vögel beobachtet hat, von der Schule und seinem besten Freund, der weggezogen ist, als er zehn Jahre alt war und von seiner ersten Freundin, die nicht geküsst werden wollte, aber bei jeder Gelegenheit fummeln wollte, auch unterm Tisch, wenn andere dabei waren. Er erzählte von seiner Sauferei während der Pubertät und dem Krach mit seinen Eltern, von Patriks Krankheit und seinem Tod und davon, wie hilflos er sich gefühlt hatte.

Dabei streichelte er unentwegt Silvias Arme, ihre Schultern und ihren Nacken, ihre Hüften, legte beide Hände auf ihren Bauch, strich darüber und erzählte immer weiter, seinen Mund dicht an ihrem Hals.

Irgendwann schliefen ihm die Beine ein, er sagte, ich muss mal aufstehen, sonst kann ich nie mehr aufstehen und muss für immer hierbleiben, und sie lachte und sagte, wäre doch auch eine Lösung, aber nein, ich steh ja schon auf, und als sie voreinander standen, küssten sie sich und er sagte, nichts, was du nicht willst, du entscheidest, und sie nahm seine Hand, zog ihn mit sich, die Wendeltreppe hinauf in das Gästezimmer, in dem er eigentlich die Nacht hätte verbringen sollen. Leg dich hin, sagte sie, und er ließ sich von ihr ausziehen, sie lachte leise und sagte, *Engelchen flieg*, und dann erkundete sie seinen Körper von oben bis unten und er breitete die Arme aus, schloss die Augen und ließ es geschehen.

In der Nacht spürte er, wie Silvia sich eng an ihn schmiegte und in seinen Nacken atmete. Er rührte sich nicht, wollte diesen Augenblick nicht zerstören und nach einer Weile schlief er wieder ein.

Am Morgen war Silvia nicht mehr da. Er drehte sich auf den Rücken und schaute zur Decke. Nun hatte er doch in diesem Gästezimmer übernachtet, das vielleicht ursprünglich mal für gemeinsame Kinder eingerichtet worden war, die dann aber nicht kamen, weil es ja bereits eines gab, über das nicht gesprochen wurde, und eines, von dem sie nichts wussten. Jetzt schlief in diesem Zimmer der Besuch.

David rollte sich auf die Seite, stellte die Füße vors Bett und setzte sich auf die Bettkante. Im Haus war es still, es war noch früh am Tag, er stand auf und öffnete das Fenster, hörte den Vögeln zu und streckte sich, sammelte seine Kleidung vom Boden, zog sich an und ging die Wendeltreppe hinunter in die Küche.

Nichts war zu hören, kein Klappern von Geschirr, keine Schritte, kein Blubbern einer Kaffeemaschine, es roch nach Vergangenheit, nach dem gestrigen Abend, die Vorhänge waren noch zugezogen, die Wasserflasche stand auf dem Couchtisch mit den beiden

Gläsern und dann sah er den Hund, der auf dem Sofa lag, den Kopf hob und ihn anschaute.

»Wo ist Silvia?«, fragte er den Hund, »ist sie nicht hier?«, aber anstatt zu antworten, legte der Hund seinen großen schwarzen Kopf zwischen die Pfoten und ignorierte ihn.

David hörte ein Klopfen von oben (ob das Silvias Vater war?), nach einer Weile hörte er eine Tür (ach so, sie war bestimmt oben und hatte ihm sein Frühstück gebracht), dann Schritte auf der Treppe, mehr ein Schlurfen und ein Klopfen, schluff, tock, schluff, tock, so ungefähr. Und dann stand Silvias Vater in der Wohnzimmertür und fragte: »Wo ist sie? Warum kommt sie nicht rauf?«

»Guten Morgen«, sagte David und ging auf den alten Mann zu.

Der blinzelte und fragte: »Wer sind Sie?«

»David, mein Name ist David Liebenau. Ich bin … Ach, egal, nein, ich weiß nicht, wo Silvia ist. Vielleicht holt sie Brötchen?«

Genau! Dass ihm das nicht längst eingefallen war. Sie war sicher zum Bäcker gefahren mit dem Fahrrad und würde gleich lachend mit einer Brötchentüte in der Tür stehen und »Na, ihr Zwei«, sagen, »wollen wir frühstücken?«

Der alte Mann ging zu dem großen Tisch, zog einen Stuhl zu sich heran und setzte sich. Den Stock hielt er zwischen seinen Beinen. »Erst ist Johannes weg und jetzt auch noch Silvia?«

»Sie ist nicht weg und auch Johannes wird heute wiederkommen.«

»Woher wollen Sie das wissen? Wer sind Sie überhaupt?«

Wieder diese Frage, auf die er nicht antworten wollte. Was sollte er denn sagen? Ich bin Johannes' Sohn? Das würde der alte Mann doch nicht verstehen. Wo sollte denn dieser Sohn herkommen? Wusste er überhaupt, dass Johannes vor seiner Ehe mit Silvia eine andere Frau geliebt hatte? Und diese Frau dann für seine Tochter verlassen hatte?

»Das spielt keine Rolle«, sagte David, »ich bin ein guter Freund Ihrer Tochter.«

»Meine Tochter hat keine Freunde, die ich nicht kenne«, sagte der alte Mann und stieß mit dem Stock auf den Boden.

»Ach so, das wusste ich nicht.« David ging in die Küche und schaute aus dem Fenster. Silvias Fahrrad stand vor dem Haus. Sie musste also ihr Auto genommen haben oder sie war zu Fuß weg.

»Was machen Sie überhaupt hier?«, rief der alte Mann aus dem Wohnzimmer, »waren Sie die ganze Nacht hier?«

David ging zurück ins Wohnzimmer, zog sich ebenfalls einen Stuhl heran und setzte sich zu Silvias Vater an den Tisch.

»Es ist gestern Abend spät geworden und, ja, ich habe hier übernachtet«, sagte er und bemühte sich um ein freundliches Gesicht.

»Gut«, sagte der alte Mann, »das ist gut, dann war sie nicht allein.«

Das überraschte David nun doch etwas, aber er sagte nichts dazu, sondern fragte höflich: »Soll ich Ihnen einen Kaffee bringen?«

»Wenn Sie so nett wären.« Silvias Vater verzog den Mund zu einem schiefen Lächeln und nickte mit dem Kopf.

David verschwand in der Küche, öffnete Schränke und Schubladen, suchte Filtertüten und Kaffeemehl und machte die Kaffeemaschine an. Er spürte etwas an seinem Bein, schaute nach unten und ein riesiger, schwarzer Kopf stupste ihn an, na los, ich will auch was, ich warte schon viel länger als dieser Alte dort im Wohnzimmer, und David zog wieder Schubladen auf und suchte Hundefutter, das er auch tatsächlich fand, und so versorgte er an diesem Morgen Silvias Vater und ihren Hund. Sie kam nicht mit Brötchen zur Tür herein, er frühstückte allein mit ihrem Vater, dann eben ohne Brötchen, nur mit Brot, und sah mehrmals ratlos aus Fenstern, lief im unteren Stockwerk auf und ab und dann im oberen, verfolgt von einem Hund, der endlich vor die Tür wollte.

»Der Hund muss mal raus«, sagte Silvias Vater dann auch und klopfte wieder mit dem Stock auf den Boden. Dann wollte er aufstehen, was ihm nicht sofort gelang, und David reichte ihm eine Hand und zog ihn vom Stuhl hoch.

»Am besten gehen Sie jetzt wieder nach oben und ich suche Ihre Tochter und nehme den Hund gleich mit.«

»Gute Idee. Machen Sie das.« Der alte Mann schlurfte durchs Wohnzimmer, ging zur Treppe, fasste den Handlauf und stapfte Stufe für Stufe nach oben. Schluff, tock, schluff, tock, immer so weiter, bis oben die Tür geöffnet und wieder geschlossen wurde. David schaute ihm hinterher, drehte sich herum und setzte sich auf die unterste Stufe. Neben ihm lag die aktuelle Tageszeitung (hatte Silvia sie etwa dorthin gelegt?) und der Hund stand vor ihm und starrte ihn an.

»Und nun?«, fragte David und der Hund warf den Kopf nach hinten und bellte, laut und kurz. David nahm die Leine, die an der Garderobe hing und da sah er ihn, einen Briefumschlag, den Silvia an die Leine gebunden hatte, eine Stelle, wo er gefunden werden musste, denn ihr Hund würde nicht locker lassen, bis er vor die Tür kam, der Hund, ihr Postbote, zumindest indirekt.

Davids Herz schlug schnell, als er den Umschlag in seine Hosentasche schob, ohne einen weiteren Blick darauf zu werfen, den Hund anleinte und mit ihm vor die Tür ging. »Den lese ich später«, sagte er zu dem Hund, »erst bist du dran.«

Draußen war es kühl und neblig, Ende September eben, und er ließ sich von dem Hund führen. Es ging zuerst ins Dorf, was für ein verschlafenes Nest!, stinkende Misthaufen vor den Türen, holprige Straßen, alte Leute mit Kopftüchern oder Hüten, die vergrämt grüßten oder verwundert hinter ihm herschauten, je nachdem. Kinder sah er keine, obwohl doch gerade eben die Woche begonnen hatte und er längst auf dem Weg nach Berlin sein müsste. Ein Blick auf die

Uhr sagte ihm, dass die Kinder vermutlich längst in der Schule saßen, die erste Stunde hatte begonnen, viel zu früh, wie er fand, um halb neun war noch kein Kind richtig wach.

Der Hund zog ihn an der Kirche vorbei zum Friedhof, er besuchte kurz Emma, winkte ihr zu und sagte, hallo Emma, und dann war er auch schon wieder vor der Haustür und wusste immer noch nicht, wie es weitergehen sollte. Er kramte den Schlüssel hervor (zum Glück hatte er daran gedacht) und öffnete die Haustür. Für einen winzigen Moment hoffte er, dass Silvia ihm entgegenkommen würde, strahlend vor Freude, weil sie es so wunderbar hatten am Abend und in der Nacht, aber sie war nicht da. Er hängte den Schlüssel an das Brett im Flur, die Leine daneben, ging ins Wohnzimmer und setzte sich auf das Sofa.

Nach drei tiefen Atemzügen nahm er den Brief aus der Hosentasche. Der Umschlag war eng beschrieben, die Zeilen nach rechts unten verrutscht, als hätte Silvia das Licht nicht einschalten wollen und im Dunkeln hastig diese Notiz hinterlassen: *David, ich bin sicher, dass du diesen Brief findest wirst, bitte, lies ihn und gib ihn dann Johannes. Ich habe heute Morgen noch etwas für dich geschrieben, nur für dich, und es mit in den Umschlag getan (wären wir uns nur eine Woche früher begegnet!)*

Der erste Brief bestand aus mehreren Seiten Text, auf einem Rechner geschrieben und ausgedruckt. In der Mitte lag ein Foto, eines von den kleinen, quadratischen Schwarz-Weiß-Fotos mit gezacktem Rand, aus einer anderen Zeit. David legte es vor sich auf den Tisch – mit der Bildseite nach unten. Nicht zu viel auf einmal. Der Brief war überschrieben mit:

»Ihr Lieben«,

»meine Arbeit ist getan! Die Küche ist aufgeräumt, das Geschirr gespült, der Kühlschrank ist voll, der Hund ist versorgt und die Zeitung liegt auf der Treppe. Seit ich dieses Foto gefunden habe, weiß ich, dass ich gehen werde. Endgültig. Mein Vater, für den ich hier ausgeharrt habe, ist nicht mein Vater. Beim Aufräumen seiner Kommode kam ich auf die Idee, die Schubladen aus der Halterung zu ziehen und einmal auszuschütten, um auch ihr Innenleben zu reinigen, da fand ich dieses Foto ganz hinten an der Wand, wie festgeklebt, vermutlich war es einfach dorthin gerutscht, also keine Absicht, durch mehrmaliges Auf- und Zuziehen kann das schon einmal passieren. Auf dem Foto sieht man ein junges Ehepaar mit einem Baby, der Mann hält das Kind auf seinem Arm, etwas ungeschickt, aber er lächelt stolz in die Kamera. Neben ihm steht eine Frau mit einem weißen Kopftuch. Sie lehnt sich an ihn und lächelt ebenfalls, ihre linke Hand liegt auf dem Kopf des Kindes, als wolle sie es segnen. Ich habe meine Mutter erkannt, aber der Mann neben ihr sagte mir nichts, also fragte ich meinen Vater, wer ist das?, das bist doch nicht du, und er blinzelte, hielt sich das Foto ganz dicht vor seine dicken Brillengläser und sagte dann, ach, das ist dein Vater, es tut mir leid, dass du es erst jetzt erfährst,

irgendwann ist es für eine solche Offenbarung zu spät,
aber wo du jetzt danach fragst, setz dich, Kind, ich
wollte es dir längst sagen. Ich setzte mich mit wackeli-
gen Beinen in den Sessel neben ihn und er erzählte,
dass mein Vater ein halbes Jahr nach meiner Geburt
gestorben sei, ganz plötzlich an einem geplatzten An-
eurysma im Kopf, er sei einfach tot umgefallen und
meine Mutter hätte da gestanden mit mir als Baby
und mittellos, und wie das auf dem Dorf eben so sei,
wäre sofort klar gewesen, dass der große Bruder, also
er, die Verantwortung für beide übernimmt, für Mut-
ter und Kind, keine große Sache, eher eine Selbstver-
ständlichkeit. Er hätte schon einen Monat später die
junge Witwe geheiratet und mich auch ordentlich
adoptiert, ich sei sein Kind, keine Frage, aber er habe
mich eben nicht gezeugt. Erst dachte ich, er sei nicht
mehr ganz klar im Kopf. Geht es dir gut?, habe ich
ihn gefragt, das ist doch ein schlechter Scherz, oder?,
aber er hat den Kopf geschüttelt und gesagt, nein,
nein, ich bin ja so froh, dass du es noch vor meinem
Ableben erfährst, dann muss ich dieses Geheimnis
nicht mit ins Grab nehmen. Ich habe es für mich be-
halten, weil ich dachte, ihr würdet mich auslachen, es
ist ja auch zum Lachen, findet ihr nicht? Väter, die
keine Väter sind, und dann wieder doch, die keine
Ahnung haben, dass sie Väter sind, oder die sehr wohl
eine Ahnung davon haben, aber leider versterben und
einfach so ausgetauscht werden, Ersatzväter sozusa-
gen. Mein Vater oben ist also ein Ersatzvater – das
Original gibt es nicht mehr. Ich habe gefragt, wo man
ihn beerdigt hat, meinen Original-Vater, und er nann-

te mir die Stelle, hier gegenüber auf dem Friedhof, mir ist nie etwas aufgefallen, ich bin nie misstrauisch geworden, dass da einer liegt mit meinem Namen, aber bei dem Allerweltsnamen ist das wie eine anonyme Bestattung. Ich habe sein Grab gesucht und gefunden und mich erinnert, dass die wenigen Male, bei denen ich mit meinem Ersatzvater auf dem Friedhof war, er an dieser Stelle seinen Schritt noch einmal verlangsamt hat, manchmal hat er sich gerade dort, vor dem Grab seines Bruders, auf seinen Stock gestützt und gesagt, er müsse kurz Luft holen, und dann sind wir weitergegangen. Ist das nun eine solche Katastrophe, dass ich gleich alles hinschmeißen muss? Wäre es, ja, wenn es etwas gäbe, woran mein Herz wirklich hängt, aber das gibt es längst nicht mehr – nicht hier, nicht in diesem Dorf, nicht in diesem Haus. Du, Johannes, hast vermutlich immer Mia hinterhergetrauert, bist sie nie losgeworden in deinem Herzen und deinen Sehnsüchten und ich habe dir täglich deine Schuld wie ein Stop-Schild vor die Nase gehalten, aber das weißt du ja. Damit ist jetzt Schluss. Leb dein Leben, mein Lieber, ich werde darin nicht mehr vorkommen.

Seit ich dieses Foto gefunden habe, frage ich mich, ob wirklich ich das Baby mit dem weißen Mützchen auf dem Kopf bin, das da in den Armen des unbekannten Mannes liegt. Das könnte irgendein Baby sein und irgendein Mann, der es hält, man könnte mir dazu die wildesten Geschichten erzählen, ich wüsste nie, ob sie wahr sind. Ich habe keine Lust mehr auf

Lügen und späte Enthüllungen, das hält ja kein Mensch aus.

Ich nehme etwas Geld vom Konto, Johannes, nicht wundern, nur so viel, wie ich wirklich brauche und wie mir zusteht. Bitte kümmer dich um meinen Ersatz-Vater. Ich weiß, dass du ihn nicht in ein Heim geben wirst, solange er in seiner Wohnung alleine klarkommt. Er braucht eine Kiste Wasser in der Woche, morgens hat er sein Frühstück gerne so gegen acht Uhr, unbedingt mit Brötchen und Honig, und mittags solltest du ihm auch eine Kleinigkeit nach oben bringen. Am Abend versorgt er sich selbst, wenn er Brot, Aufschnitt, Käse und Butter im Kühlschrank hat und möglichst ein Glas saure Gurken. Einmal im Monat solltest du die Bettwäsche wechseln (spätestens!), die Pflegerin, die ihn badet, kommt einmal wöchentlich, immer mittwochs. Er freut sich bestimmt sehr, wenn du weiterhin sonntags mit ihm zu Mittag isst und begleite ihn zum Friedhof, okay?, aber das hast du ja sowieso immer getan.

Heute Nacht war ich kurz oben bei ihm. Er lag auf dem Rücken und schlief so fest, dass er nichts mitbekommen hat. Die Hörgeräte lagen auf dem Nachtschränkchen. Ich habe mich an sein Bett gesetzt und mich verabschiedet. Ich musste mein Kind hergeben, habe ich leise gesagt, und nun musst du mich hergeben. Das sagte ich einfach so, ohne vorher darüber nachgedacht zu haben. So ist das manchmal. Dann ist man überrascht über seine eigenen Sätze. Er schlief ganz ruhig weiter. Beim Einatmen pfiff es in seiner Nase und beim Ausatmen öffnete er den Mund

und pustete die Luft durch seine Lippen. Pfhhhh. Ir-
gendwann wird er damit aufhören, mit dem Atmen,
und ich werde nicht dabei sein. Ich habe meine Hand
auf seine Hand gelegt, auch das hat er nicht gespürt.
Seit er die Schlaftabletten hat, schläft er wie ein Stein.
Die Tabletten liegen übrigens alle auf seiner Kommo-
de im Wohnzimmer. Der Wochenplan liegt daneben.
Außerdem kennt er jede einzelne Tablette so gut, dass
er merken würde, wenn sie fehlt. Ihr werdet das super
hinbekommen.

Und, Johannes, geh regelmäßig mit dem Hund, ja?
Er braucht mich nicht mehr und ich brauche ihn
nicht mehr. Er war wichtig für mich, all die Zeit, aber
jetzt ist auch mal gut! Ich bin fünfzig und er hat ein
für allemal die Teufel aus meinem Leben gejagt. Er
wird mir fehlen, vor allem seine Wärme, seine feuchte
Nase und seine Augen, aber das Haus, der Garten
und das kleine miefige Dorf werden mir nicht fehlen.
Es wird Zeit.

Silvia

David legte den Brief vor sich auf den Tisch, strich
einige Male darüber, fuhr mit dem Zeigefinger über
ihren Namen und nahm dann den zweiten Brief aus
dem Umschlag. *Für David* stand darauf.

Es war wunderbar, dich, lieber David, kennenzuler-
nen, ein Riesengeschenk. Ich habe dich fliegen lassen
und du hast es zugelassen und ich durfte dich dabei
an den Händen halten. Ich habe nichts wiederholt

oder nachgeholt, denk das niemals, du bist für mich ein Wanderer, ein Umherziehender, der angeklopft hat und den ich in mein Leben gelassen habe, ob du der Sohn von meinem früheren Geliebten und späteren Ehemann bist, ist mir völlig egal. Ich weiß es gar nicht – es zählt nicht. Du bist in mein Leben getreten als ein unerwartetes Ereignis. Mein Herz wächst und wächst, wenn ich an dich denke, und bevor es mich auseinanderreißt, gehe ich.

Silvia

David rührte sich lange nicht. Diesen zweiten Brief an ihn persönlich musste sie noch in der Nacht geschrieben haben, während er oben schlief. Er stellte sich vor, wie sie sich aus dem Zimmer geschlichen hatte, leise angezogen, ihren Koffer, der vermutlich schon seit Tagen gepackt war, die Treppe heruntergetragen und aufgepasst hatte, dass sie nirgendwo anstößt und bloß keine Geräusche macht, und dann hatte sie sich im Mantel noch einmal in der Dunkelheit an den Tisch gesetzt und diesen Brief für ihn geschrieben. Sie wusste die ganze Zeit über, dass sie gehen würde und hatte trotzdem seine Hände genommen ... oder vielleicht gerade deshalb?

Er griff nach dem Foto, das vor ihm auf dem Tisch lag, und drehte es herum. Es war alles so, wie sie es beschrieben hatte, wie tausend andere Fotos auch: ein junger Mann mit einem Baby im Arm, strahlend, eine Frau daneben, ebenso jung, beide lächeln übermütig in die Zukunft. David drehte das Foto herum, auf der Rückseite stand mit Bleistift eine Jahreszahl, kaum zu entziffern, vermutlich das Geburtsjahr von Silvia.

Er steckte das Foto zwischen die Seiten des Briefes, faltete ihn zusammen, schob ihn wieder in den Umschlag und legte ihn vor sich auf den Tisch. Seinen Brief steckte er in eine der hinteren Hosentaschen. Dann beugte er sich vor, stützte die Ellenbogen auf seine Knie und verbarg sein Gesicht in seinen Händen.

So saß er minutenlang, dann stand er auf und rief Mia an.

»Sitzt du gerade?«, fragte er.

»Wieso? So schlimm? Warte kurz. Ja, jetzt sitze ich.«

»Silvia ist weg. Sie hat einen Brief hiergelassen. Johannes muss sofort hierherkommen und sich um ihren Vater und den Hund kümmern.«

»Moment, ich verstehe nicht ganz. Sie ist einfach so gegangen – ohne ein Wort?«

»Worte gibt es genug, mehr als genug. In dem Brief. Also, sagst du ihm, dass er kommen soll?«

»Er steht neben mir. Du kannst es ihm selbst sagen.«

Mia reichte Johannes ihr Handy, er runzelte die Stirn: »Ja?«

»Johannes? David hier. Silvia ist weg. Sie hat einen langen Brief geschrieben. Du musst kommen.«

»Bin schon unterwegs. Bis gleich.«

Johannes gab Mia ihr Handy zurück. »Willst du mitkommen?«, fragte er.

»Familientreffen?«

»Warum nicht?«

»Ich weiß nicht, Johannes, mir geht das alles ein bisschen schnell.«

Sie lief zur Tür, griff den Autoschlüssel, kam wieder zurück und sagte: »Aber ich fahre. Du fährst wie ein Irrer.«

Johannes nahm seine Jacke und sie verließen das Haus. Als sie im Dorf ankamen, lotste Johannes sie durch die Straßen, überall roch es nach Kuhmist, man hörte die Hühner gackern, jetzt auch Kinder lachen, die Schule war aus, es war Mittag.

David stand in der Haustür. Neben ihm der Hund.

»Ich bin hier nicht zu Hause«, sagte er, »ich bin nur zu Besuch.« Er richtete seinen Zeigefinger auf Johannes. »Jetzt bist du dran. Ich bin raus.«

Johannes schob sich an ihm vorbei, nahm den Hund am Halsband und ging ins Wohnzimmer.

»Weiß er schon Bescheid?«, fragte er und zeigte nach oben zur Decke.

»Nein«, sagte David, »also, dass sie heute Morgen nicht hier war, das schon, aber dass sie nicht wiederkommt, nein, das weiß er nicht.«

»Ich gehe nach oben und beruhige ihn.« Johannes hatte seine Jacke noch nicht ausgezogen, da war er schon auf der Treppe und oben in der Wohnung verschwunden. Mia und David hörten, wie er den Namen seines Schwiegervaters rief und dann hörte man die Stimme des alten Mannes, konnte aber nicht verstehen, was er sagte.

Mia setzte sich auf das Sofa und zeigte auf den Brief, der auf dem Tisch lag. »Ist er das?«, fragte sie und David nickte. Sie schaute sich im Wohnzimmer um und dann David an. »Ein richtiges Dorf«, sagte sie, »und hier hat er all die Jahre gelebt? Zwischen Misthaufen?«

»Nebenan ist die Werkstatt.« David zeigte vor eine der Wände.

Mia nickte. »Wie ist sie so?«, fragte sie, »ich meine Silvia. Wie ist sie so?«

»Wenn sie da ist, wird es hell.« David wischte sich mit der flachen Hand über die Stirn. Sie war voller Schweißtropfen.

Oben hörte man die Tür, dann Schritte und Sekunden später stand Johannes wieder im Zimmer.

»Ich habe ihm gesagt, dass Silvia zu einer Freundin gefahren ist. Er hat genickt und mich gefragt, wie es meiner Mutter geht. Das habe ich, ehrlich gesagt, nicht verstanden, aber egal. Ich habe gesagt, ihr gehe es viel besser, da war er beruhigt. Wollt ihr was trinken?«

David setzte sich in den Sessel. Johannes kam mit einer Wasserflasche und Gläsern zurück.

»Ach, hier ist ja noch eine«, sagte er und stellte die neue neben die alte Flasche, die am Abend zuvor Silvia geholt hatte. »Die Gläser hier sind benutzt, oder?« Johannes stellte sie zur Seite und gab Mia und David je ein unbenutztes Glas.

»Guckt nicht so. Sie ist nicht tot. Nur weg!«, sagte er streng.

»Niemand hat das behauptet, Johannes.« Mia stand auf und zog ihn an der Hand neben sich auf das Sofa. »Wir lassen dich jetzt allein und du liest den Brief. Ganz in Ruhe, okay?«

Sie tippte mit ihrem Zeigefinger auf den Brief, stand auf, schaute David an, der sich ebenfalls erhob, und die beiden gingen zur Tür und hinaus auf die Straße.

»Ich habe den Schlüssel vergessen«, sagte David und wollte umdrehen, aber Mia hielt ihn am Arm fest. »Wir sind hier nicht zu Hause. Wenn wir wieder reinwollen, klingeln wir. Ganz einfach. Ist die Werkstatt vielleicht auf?«

David führte sie zum Eingang. Das Tor war nicht verschlossen und Mia sah ihn, den Träumer, besser, den Stein, in dem er sich noch versteckte. Sie ging andächtig um ihn herum und blieb dann vor ihm stehen.

»Wenn Bildhauer fertige Figuren aus Steinen befreien, dann sind sie doch so etwas wie Geburtshelfer, findest du nicht? Und Johannes ist die Hebamme.« Mia zeigte auf die Figur vor sich.

David trat näher an die Figur heran. »Wer befreit hier wen? Johannes die Figur, oder ist es eher umgekehrt?«

»Vielleicht befreien sie sich gegenseitig. Täglich haut er etwas aus dem Stein und entdeckt dabei sich selbst.« Mia legte ihre Hand auf den Bauch des Träumers, so wie Silvia es gestern getan hatte. »Spürst du die Energie, die in diesem Stein steckt?«, fragte sie.

»Und? Das hilft mir gerade auch nicht weiter«, sagte David.

Mia stellte sich neben ihn und sie schauten beide erwartungsvoll auf die Figur, als hofften sie, dass sie endlich aus ihrem Stein heraustritt, ihnen die Hand reicht und sagt, wie es jetzt weitergeht.

»Ich muss allmählich mal los«, sagte David nach einer Weile, »ich habe heute Abend noch einen Termin. Den möchte ich nicht verpassen und ich bin über vier Stunden unterwegs.«

In dem Moment quietschte das Eingangstor zur Werkstatt und Johannes kam herein. Er sah blass aus.

»Was hast du jetzt vor?«, fragte Mia.

»Ich werde dem alten Mann gleich sein Mittagessen machen und es ihm dann noch oben bringen.«

»Und was sagst du ihm, wenn er nach Silvia fragt?«

Johannes zog die Schultern hoch. »Irgendwas wird mir schon einfallen. Wollt ihr was mitessen?«

David schüttelte den Kopf. »Nein, ich werde jetzt fahren. Es wird Zeit.«

»Schade«, sagte Johannes, »wir haben uns doch gerade erst gefunden.« Er lächelte.

»Eben«, sagte David, »ich brauche eine kurze Pause. War ein bisschen viel auf einmal, findest du nicht?«

»Sehen wir uns wieder?«, fragte Johannes.

»Ich denke schon«, sagte David und dann umarmten sie sich. Kurz und äußerst vorsichtig.

Mia schaute von einem zum anderen und drehte sich herum. Sie ging zu dem Werkzeugtisch, schob die Werkzeuge hin und her und es sah aus, als suche sie etwas. David fuhr zurück nach Berlin und Mia folgte Johannes ins Haus.

Sie blieb über Mittag und auch noch zum Nachmittag, aber dann sagte sie: »Johannes, was meinst du, könntest du mich nach Hause bringen? Wir hätten mit zwei Autos fahren sollen, aber ich wusste ja nicht ... konnte ja niemand ahnen, dass Silvia dir ihren Vater und den Hund und das Haus überlässt.«

»Nein, das konnte niemand ahnen. Natürlich fahre ich dich.«

Johannes ging nach oben, fragte den alten Mann, ob alles okay sei, er müsse kurz weg, sei aber am Abend wieder zurück.

Zwei Stunden später fuhr er bei Mia vors Haus. Er begleitete sie nach oben und vor der Wohnungstür blieb Mia stehen, kramte in ihrer Tasche nach dem Schlüssel und Johannes sagte, er müsse gleich wieder los.

»Ich weiß«, sagte Mia.

»Ich ruf dich an.«

»Ja, okay.«

»Heute Abend? Vorm Schlafengehen?«

»Sehr gerne.«

Er umarmte sie im Hausflur. Dort war kaum Licht, aber er konnte deutlich Mias Lächeln sehen, als er sie losließ und ihr ins Gesicht schaute. Sie schob ihn zur Treppe und schaute ihm hinterher, als er die Stufen hinunterlief.

»Bis heute Abend«, rief er von unten durchs Treppenhaus.

»Bis heute Abend«, hörte er Mia von oben und dann fiel die Haustür hinter ihm ins Schloss.

17.

»Schön, Sie zu sehen, Herr Liebenau«, sagte die Therapeutin und zeigte auf den Sessel. »Bitte, setzen Sie
sich.« Sie ging um den kleinen, runden Tisch herum
und nahm in ihrem Sessel Platz.

»Und?«, fragte sie, »wie geht es Ihnen heute?« Sie
tippte von unten an ihre schwarze Brille und schob
sie einen Millimeter weiter nach oben.

»Oh, es ist einiges passiert. Ich weiß gar nicht, wo
ich anfangen soll.« David setzte sich in den gegenüberliegenden Sessel und schaute sich im Raum um.
»Haben Sie etwas mit dem Licht gemacht? Es ist heller hier als beim letzten Mal.«

Die Frau zeigte nach oben an die Decke. »Wir haben die alte Lampe ausgetauscht gegen diese LED-
Strahler. Sie verbrauchen weniger und leben länger.«

David nickte. »Vernünftig«, sagte er, »wie viele
Stunden verbringen Sie hier in diesem Raum?«

»Sehr viele, aber um das zu erfahren, sind Sie
nicht hier, oder?« Ein freundliches Lächeln.

»Nein. Ich würde Sie gerne etwas fragen.«

»Nur zu, fragen Sie.«

»Wie oft kommt es vor, dass man etwas ganz Bestimmtes sucht und bei der Gelegenheit etwas völlig anderes findet?«

»Sprechen wir gerade über Sie, Herr Liebenau?«

»Erwischt!« David lachte. »Ich habe meinen Vater getroffen, also den Mann, der mich gezeugt hat, wir wollten ihn ja der Klarheit halber meinen Erzeuger nennen, also den habe ich gesucht und gefunden habe ich ...«

Er beugte sich vor, als hoffe er, dass die Therapeutin seinen Satz zu Ende bringen würde.

»Erzählen Sie einfach von vorn«, sagte sie, »Sie haben Ihre Mutter also nach ihm gefragt. Glückwunsch! Das war sicher nicht ganz leicht für Sie.«

»Nein, war es nicht. Und für sie war es auch nicht leicht. Obwohl, das stimmt nicht ganz, sie hat gesagt, es sei erstaunlich leicht auszusprechen gewesen, aber das, was sie gesagt habe, wiege so schwer wie mein ganzes Leben, ja, so hat sie es ausgedrückt. Ich konnte nach dieser Enthüllung nicht in ihrer Wohnung bleiben und habe sie allein gelassen. Name und Adresse von meinem Erzeuger habe ich mir später von ihr aufs Handy schicken lassen. Ping. Einfach so.« David schnipste mit Daumen und Mittelfinger.

»Und? Wie war das Treffen mit Ihrem *Erzeuger*?« Die Frau mit der schwarz umrandeten Brille betonte das letzte Wort ganz eigenartig, als gehöre es nicht zu ihrem Wortschatz. Es klang fremd aus ihrem Mund.

»Wir sind einen Tag lang umeinander herumgeschlichen. Er hatte ja auch erst kurz vorher von meiner Existenz erfahren. Meine Mutter hat zuerst ihn aufgeklärt und dann mich.« David hob die Augenbrauen. »Wieso eigentlich so herum?«

»Was denken Sie?«

»Na ja, sie wird sich gedacht haben, dass ich ihn kennenlernen will und wollte mich darauf vorbereiten. So was in der Art, aber was meine Frage betrifft, meine Frage von vorhin … bevor ich meinen Quasi-Vater gesehen habe, habe ich seine Frau gesehen. Sie hat mich sofort erkannt, obwohl sie keine Ahnung hatte, wer ich bin. Dass sie nicht umgefallen ist, ist alles. Sie hat mich gefragt, ob wir uns schon mal irgendwo begegnet sind. Nicht direkt, habe ich gesagt. Als hätte ich immer schon als Möglichkeit in Johannes existiert. Was für ein Unsinn! Am nächsten Tag – also ich habe die Nacht dort im Auto verbracht, weil ich einfach nicht fahren konnte – am nächsten Tag hat sie mir ihre Geschichte erzählt und in mir ist alles in Bewegung geraten, sie hat Dinge in mir verrückt und an eine andere Stelle geschoben, ohne dass ich es bemerkt habe. Erst als sie fertig war mit Erzählen, habe ich mich in mir umgeschaut und nicht mehr zurechtgefunden. Verstehen Sie, was ich meine?«

»Ich verstehe zumindest so viel, dass diese Frau sie stark beeindruckt hat. Wie heißt sie?«

»Stark beeindruckt, wie das klingt, sie hat mich umgehauen, wenn Sie es genau wissen wollen. Es ist, als hätte sie mir gefehlt, um mich vollständig zu fühlen. Sie heißt übrigens Silvia.«

»Oh, die Königin des Waldes.«

»Witzig. Das ist die Bedeutung ihres Namens? Genau da bin ich gewesen, nachdem wir uns zum ersten Mal getrennt haben. Im Wald. Johannes war nicht da und ich habe gesagt, dass ich einen Spaziergang mache und anschließend wiederkomme. Ich habe mich in dem riesigen Wald verlaufen und war drei Stunden unterwegs. Danach wollte ich nach Hause fahren, aber er stand plötzlich hinter mir und hat mich gebeten zu bleiben. Und ich bin geblieben.«

»Und? War das eine gute Entscheidung?«

»So und so.«

»Was meinen Sie genau?«

»Natürlich war es gut ihn zu treffen ... und vor allem Silvia zu begegnen, aber seitdem bin ich erst recht durcheinander. Ich habe nicht das Gefühl meinem Ziel nähergekommen zu sein. Ich wollte etwas über mich erfahren, über meine Identität.«

»Und das ist Ihnen nicht gelungen?«

»Ich weiß nicht. Es ist, als hätte sich in meiner Seele, mitten in diesem Chaos, ein Schelm mit einer Narrenkappe niedergelassen, der mir etwas vorgaukelt.«

»Sie fühlen sich getäuscht? Worüber?«

»Sie ist weg, die Königin des Waldes, einfach so, nachdem sie mich verhext hat.«

»Sie ist weg? Seit wann?«

»Na ja, am nächsten Tag war sie verschwunden. Wir hatten ein Wochenende, zwei Tage und zwei Nächte, von denen ich eine im Auto und die andere in ihren Armen verbracht habe. Diese ganze Geschichte ist so absurd. Jemand erlaubt sich einen Scherz mit mir. Ich suche meinen Erzeuger und finde eine Frau, wie mir bisher keine begegnet ist. Das kann doch nur ein schlechter Witz sein!«

»Ich denke nicht, dass das ein Witz ist.«

»Was dann, um Gottes Willen?«

»Das Leben?«

»Was soll ich, Ihrer Meinung nach, tun?«, fragte David.

»Das kann ich Ihnen nicht sagen. Das werden Sie ganz allein herausfinden.« Die Therapeutin griff zu der Wasserflasche, die auf dem Tisch stand. »Möchten Sie ein Glas Wasser?«

David nickte.

Die Frau füllte zwei Gläser, reichte ihm eins und sagte: »Um herauszufinden, wer Sie sind, haben Sie nach dem Mann gesucht, der Sie gezeugt hat, und gefunden haben Sie ... Was genau? Was haben Sie gefunden?«

»Auf jeden Fall nicht mich. Ich bin mir nirgends begegnet: nicht in diesem Dorf, nicht auf dem Friedhof, auch nicht in der Werkstatt. Nur, wenn Silvia mich angeschaut hat, dann war es manchmal, als ob ...«

»Was haben Sie auf dem Friedhof gemacht?«

»Ich war eher zufällig dort. Nach der Nacht im Auto habe ich morgens einen Spaziergang gemacht und dann war da dieser Friedhof. Es war noch sehr früh, neblig und feucht und ich habe das Grab von Emma entdeckt, einer Siebzehnjährigen, die sich das Leben genommen hat, aber, ganz ehrlich, davon wollte ich jetzt gar nicht reden.« David nahm einen

Schluck aus seinem Wasserglas und stellte es wieder vor sich auf den Tisch.

»Sie sind dieser tragischen Geschichte also rein zufällig begegnet.« Die Therapeutin griff zu dem Notizblock, der auf dem Tisch lag. Bisher hatte sie ihn nicht angerührt. »Darf ich?«, fragte sie.

»Ja, ja, nur zu, ich weiß nur nicht, was das bringen soll. Emmas tragische Geschichte ist mir quasi zugestoßen. Ich habe nicht aktiv danach gesucht, falls Sie das meinen.«

»Und Silvia? Ist sie Ihnen auch zufällig zugestoßen?« Die Therapeutin blickte über den schwarzen Rand ihrer Brille.

»Was denn sonst?«

»Sagen Sie es mir.«

»Das spielt doch keine Rolle«, sagte David, »sie war eben da und fertig. Seit ich sie gesehen habe, dreht sich meine Welt andersherum. Sie ist kurz stehen geblieben und hat dann die Richtung gewechselt. Soll ich Ihnen was sagen? Johannes interessiert mich nur noch am Rande.« David grinste breit, fast erleichtert.

»Was interessiert Sie stattdessen?«

»Irgendjemand muss hier drinnen aufräumen.« Er tippte mit dem Zeigefinger an seine Stirn.

»Wo sollen wir anfangen?«

»Keine Ahnung. Sie sind die Expertin.«

Die Therapeutin zeigte ihm ihren Notizblock. »Hier«, sagte sie, »ich habe kein einziges Wort geschrieben. Sie können ihn haben. Nehmen Sie ihn mit nach Hause und schreiben Sie ihre Wünsche auf, was Ihnen so einfällt, ohne zu überlegen. Ich glaube nämlich nicht, dass sich ihre Welt seitdem zufällig andersherum dreht. Finden Sie heraus, was Sie bewegt. Sie können auch ein Bild malen.« Sie lachte, wurde aber sofort wieder ernst. »A propos Bild. Haben Sie sich noch einmal in den Kreis gestellt?«

»Nein«, sagte David, »ich habe stattdessen Mia und Johannes in den Kreis gezogen. Ich finde, die beiden sollen erst einmal ihr Verhältnis zueinander klären.«

»Gute Idee«, sagte sie und nickte, »und was haben Sie gemacht?«

»Oh, ich gehe in den nahe gelegenen Wald und suche dort nach der Königin.« David lächelte, griff zu dem Notizblock, den die Therapeutin ihm immer noch entgegenhielt, und steckte ihn ein.

Sie stand auf und ging in Richtung Tür. »Stellen Sie sich vor, Sie würden im Wald einer Fee begegnen, die Wünsche erfüllen kann, aber das macht sie nur, wenn sie sie schriftlich bekommt.«

David erhob sich ebenfalls und folgte ihr. »Darf ich auch einfach nur einen Namen auf den Zettel schreiben?« Er lächelte.

»Ich sage doch … Sie treffen eine Fee und von der können Sie sich alles wünschen.« Sie lachte und gab ihm die Hand. »Auf Wiedersehen, bis nächste Woche, Herr Liebenau.«

Zu Hause nahm David den Notizblock, setzte sich auf die Fensterbank (die war ungewöhnlich breit – Altbauwohnung eben), zog die Beine an, legte den Zettel auf ein Buch, das Buch auf seine Knie und notierte seine Wünsche:

1. mit Silvia auf dem Sofa sitzen

2. ihr beim Essen zuschauen

3. mit ihr im Wald spazieren gehen, ihre Hand nehmen und mit ihr lachen

4. genial malen können und sie dann malen

5. meine Hand unter ihren Haaransatz im Nacken schieben und ihre Wärme spüren

6. Ich will wissen, wie es ihr geht!!!

David sprang von der Fensterbank, legte Buch, Notizblock und Stift auf den Tisch und wählte Jakobs Nummer. Es dauerte nicht lange, da hörte er seine Stimme. »Hallo David, schon zurück?«

»Ich habe keine Ahnung, was heute für ein Tag ist, ich weiß auch nicht, wie spät es ist, wann haben wir uns zuletzt gesehen?«

»Gestern, mein Lieber, aber du weißt noch, wer du bist, oder?«

»Ich denke schon, bin mir aber nicht sicher, sie hat mich verhext.«

»Okay, dann solltest du herkommen. Ich könnte den Fluch von dir nehmen.«

»Will ich gar nicht.«

»Umso besser. Aber irgendwas ist doch. Du klingst so, als könntest du ...«

»Sie ist weg.« Es entstand eine Pause. Jakob fluchte irgendetwas, das David nicht verstand. Im Hintergrund lief Musik.

»Wir müssen uns sehen«, sagte David nach einer Weile, »wann kann ich vorbeikommen?«

»Was ist das für eine Frage? Wann immer du willst. In deinem Zustand solltest du möglichst bald kommen.«

Es verging fast eine Woche, bis David sich auf den Weg machen konnte. Morgens waren Proben, abends Vorstellungen und dann – endlich – ein freier Tag. Er fuhr sofort los, und als er nach einer langen Autofahrt das Studio betrat, lief Musik. David ging durch den dunklen Flur in den dämmrigen Raum und Jakob kam ihm entgegen, umarmte ihn und führte ihn zu dem gelben Sessel am Tisch. Auf dem Tisch standen zwei Bierflaschen. Der Kater lag zusammengerollt auf der Fensterbank. Jakob legte seine großen Hände auf Davids Schultern und drückte ihn behutsam in den gelben Sessel.

»Setz dich«, sagte er, »das ist der Therapiesessel.« Er gab ihm eine geöffnete Bierflasche. »Erzähl, eins nach dem anderen, nur keine Eile.«

Er stieß mit seiner Bierflasche an Davids Flasche und lehnte sich mit dem Rücken an den Tisch. David trank und erzählte und trank und erzählte und Jakob hörte zu. Zwischendurch sagte er, au weia, oder, oh, oder, wirklich?, oder, was für eine Frau! Manchmal sagte er auch nur: Aha! Es entstanden Pausen, in denen keiner von beiden etwas sagte. Jakob holte noch weitere Bierflaschen, später kam wieder der Pizzabote und in der Nacht schlief David auf der Matratze, auf der zuvor Mia übernachtet hatte. Vor dem Einschlafen murmelte er, du darfst nie sterben, Jakob, und Jakob flüsterte, versprochen!, aber jetzt

schlaf, du hast noch viel vor, glaub mir, das mit dir
und Silvia, das wird eine ganz große Geschichte.

18.

Johannes arbeitete mehrere Monate an dem Träumer. In jeder freien Minute, besonders abends, wenn Silvias Vater schlief, ging er in die Werkstatt und hämmerte, schliff, polierte und streichelte mit seinen Händen über jede Fläche der Figur. Als der Träumer sich endlich aus dem Stein gekämpft hatte, ließ er sein Werkzeug fallen und setzte sich im Schneidersitz davor. Der Träumer schien über ihn hinwegzuschauen, nach schräg oben, durch die Decke hindurch. In seinem Gesicht lag Lust und Schmerz, als leide er an einer unerträglichen Sehnsucht, seine Lippen waren ein wenig geöffnet. Seine rechte Hand ruhte auf seiner Stirn. Er hatte sich selbst gezähmt: Ein Sieger und Besiegter zugleich. In seinem Haar steckte eine Feder. Es war, als könne er jeden Augenblick aus seinem Traum erwachen und anmutig von seinem Sockel steigen, vor seinen Augen, ganz nah bei ihm und dennoch erschreckend fremd. Er würde eine Hand auf seine Schulter legen und Johannes würde in ihm seine eigene Leidenschaft erkennen, die ihm zum Verhängnis geworden war. Es gab keine Stelle an dieser Figur, die er nicht berührt hatte und von der er nicht berührt worden war. Sie waren in der Zeit des Befreiungskampfes zu einer Einheit geworden. Er saß sich selbst gegenüber und jetzt war er erschöpft.

Seine Augen brannten, seine Hände waren wund vom Hämmern und Schleifen und seine Beine waren müde vom langen Stehen. Er bemerkte nicht, wie die Zeit verging, er saß über Stunden vor seiner Figur, bis er sich endlich erhob, was nicht leicht war, weil ihm alles weh tat. Er stützte sich auf den Tisch mit den Werkzeugen, und richtete sich langsam, Wirbel für Wirbel, auf.

Vor seinen Augen tanzten Lichter. Er wartete, bis er wieder klar sehen konnte, hob die Hand, als wolle er sich von dem Träumer verabschieden, und ging zur Tür. Draußen war es dunkel, mitten in der Nacht, irgendwo bellte ein Hund, es war nicht seiner, das konnte er deutlich hören.

Er ging ins Haus, es war still, viel zu still, aber alle schliefen, der alte Mann oben und der große, schwarze Hund auf dem Wohnzimmerteppich vor der Terrassentür.

Johannes legte sich auf das Sofa im Wohnzimmer, ohne sich umzuziehen. Er schlief sofort ein.

Am nächsten Morgen wurde er von dem Hund geweckt, der neben ihm stand und ihm ins Gesicht atmete. Er schreckte hoch, sah auf die Uhr und wunderte sich, dass er nicht längst geweckt worden war von dem morgendlichen Tok, Tok, Tok, das von oben aus der Wohnung kam.

Noch bevor er die Tür zu der Wohnung im Dachgeschoss öffnete, wusste er, dass Silvias Vater nicht mehr lebte. So etwas spürt man, wenn man so nah zusammenlebt, wenn man jemandem die wenigen Haare kämmt, die noch geblieben sind, ihn zur Toilette begleitet, neben ihm steht, wenn er sich die Zähne putzt, ihm ins Bett hilft und darauf achtet, dass er genug trinkt. Der alte Mann war nachts im Schlaf gestorben. Der Arzt bestätigte eine natürliche Todesursache, es nahm alles seinen Lauf. Ein Vertreter des Beerdigungsinstitutes aus dem Dorf kam vorbei, sie suchten gemeinsam einen Sarg aus, besprachen den Termin für die Beerdigung und der Mann fragte: »Weiß Silvia es schon?«

»Sie wusste es schon, als sie ging«, sagte Johannes.

»Verstehe ich nicht«, sagte der Mann vom Beerdigungsinstitut und blinzelte Johannes an.

»Wie ich es sage, sie wusste es schon, als sie ging und hat sich bereits verabschiedet.«

»Aha«, sagte der Mann, klappte seinen Ordner zu mit den Abbildungen der Särge, bückte sich und stellte ihn neben den anderen Ordner mit den Traueranzeigen in seine Aktentasche. Als er sich wieder aufrichtete, war sein Gesicht rot, seine Augen blinzelten immer noch und er sagte: »Haben wir dann alles?«

»Ich denke schon«, sagte Johannes und begleitete ihn zur Tür.

Zur Beerdigung versammelte sich das gesamte Dorf, mit nur wenigen Ausnahmen. Diejenigen, die nicht mehr laufen konnten und diejenigen, die noch nicht laufen konnten, blieben zu Hause, ansonsten waren alle da. Diejenigen, die der Verstorbene getauft, konfirmiert und getraut hatte, deren Kinder er wiederum getauft, konfirmiert und getraut hatte, also wirklich beinahe alle aus dem Dorf. Seine Tochter war nicht anwesend, dafür sprach er, sein Schwiegersohn, ein paar Worte. Anschließend gab es im Dorfgemeinschaftshaus ein paar Schnittchen, Sprudel, Kaffee und Kuchen. Am späten Nachmittag waren die letzten Krümel von den Tischen gefegt, Johannes verabschiedete sich von den vielen freundlichen Helferinnen und Helfern und machte sich auf den Heimweg. Der Hund ging neben ihm, sehr dicht am Bein, ganz ohne Leine.

Abends telefonierte Johannes mit Mia.

»Wie war's?«, fragte sie und Johannes sagte, wie Beerdigungen eben so sind, er war ein alter Mann und hatte viele Freundinnen und Freunde, er hatte einen würdevollen Abschied.

Sie verabredeten sich für den nächsten Tag. Dann würde er mit ihr über alles sprechen, über einen möglichen Umzug, einen Neuanfang mit einer Galerie für Mia und einer Werkstatt für sich. Den Träumer würde er mitnehmen und im Park aufstellen lassen.

Das alles würde dauern und er würde warten. Mia hatte gesagt, sie brauche Zeit für sich. Sie wolle unabhängig sein, malen, sich selbst ausprobieren und weiter verbessern, um ihren eigenen Stil zu finden. Und dann wolle sie ihre Bilder öffentlich ausstellen. Er hatte ihr letztes Bild gesehen.

Es war riesig und lehnte an der Wand ihres Wohnzimmers. Darauf zu sehen waren rätselhafte Figuren vor einem blau-violetten Himmel. Er hatte sie gefragt, was das Bild zu bedeuten habe, und sie hatte gelacht und gesagt:

»Kein Sterblicher rückt diesen Schleier, bis ich selbst ihn hebe.«